चिड़िया उड़!

चिड़िया उड़!

पूनम दुबे

प्रभात
पेपरबैक्स
www.prabhatbooks.com

प्रकाशक

प्रभात पेपरबैक्स

4/19 आसफ अली रोड, नई दिल्ली–110002

फोन : 23289777 • हेल्पलाइन नं. : 7827007777

इ–मेल : prabhatbooks@gmail.com ❖ वेब ठिकाना : www.prabhatbooks.com

संस्करण

प्रथम, 2019

अ.मा.पु.स. 978-93-5322-471-4

CHIRIYA UR!

Stories by Poonam Dubey

Published by **PRABHAT PAPERBACKS**

4/19 Asaf Ali Road, New Delhi-110002

ISBN 978-93-5322-471-4

पापा

के

लिए...

कुछ अनकही

कुछ साल पहले रोज ही की तरह अपने कंप्यूटर के सामने बैठकर मैं प्रेजेंटेशन पर काम कर रही थी। लगभग सभी लोग घर जा चुके थे, लेकिन मेरा इरादा आज भी देर रात तक काम करने का था। मानो कि देर तक काम करने की लत लग गई थी मुझे। जब से मम्मी-पापा से अलग किराए के घर में रहने लगी थी, तभी से देर घर लौटने का जो थोड़ा-बहुत डर था, वह भी छू-मंतर हो गया था। यही रुटीन हो गया था मेरा। शहरों में जिंदगी तेजी से भागती है, कॉरपोरेट लाइफ की रफ्तार तो मुझे कुछ ज्यादा ही तेज लगती। इसी रफ्तार की वजह से पिछली जिंदगी पुराने जन्म का हिस्सा सी लगने लगी थी मुझे। अपने उस पुराने जन्म को मैं समय के उस छोर के पार छोड़ आई थी। कुछ ही सालों में मैं वह सबकुछ करने लगी थी, जिसके सपने मैं बचपन में देखा करती थी। घूमना-फिरना भी शुरू कर दिया था, बस, समझ लीजिए, अपने मन की मालिक बन गई मैं। परिवार, दोस्त और आस-पास के लोगों की सराहना मुझे मुग्ध कर जाती। मेरे संघर्ष की अब वह मिसाल देते, जो कुछ साल पहले तक उन्हें बेवकूफी और हठ लगा करती थी। न जाने क्यों, फिर भी कुछ कमी सी लग रही थी। अपने बीते कल से मिली आजादी अधूरी सी लग रही थी। कितनी बातें थीं, जो कह नहीं पाई थी। कितनी अच्छी बुरी यादें मंजिल तक पहुँचने की दौड़ में कहीं छूट गए थे। कभी-कभी एकांत में वह धूमिल-धुँधली यादें मन की किसी कोने में एको सी सुनाई पड़ती। कहते है कि हर शख्स के पास एक कहानी होती है। मेरे पास भी यह कहानी सालों से मन के भीतर कहीं छुपकर बैठी थी। उस दिन प्रेजेंटेशन खत्म करने के बाद घर पहुँची तो मन को यह बात बार-बार कचोटने लगी क्या यह कहानी अनकही रह जाएगी! मेरे कई करीबी दोस्त मुझसे से अकसर कहते थे कि तुझे इस बारे में लिखना चाहिए! 'इट्स वर्थ टेलिंग दिस स्टोरी।' उस दिन ठान लिया हो न हो मुझे यह कहानी जरूर

कहूँगी। वहीं से शुरू हुआ 'चिड़िया उड़!' को लिखने का सिलसिला। 'चिड़िया उड़!' कुछ मेरी अपनी बीती कहानी तो कुछ आस पास देखी सुनी बयानी का एक काल्पनिक प्रतिरूप है।

मैं कोई लेखिका तो नहीं हूँ, लेकिन कोशिश की है कहानी को दिल से बयान करने की। जिंदगी में कुछ लोग ऐसे हैं, जिनके बिना यह पुस्तक केवल अधूरी दास्ताँ बनकर रह जाती।

पापा और मम्मी के बिना मैं कल्पना के बारे में लिखने की सोच भी नहीं सकती थी। पापा ने मेरी कल्पनाओं को एक उड़ान दी है। ट्रेडिशनल सोच होने के बावजूद पापा और मम्मी ने न केवल मेरी गैर-पारंपरिक जिंदगी के सलीके को स्वीकारा, बल्कि बढ़ावा भी दिया। यह अपने आप में एक आदर्श है। आपकी इसी हिम्मत ने मुझे साहस दिया कि मैं यह पुस्तक लिखूँ।

यह पुस्तक मुमकिन नहीं होती, अगर राहुल ने हर कदम पर मुझे हिम्मत न दी होती। तुम्हारी वजह से ही आज कोरे कागज पर स्क्रिबल करनेवाली लड़की एक लेखिका बन पाई है। यह किताब सबूत है मुझपर तुम्हारे यकीन का!

पवन, रीना, पिंकी और श्रवण मेरे प्यारे भाई-बहन, जिन्होंने हमेशा मजाक में ही सही, दिलासा दिलाया, हो न हो, वह तो मेरी पुस्तक जरूर पढ़ेंगे, जो मेरे लिए टॉनिक का काम करता।

लीना और श्रुति मेरे पुराने जन्म वाले दोस्त, जिन्होंने न केवल मेरी पुस्तक के हिस्सों को पढ़ा, बल्कि आधी रात को भी मेरा फोन उठाकर बस एक ही जवाब दिया, 'तू लिख लेगी यार'। चाहे मेरा सवाल कोई भी हो।

अणुशक्ति, जिसने न केवल मेरी भाषा को सुधारा, बल्कि अपने साथ के जरिए इस सफर को और भी खूबसूरत बना दिया।

—पूनम दुबे

इ-मेल : Poonamdubey.author@gmail.com

अनुक्रम

कल्पना-कथा

कप्पादोकिया में परियों की चिमनियों के ठीक ऊपर वह किसी चिड़िया सी अपनी बाँहों को यों फैलाए हुए उड़ रही थी जैसे उसके गाँव में बाज उड़ा करते थे। गरम हवा के गुब्बारों से भरे इस तुर्की आसमाँ में ऊँची उठ रही कल्पना की उड़ान के कई आयाम थे, एक वह भी···।

कोर्ट की गहमा-गहमी भी कल्पना का ध्यान अपनी ओर नहीं खींच पा रही थी। उसकी आँखें टैब के लगातार बदलते पन्ने पर और दिमाग बचपन के उस खेल में खोया हुआ था। उसे अब भी याद है कि स्कूल से घर आते हुए वह फूलदार झाड़ियों के पास ठिठक जाती। उसकी नजर वहाँ उड़ रही तितलियों पर अटक जाती। नीली, पीली, लाल, सफेद—जीवन के तमाम रंगों से खुद को रँगकर न जाने कहाँ से रोज इतनी सारी तितलियाँ वहाँ आ जातीं! उसे ये रंग मदहोश कर देते। वह उन तितलियों को देखते ही उन्हें पकड़ने को बेचैन हो जाती, मानों उनके पंख छीनकर रख लेगी! वह तितलियों को पकड़ती जाती और छोटा भाई राघव उन्हें डिबिया में बंद करता जाता।

तितलियों को पकड़ने और डिबिया में डालने का यह कार्यक्रम कभी-कभी बेहद लंबा खिंच जाता, जिसकी झुंझलाहट राघव के मुँह से यों निकलती, "देखना, ये तितलियाँ मरने के बाद दूसरा जन्म लेंगी और तुझसे अपना बदला लेने आएँगी।"

वह राघव की बचकानी बात पर फिक से हँस देती···।

'तितलियाँ अपना बदला लेने आएँगी! पागल था राघव भी···। पर अगर यह उनका बदला नहीं है तो फिर क्या था?'

न जाने कितनी ही तितलियों के हत्या की गुनहगार थी! न जाने कितनी ही तितलियों की आजादी को छीन लिया था उसने! आखिर क्या मिल जाता था उसे उन मासूम तितलियों को डिबिया में बंद करके घर ले जाने में? क्या यही वजह थी,

जो उसका जीवन भी एक डिबिया में सालों से बंद था! मान लो उसे इस डिबिया से छुटकारा मिल भी गया तो क्या वह फिर से उड़ पाएगी? या अपने टूटे पंख लिये किसी कोने में लाचार पड़ी रहेगी बिल्कुल उन तितलियों की तरह! खयालों के इस सफर ने उसके आँखों के कोरों पर नमी ला दी थी। कोरों से पानी की उन अनचाही बूँदों को साफ करने के लिए उसने जैसे ही नजरें ऊपर कीं, उसे शिखा आती दिखाई दी। शिखा उसके पास पहुँची ही थी कि अर्दली की आवाज भी उन दोनों तक पहुँची। 'ग्यारह नंबर···, ग्यारह नंबर अंदर जाएँ।'

ग्यारह नंबर—इसी के इंतजार में तो थी वह वहाँ।

अर्दली की पुकार ने शिखा की आवाज में थोड़ी घबराहट घोल दी।

"सुनो, हमारी जज बदल गई है और यह नई वाली थोड़ी कड़क है! प्लीज, तुम कुछ मत बोलना, तुम मेरी क्लाइंट हो, जो कहना है, मैं कहूँगी!"

"क्या मतलब, बदल गई? और अगर मुझसे कोई सवाल पूछा जाएगा तो मैं ही जवाब दूँगी न?"

कल्पना की जुबाँ न चाहते हुए भी थोड़ी तीखी हो गई थी।

"पूरे दो साल से घिस रहा है केस! पहले वाली जज पिछले महीने उड़ रही थी, बड़ी मुश्किल से डेट मिली, मुझे बस जल्दी केस क्लोज करना है!"

"मुझे भी शौक नहीं है यहाँ आकर मातम मनाने का! जरूरी मीटिंग छोड़कर आई हूँ।"

शिखा को जवाब देती हुई उसकी आवाज का तल्ख लहजा अब भी वहीं था।

"समझ गई बाबा! चलो, अब अंदर चलें!"

शिखा मानो गुजारिश कर रही हो···।

शिखा के साथ अंदर घुसते हुए उसके दिमाग में अल्बर्ट कैम्यु की किताब 'स्ट्रेंजर' का वह दृश्य खुल गया, जब पादरी बाज दफा कैम्यु के नायक से अपने अपराध का प्रायश्चित्त कर लेने को कहता है और वह सीधा खड़े शब्दों में उड़ रही थी कि वह अपराधी नहीं···

कल्पना सोचते हुए, कदम आगे बढ़ाती है, 'यह निश्चय ही अपराधी नहीं···'

☐

शुक्रिया करम

हर बार की तरह रामनाथ का पूरा परिवार इस बार भी गरमी की छुट्टियों में गाँव आया हुआ था। इस बार मौका और भी खास था। रामनाथ के भाई काशीनाथ की बिटिया आभा की शादी इन्हीं गरमियों में तय हुई थी। शादी को तकरीबन दसेक दिन रह गए होंगे, तैयारियाँ जोरों पर थीं। रामनाथ और काशीनाथ बाजार में ही थे कि काशीनाथ की नजर सड़क के दूसरी तरफ पान की छोटी सी दुकान के सामने खड़ी बुलट पर पड़ी। उनका कयास सही था, वह शानदार बुलट उनके दोस्त मनसुखचंद की ही थी। यह बढ़िया मौका था कि मनसुखचंद से मुलाकात करके उन्हें बिटिया की शादी में आने के लिए न्योता दिया जा सके। मनसुखचंद मुँह में पान भरे, चेहरे पर गंभीर भावों से किसी के साथ घनिष्ठ चर्चा में लीन थे।

काशीनाथ को अपनी तरफ आता देखकर मुँह से पान के पीक की पिचकारी मारते हुए मनसुखचंद भी उनकी तरफ बढ़े। काशीनाथ ने बड़े प्यार से मनसुखचंद को गले लगाकर उनका हाल-चाल पूछा। मनसुखचंद और काशीनाथ के बीच अच्छी मित्रता थी।

एक साल पहले काशीनाथ ने आभा की शादी की बात मनसुखचंद के बड़े बेटे अंकित के साथ चलाई थी। काशीनाथ की बड़ी इच्छा थी। कि आभा की शादी मनसुखचंद के बेटे के साथ हो जाए, किंतु कुंडलियाँ नहीं मिलीं तो रिश्ता भी नहीं हुआ।

मनसुखचंद के बड़े बेटे अंकित को दामाद के रूप में देखने की चाह आस-पास के कई गाँववालों की थी। हो भी क्यों न! खानदानी, तीन मंजिला पक्का मकान, लंबे-चौड़े खेत एवं मुंबई में फैला कारोबार, और क्या चाहिए था बेटी के बाप को? काशीनाथ भी अपवाद न थे, इसलिए जब आभा का रिश्ता अंकित से तय न हो पाया तो वे भी बड़े मायूस हुए थे।

यह बात गौर-ए-तलब है कि गाँव के लोग बेटी का रिश्ता न हो पाने पर भी संभाव्य वर के परिवारवाले के प्रति द्वेष नहीं पालते। हाँ, खोज-खबर जरूर लेते रहते हैं। काशीनाथजी को अभी कुछ दिन पहले ही अपने पड़ोसी से मालूम हुआ कि मनसुखचंदजी के बेटे की शादी भी पक्की हो गई है।

कद-काठी से मनसुखचंद सामान्यतः अन्य लोगों से लंबे-चौड़े थे। लंबे चेहरे पर छोटी-छोटी गोल आँखें हँसते समय पूरी तरह मूँद जाती थीं। पान और तंबाकू चबाकर हुए लाल व पीले रंग के उनके दाँत मुँह खोलने पर सड़कों पर लगी ट्रैफिक की बत्तियों की तरह दिखाई देते।

वैसे तो मनसुखचंद विनोदी स्वभाव के थे, खुशी और दुःख दोनों को वे गालियों की भाषा से जताते थे। आमतौर पर हँसमुख रहनेवाले मनसुखजी का लटका चेहरा देखकर काशीनाथजी न्योता देना भूलकर उनका हाल पूछ बैठे। हालाँकि उनके लटके चेहरे को देखते हुए बेटे के ब्याह की बधाई देना मुनासिब न था, मगर काशीनाथजी ने यह गुनाह कर ही लिया।

उन्होंने बधाई क्या दी कि मनसुखचंदजी का चेहरा जैसे दो फीट और नीचे लटक गया हो!

मुँह बिसूरते हुए मनसुखचंद बोले, "भाई, क्या मसखरी लेते हो, ससुरा सबकुछ चौपट हो गया!"

"क्या हुआ?" काशीनाथजी हक्के-बक्के रह गए।

"परसों ही लड़कीवाले शगुन लेकर आए थे। न जाने किस हरामी गाँववाले ने जलन में आकर उनके कान भर दिए और बिना कुछ बताए वे रिश्ता तोड़कर चले गए। सब गुड़-गोबर हो गया। तुम तो जानते ही हो कि हमारी खुशी पर···" मुँह बिसूरते हुए मनसुखचंद बोले, "आँख लगी रहती है।"

"क्या कह रहे हो भाई? इसकी तो हमें कोई खबर ही नहीं!" काशीनाथ भौचक्क थे। मन-ही-मन सोचते हुए, 'कोई ऐसा रिश्ता भी छोड़ता है भला···!'

कुछ देर तक तीनों लोग मौन रहे, फिर धीरज बँधाने की जिम्मेदारी लेते हुए काशीनाथ ने कहा, "भाई, घटनी को कौन टाल सकता है? चिंता न करो! सब ठीक हो जाएगा! वैसे भी तुम्हारे बेटे के लिए रिश्तों की कमी थोड़े ही है। तुम अगर चाहो तो एक-से-एक अच्छे रिश्ते तुम्हारे द्वार पर एड़ियाँ रगड़ें!"

"बात तो तुम ठीक कह रहे हो भाई, लेकिन शादी की लगभग पूरी तैयारियाँ हो गई हैं!" मनसुखचंद ने दबी आवाज में कहा।

"पैसा पानी की तरह बहा दिया। आस-पास के गाँव में शादी का न्योता भी दे दिया है। बड़ी बदनामी होगी! तुम तो जानते ही हो कि माँ की तबीयत कुछ सालों से खराब चल रही है। शादी के टूट जाने से उनकी तबीयत और भी बिगड़ गई है। आज सवेरे ही उन्हें बनारस के बड़े अस्पताल में दाखिला दिलाया है।

"हमें तो शादी करने की इतनी जल्दी नहीं है, किंतु माँ की इच्छा के चलते ही शादी करवाना चाहते हैं। उनकी इच्छा है कि मरने से पहले अपने सबसे बड़े पोते की शादी अपनी आँखों से देख लें।" मनसुखचंद ने लंबी साँस लेते हुए कहा।

"अरे भाई, चिंता न करो, ईश्वर कोई दूसरा रास्ता जरूर निकालेंगे। मेरे लायक अगर कोई काम हो तो जरूर बताना।" काशीनाथ ने आश्वासन देते हुए कहा।

न जाने ऐसी क्या बात हुई कि अचानक मनसुखचंदजी की आँखें चमक गईं। याद आई कि पिछले साल उनकी बिटिया आभा का भी रिश्ता आया था अंकित के लिए।

"भाई, तुम्हारी बेटी की शादी पक्की हो गई क्या ? अगर अब भी बात पक्की नहीं हुई हो तो किसी जानकार पंडित से कुंडली के दोष का समाधान निकाल लिया जाएगा। फिर तो बिना किसी अड़चन के मेरे बेटे और तुम्हारी बेटी की शादी कर सकेंगे।"

यह सुनते ही एक पल के लिए काशीनाथ का मन डोल गया, लेकिन फिर सकुचाते हुए बोले "भाई, मेरी बेटी की शादी तो पक्की हो गई है! हम दोनों उसी की खरीददारी करने के लिए निकले हैं। अभी सोचा था कि आपको भी इत्तिला करते जाएँ।"

मनसुख की आँखों की चमक गायब हो गई।

"अच्छा है भाई साहब, हमारा तो समय ही खराब चल रहा है! ससुरा बना बनाया रिश्ता बिगड़ गया!"

मनसुखचंद के चेहरे पर खिसियाहट तैर गई, फिर से पान की पुड़िया खोलकर एक और पान मुँह में ठूँस लिया।

काशीनाथ ने मनसुखचंद को इतनी आशाहीन हाल में पहली बार देखा था।

घर लौटते हुए काशीनाथजी के दिमाग में मनसुखचंद की बात गूँज रही थी। रात में इन बातों को सोचते हुए वे विमला देवी के कमरे में गए। विमला देवी रामनाथजी और काशीनाथजी की माँ और इस सयुंक्त परिवार की धुरी थीं।

विमला देवी खटिया पर लेटी हुईं बाँस का बेना डुला रही थीं, जब काशीनाथजी वहाँ पहुँचे। उनके लिए मनसुखचंद से हुई सारी बातों का जिक्र विमला देवी से करना बेहद जरूरी था।

विमला देवी बड़ी एकाग्र होकर काशीनाथ की बातों को सुनती गई। बात खत्म होते-होते विमला देवी की आँखों में चमक तैर गई। उनके चेहरे पर सजी गहरी झुर्रियाँ खुशी के कारण कुछ देर के लिए ही सही, पर हलकी हो गई थीं।

काशीनाथ कुछ समझ नहीं पाए कि आखिर वह इतनी खुश क्यों है? कुछ देर बाद विमला देवी लंबी साँस लेकर गंभीर भाव से बोली, "बेटा, इतना सुनहरा मौका तुम्हारे द्वार पर खुद चलकर आया है। एक साल पहले तुम ही इस घर में रिश्ता जोड़ने के लिए विकल थे, फिर दुविधा क्यों?"

काशीनाथ अब भी कुछ ठीक से समझ नहीं पाए, आखिर वह क्या कहना चाहती है?

"मेरी मानो तो अपनी दूसरी बेटी नंदिनी के शादी की बात उनके बेटे से क्यों नहीं करते? ऐसे हाल में तो वे लोग रिश्ता मान भी लेंगे।" विमला देवी काशीनाथ के थोड़ा और नजदीक आकर अपनी खटिया से झुककर बोली।

"क्या कह रही हो माँ?" काशीनाथ हैरानी से विमला देवी की तरफ घूरते हुए बोले।

"क्या गलत है इसमें?"

"नंदिनी अभी सिर्फ ग्यारह साल की है! रंग-रूप में वह लड़के से साँवली भी हैं। तुम तो जानती हो न कि जमाना बदल गया है। अगर मनसुखचंद उम्र के अंतर को नजरंदाज कर भी दें, तो आगे चलकर शादी के बाद ऐसा न हो कि वे लोग नंदिनी के साँवाले रंग के चलते उसका तिरस्कार करें।"

यह सुनकर विमला देवी चुप हो गई। बात सही भी थी। लड़के का लड़की से रंग में गोरा होना एक अजीब समस्या थी। लेकिन कुछ मिनटों बाद उनकी आँखें फिर जुगनू की तरह चमकने लगीं।

"बेटा, हमारी सुनोगे तो नीति के अनुसार कल्पना की शादी उस लड़के से होनी चाहिए। आखिर उम्र के हिसाब से आभा के बाद कल्पना का नंबर ही तो है।"

"बात तो ठीक है, लेकिन भइया वहीं तो थे आज, वे तो कुछ नहीं बोले। मुझे नहीं लगता कि वे उसकी शादी करना चाहते हैं।"

"उसकी चिंता तुम मत करो। मैं बात करूँगी; ऐसा मौका बार-बार थोड़े ही आता है। हम कौन सा उसका ब्याह बैल से करने को कह रहे हैं?"

विमला देवी के इस सुझाव पर काशीनाथ कुछ देर तक सोचते रहे, फिर रामनाथ से चर्चा करने की मंशा से दोनों उसी वक्त उनके कमरे की तरफ चल पड़े।

रामनाथ खाना खाकर अपने कमरे में आराम कर रहे थे। विमला देवी और

काशीनाथ दोनों को एक साथ अपने कमरे की तरफ आता देखकर रामनाथ सोच में पड़ गए, 'न जाने दोनों एक साथ रात के समय क्या बात करना चाहते हैं?'

सावित्री कमरे में दूसरी तरफ बिछी एक मचिया पर बैठकर बगल में रखी अपने लोहे की अटैची में रखे सामानों में उथल-पुथल मचा रही थीं। विमला देवी के कमरे में आते ही रामनाथ भी अपनी खटिया पर उठकर बैठ गए।

विमला देवी ने रामनाथ से काशीनाथ के साथ हुई बातचीत का विवरण संजीदगी से किया।

"मेरी मानो तो बेटा, कल्पना की शादी तुम मनसुखचंद के बेटे से माँग लो!" अंत में विमला देवी लंबी साँस लेकर सुझाव के रूप में अपना फैसला सुनाते हुए बोली।

रामनाथ भौचक्का होकर खटिया पर से उठकर तपाक से खड़े हो गए। सावित्री का भी ध्यान अटैची से हट गया। सबकुछ जैसे कुछ पल के लिए स्थिर हो गया। पूरा कमरा चुप्पी से भर उठा।

"माँ, यह आप क्या कह रही हो? अभी वह सिर्फ तेरह साल की है!"

रामनाथ के आवाज की कँपकँपी को सावित्री ने भाँप लिया। लेकिन हिम्मत न हुई कि सास के सामने कुछ बोले।

"इसमें क्या गलत बात कह दी मैंने? आखिर शादी तो एक दिन करनी ही है।"

□

मेरे घर आई एक नन्ही परी

हर रोज हिंदुस्तान के कोने-कोने से मुंबई पहुँचने वाली ट्रेनें लाखों नए चेहरों को अपने साथ लाती है। इन्हीं में से एक चेहरा कभी रामनाथजी का रहा होगा। उत्तर भारत के किसी कोने से तेरह बरस की उम्र में रामनाथ एक दिन एक फटे-पुराने झोले में दो जोड़ी कपड़े भरकर, घरवालों से बिदाई लेकर बिना टिकट के ट्रेन से मुंबई पहुँचे थे। मुंबई आते ही उन्होंने एक बड़ी सरकारी टेलीफोन की कंपनी में छोटी-मोटी मजदूरी का काम शुरू कर दिया। चार साल की लगातार मेहनत के बाद रामनाथ को उसी सरकारी टेलीफोन की कंपनी में स्थायी पद मिल गया। सरकारी नौकरी पक्की होते ही वे चार साल बाद शान से बकायदा टिकट लेकर अपने गाँव पहुँचे।

कुछ सालों बाद शादी करके रामनाथ और उनकी धर्मपत्नी सावित्री ने मुंबई महानगरी में अपनी छोटी सी दुनिया बसा ली। यों तो उनकी गृहस्थी खूबसूरत थी, मगर कसक यह थी कि चार साल तक बच्चे की चाह 'चाह' भर रह गई थी। मुंबई में चाल के उस छोटे से घर में रोज एक नई मन्नत मानी जाती। कभी सावित्री किसी बाबा के कहने पर महीनों अपने खाने की आदतों को साध लेती, तो कभी रामनाथ 'वार' के लिहाज से व्रत करने बैठ जाते।

इतनी मशक्कत और तपस्या के बाद अवतरित हुईं थीं उनकी बिटिया 'कल्पना'—सावित्री की कल्पनाओं की साकार मूरत और रामनाथ की आँखों का नूर।

लाड़ली-नखरीली कल्पना, जिसके हर नखरे के पीछे माँ-पापा की एक दलील होती। कल्पना लहसुन-प्याज की गंध से चिढ़ती तो माँ कहती, "इसके पैदा होने से पहले अठारह महीने तक सात्विक भोजन ही किया था।"

वैसे यह बात अलग है कि देरी बस कल्पना के आने भर में हुई थी। उसके

बाद भीड़ ही लग गई थी। कल्पना के ठीक बाद भाई राघव, उसके अलावा दो बहनें एवं एक भाई और।

लोग अकसर सावित्री को छेड़ा करते कि कैसे इस 'हम दो हमारे दो' के जमाने में आपके दो कम वॉलीबॉल की टोली इकट्ठा हो गई? सावित्री बड़े निराले अंदाज में जवाब देतीं—

"कल्पना और बेटे राघव के जन्म के बाद हम बच्चा नहीं चाहते थे, लेकिन हमारी सास नहीं मानी, वह बड़ी नाराज हो गईं। उनका कहना था, 'एक बेटा एक आँख की तरह होता है और एक आँखवाले को लोग काना कहते हैं!' फिर हैरानी जताकर कहतीं, "उनके दो आँखों के चक्कर में मेरे दो हाथ गरिमा और मीरा पैदा हो गए। आखिर में जब शेखर पैदा हुआ, तब जाकर दो आँखों का जोड़ा पूरा हुआ और शांति मिली अम्माँ को!"

इतनी लंबी-चौड़ी दलील के बाद आता था सावित्री का मास्टर स्ट्रोक—

"जो भी हो, हम तो बेटा और बेटी में कोई फर्क नहीं करते हैं। हमारे लिए सारे बच्चे एक समान हैं।"

कुछ लोग हँसकर पूछ बैठते, "अगर गरिमा और मीरा आपके हाथ हैं तो कल्पना क्या है?"

यह सुनकर सावित्री मुसकरा देती, लेकिन जवाब न देती।

इतनी बातें काफी होती थीं कल्पना के दिल-दिमाग में खास एहसास भरने के लिए। भारत के उस संकाय में, जहाँ दो बेटे की चाह में घर में बच्चों की फौज खड़ी हो जाए, उस जगह इतना मान मिलना, यह बात अनोखी तो थी ही।

हाँ, अब यह बात अलग थी कि अपने छोटे भाई-बहनों की नजरों में वह 'पापा की चमची' थी।

बेटियाँ बाप की दुलारी होती हैं। कल्पना और रामनाथ को देखकर यह बात पूरी तरह ठीक जान पड़ती थी। कल्पना की चहेते पापा और पापा की चहेती कल्पना! पिता-पुत्री के बीच यह तालमेल नैसर्गिक था। रामनाथ की कल्पनाओं की मूर्त रूप कल्पना अपने पिता से पल भर के लिए भी अलग नहीं रहना चाहती थी। छुटपन में पापा के साथ ऑफिस जाने की जिद और फिर उनके चले जाने के बाद घंटों तक रोना।

हर इतवार जैसे त्योहार होता था। पापा की लंबी झोल-मोल शर्ट पहनकर घूमने जाना, पान की दुकान से फ्रूटी और कैडबरी लेना।

बार-बार रामनाथ का यह कहना कि सारे बच्चे उनके लिए बराबर प्यारे हैं, और फिर कल्पना को थोडा ज्यादा लाड़ जताना। इन सबमें वह मनमर्जी करने की छूट ले लेती।

एक तरफ माँ सावित्री देवी इस जुगत में लगी होती कि किसी भी तरह कल्पना को एक सुघड़ गृहिणी के लिए अभी से प्रशिक्षित किया जाए और दूसरी तरफ मनमौजी कल्पना अपने ही हवाई किले बनाती रहती। जितनी बार माँ उसे खींचकर चौके के पास ले जाती, पर उसका चंचल मन हवा के पंख पकड़कर किसी और देश में चला जाता। उस उम्र में जब उसके उम्र की आस-पास की तमाम लड़कियाँ स्वादिष्ट खाना बनाने के गुर सीखने लगी थीं, कल्पना के पास हर बात के लिए एक एपिक बहाने होते थे—'पढ़ाई कर रही हूँ।' 'होमवर्क कर रही हूँ।'

अब खीजती रहें सावित्री देवी, पर कल्पना तो यह जा, वह जा···। रामनाथ को भी शायद इन्हीं कुछ वजहों से अपनी यह बिटिया बड़ी प्यारी थी।

माँ की उम्मीदों को गच्चा देने के अलावा भी कल्पना के पास ढेर सारे काम थे। मसलन कभी छोटी बहन को चिकोटी काट लेना, कभी छोटे भाई के साथ कबड्डी खेलने लग जाना।

उस वक्त जब उसकी छोटी बहनें गरिमा और मीरा चाय की पत्ती, चीनी और दूध को अनुपात में मिलाना सीख रही थीं, कल्पना अपनी माँ को दलीलें दे रही थी कि उसे घर के काम नहीं करने हैं, बल्कि पापा की तरह बैग लेकर ऑफिस जाना है।

और अपने ख्वाब का रास्ता भी उसने तैयार करना शुरू कर दिया था। क्लास में अव्वल नंबर उसी मुकाम को जाता रास्ता था। वह पढ़ाई ही नहीं, स्कूल की बाकी गतिविधियों में भी जोर-शोर से हिस्सा लेती। नतीजा यह निकला कि जहाँ एक तरफ माँ सावित्री देवी कल्पना से खफा रहने लगीं और सारा प्यार दोनों छोटी बेटियों पर लुटाने लगीं, तो दूसरी तरफ स्कूल के शिक्षक और रामनाथ उससे खुश रहने लगे।

माँ के कोप से बचने के लिए कल्पना के पास एक गजब की काट थी। जब भी उसे लगता कि घर का मौसम बिगड़ने वाला है या फिर माँ गुस्सा होनेवाली है, तो वह भाई राघव के संग निकल जाती। यह वह वक्त था, जब बाकी लड़कियाँ अपनी हमउम्र लड़कियों से घर के अंदर दोस्ती कर रही होती थीं, उस वक्त कल्पना भाई राघव की टोली के साथ कबड्डी का मैच खेल रही होती। इस चक्कर में दोस्त

और सखियाँ तो न बनीं, हाँ, भाई दोस्त जैसा जरूर बन गया। यों राघव उसी के साथ उसी की क्लास में पढ़ता था। दो साल छोटे भाई की कल्पना के साथ ही होने की गुत्थी यह थी कि रामनाथ कल्पना को अकेले स्कूल नहीं भेजना चाहते थे।

कल्पना रामनाथ की आँखों का सितारा थी, जिसमें वे भविष्य की डॉक्टर या इंजीनियर देखते थे।

उन्हें उम्मीद थी कि बड़ी होकर वह जरूर उनका नाम रोशन करेगी। यह सपना तो हर मिडल क्लास माँ-बाप का होता है। लेकिन जैसे ही असल जिंदगी की कड़कती धूप का सामना इन नाजुक सपनों से होता है, वे अपने आप कहीं सुबह की ओस की बूँदों की तरह गायब हो जाते हैं। ऐसा ही कुछ रामनाथ के साथ भी हुआ था।

□

किसी शादी में जाएँ

घर की पहली शादी आभा की शादी के मौके पर जितनी चहल-पहल, जितना उत्साह हो सकता था, सब था। इससे पहले कि रामनाथ सपरिवार मुंबई से प्रस्थान करते, एक पूरा दौर खरीददारी का चला। कल्पना को चूँकि सबसे बड़ी साली होने का ओहदा मिलने वाला था, अत: उसकी तैयारी कुछ खास ही थी। रामनाथजी की बजट से थोड़ी बाहर निकलती कीमत का सरारा और मैचिंग सैंडल।

ऐसी आँखों में चमक, यूँ कि सारे सतरंगी ख्वाब हकीकत का लिबास पहनकर जमीं पर आ गए हैं!

दादी के घर की रौनक अलग ही थी। विमला देवी का सारा कुनबा इकट्ठा हो गया था। तीन बेटियाँ, चार बेटे के वैवाहिक योगों और संततियों को मिलाकर कुल समुच्चय करीब पचास के आस-पास ठहरता था।

इतने लोग एक साथ हों तो नगर न सही, पर मुहल्ला जरूर बसाया जा सकता है। माना कि विमला देवी का पुश्तैनी घर ठीक-ठाक बड़ा था, मगर इतने लोगों की उपस्थिति में सब सिमटा हुआ लग रहा था, जैसे कोई छोटी सी भीड़ कुछ दिनों के लिए वहीं जमी रहनेवाली हो।

उसपर मई का महीना, गरमी में जहाँ तापमान कभी-कभी चालीस डिग्री से भी ऊपर चला जाता और कई दिनों तक बिजली का नामोनिशान तक नहीं मिलता।

लेकिन साहब, शादी की तैयारियों में कहीं कोई कोताही नहीं दिख रही थी। विमला देवी की खुशी अलग ही हिंडोले पर थी। पिछले दो वर्षों से वह इस शादी के पक्के होने का इंतजार कर रही थी। कोई माने न माने, मगर हकीकत यही है कि उनका वश चलता तो वह अपने पोतियों के पैदा होने के साथ ही उनकी शादी तय कर देती।

शादी से पहले आभा ने अपने होनेवाले दूल्हे की केवल तसवीर देखी थी। सालों बीत गए, पीढ़ियाँ बदल गईं, लेकिन प्रथाएँ बिल्कुल वैसी-की-वैसी अडिग

व अनछुई! कल्पना की सबसे छोटी बुआ शामा ने जब नए जमाने के फैशन अनुसार सगाई करने का सुझाव दिया तो उनके शहरी ढकोसलों की निंदा करते हुए विमला देवी ने सगाई से साफ मना कर दिया।

"भला ब्याह के पहले भी लड़का और लड़की एक-दूसरे को देखते हैं क्या?" शामा से उन्होंने खीझते हुए कहा था।

"फोटू दिखा दी, यह कम है क्या? हमारे समय तो यह भी नहीं होता था। यह शहरी फैसन सबको ले डूबेगा!"

घर के सभी लोग शादी में अपनी अहम भूमिका निभाने में लगे थे। दिन में औरतें अपने छाती तक घूँघट ताने घर का काम निपटातीं। बस फर्क इतना था कि दिन का मसाले कूटने और खाना बनाने का कार्यक्रम रात होते-होते लगन के गीतों में सम्मिलित सुर लगाने में तब्दील हो जाता।

घर के मर्द जुटे थे बारात-सत्कार और बाहरी कामों के सही संचालन में। सब काम सही से निबट जाएँ, इसकी कमान विमला देवी के हाथों में थी।

अब बची बच्चों की टोली, जिसकी सरगना कल्पना थी। घर के पीछे वाले स्थान पर दोपहर को बच्चों की सभा लगती। सभास्थली हुआ करता था घर के पीछे का बगीचा। खूब कहानियाँ सुनाई जातीं। भूत-प्रेत वाले किस्सों का दौर चलता, मुंबई वाली टोली अपना फिल्मी ज्ञान बाँचा करती। कल्पना को जैसे ही मौका मिलता, वह दादी की नजर बचाती, घर के कामों से छुटकारा पाती और सीधी पहुँच जाती बच्चों के साथ धमा-चौकड़ी मचाने। ऐसी ही एक मस्ती भरी दोपहर को पड़ोस के ट्यूबवेल से नहाकर लौटते हुए दादी ने कल्पना को भीगे कपड़ों में देख लिया।

दादी ने इधर कल्पना को देखा और उधर इंद्र की सभा भयंकर गर्जनाओं से गूँज उठी, जिसका सारा असर दादी की आवाज में उतर आया, "शरीर से औरतों की तरह उभार आने लगा है, लेकिन बुद्धि अभी भी नोने बच्चे सी है। आधी औरत हो चुकी है, न जाने कब अकल आएगी?"

दादी विमला देवी के क्रोध-पाश से कल्पना जैसे ही छूटी, सीधा माँ के पास ही जाकर रुकी। इस बीच गड़बड़ यह हो गई कि दादी की झुंझलाहट देख कल्पना की हँसी छूट गई।

"देखो, सरम नहीं है इसको! खी-खी करके हँस रही है! हमारी तो जैसे-तैसे कट गई, तुम्हारी कैसे कटेगी, देखेंगे!"

दादी तड़ातड़ बौछार किए जा रही थीं और कल्पना यह जा, वह जा, गायब।

फिर उस दिन के बाद जैसे सिलसिला ही चल पड़ा। कभी फूलों के आसपास बैठी तितलियों पर मँडराते देखकर तो कभी काम से जी चुराते देखकर दादी को कल्पना की लगभग हर बात खटकने लगी। और फिर उनके सहने की सीमा इस कदर पार हुई कि एक दिन रामनाथजी के पास शिकायत और उसके निपटारे, दोनों का पुलिंदा लेकर बैठ गईं।

"लड़की जाति को इतनी ज्यादा छूट देना अच्छा नहीं होता बेटा! कल को ब्याह करके किसी और के घर जाना होगा।"

"क्या हो गया माँ? आओ, बैठो तो सही।" रामनाथ ने विमला देवी को शांत कराते हुए कहा।

"तुम्हारी बड़ी बेटी बहुत ढीठ होती जा रही है! घर के काम से जी चुराती फिरती है और छोटे बच्चों के साथ कूदती रहती है।"

"बच्ची है अभी माँ वह!"

"बच्ची होगी तुम्हारे लिए! अब उसकी भी उम्र ब्याहने लायक हो रही है। अगर उससे सख्ती से न पेश आए तो जरूर एक दिन कोई मुसीबत खड़ी करेगी।"

"तुम भी न माँ छोटी सी बात को कहाँ से कहाँ ले जाती हो! जानती हो, हर साल वह अपने पूरी क्लास में अव्वल नंबर लती है।" रामनाथ ने बड़े गुमान से कहा। "मेरी इच्छा है कि पहले वह पढ़-लिखकर कुछ बन जाए तो इसकी शादी करूँगा।"

"अरे, उसके पढ़ने-लिखने से हमें क्या मिल जाएगा? चिट्ठी-पत्री लिखना सिख जाए, बहुत है! बाकी जैसी तुम्हारी इच्छा!" विमला देवी ने खीजते हुए कहा। "शहरों में बस जाने का यह तो मतलब नहीं कि हम अपनी रीति-रिवाज और परंपरा भूल जाएँ।"

रामनाथ की नए जमाने की बातें सुनकर विमला देवी खूब क्रोधित हो जाती। मुँह बिचकाते हुए उनकी सोच की निंदा करती, "कभी कोई लड़की को भी इतना पढ़ाता है क्या? आखिर ससुराल जाकर उन्हें चूल्हा ही तो फूँकना है।" यह आलाप वह दिन में बीसों बार मार्केटिंग स्लोगन की तरह गाती रहती।

शादी के इस मौसम घर के लोग तैयारियों में डूबे हुए थे, लेकिन कल्पना की अलग ही हैरानी थी। जब से आभा की शादी तय हुई थी, तब से न जाने क्यों अचानक से घरवालों का प्यार उससे बढ़ सा गया था। सभी उसकी बात सुन रहे

थे, उसे नए-नए कपड़े और गहने मिल रहे थे। यहाँ तक कि दादी ने भी उसे घर का काम न करने के लिए टोकना बंद कर दिया था। आखिर यह क्या माजरा था?

दादी का ऐसा हृदय परिवर्तन देखकर कल्पना मन-ही-मन भगवान् से मनाती 'हे भगवान्! काश मेरी भी शादी हो जाती, तो कितना मजा आता!'

'कम-से-कम आते-जाते दादी की डाँट-फटकार से छुटकारा मिल जाता।'

इच्छाओं के कोई सर-पैर नहीं होते। कभी-कभी अनजाने में माँगी मुराद भी सच हो जाती है। मुरादें निर्मम होती हैं। एक बार वह आपकी झोली में गिरीं तो उन्हें फेरना असंभव होता है।

महान् कवि और नाटककार ऑस्कर वाइल्ड ने खूब कहा है, "जब ईश्वर हमें दंडित करना चाहते हैं तो वह हमारी इच्छाओं को स्वीकार कर लेता है।"

नादान कल्पना इन सभी चीजों से अनजान थी।

□

पापा कहते हैं, बिटिया बड़ा नाम करेगी

पढ़ाई के प्रति कल्पना के लगाव ने रामनाथ के मन में कई सपनों को जन्म दिया था। इसलिए जब विमला देवी ने कल्पना के शादी का दबाव उनपर बनाया तो वह जैसे मोहसंकट में पड़ गए। बेटी और माँ दोनों का मोह उन्हें दो हिस्सों में बाँटे जा रहा था। आखिर क्या किया जाए? माँ की बात को काटना उनके लिए अपराध था। और अपनी लाड़ली मासूम बेटी को शादी के बंधन में बाँधना नाइंसाफी लग रही थी।

"माँ, इतनी जल्दी क्या है, शादी करने की? मेरी इच्छा है कि कल्पना कुछ साल और पढ़ ले तो उसका ब्याह करूँगा।"

"यह तुम्हें जल्दी लगता है, तीन साल में पूरी औरत हो जाएगी! मैंने कब उसे पढ़ाने से मना किया? कुछ सालों बाद जब उसके ब्याह के लिए वर ढूँढ़ने निकलोगे तो लड़केवालों के द्वार पर जाकर चिरौरी करते-करते मुँह सूख जाएगा।"

"लेकिन माँ···।"

"लेकिन क्या, जितनी ज्यादा लड़की उम्र में बड़ी हो, उसके दहेज की रकम भी उतनी ज्यादा देनी होगी।"

"ऐसे कैसे शादी कर दूँ माँ?"

"जमाना बड़ा खराब चल रहा है बेटा, गाँव ही में देख लो, मंगरू की बेटी चौदह साल की थी, जो किसी के साथ रात के अँधेरे में निकल गई। बाकी बेटा, तुम्हारी।"

"क्या कह रही हो माँ? कल्पना ऐसी नहीं है, वह अलग है।" रामनाथ का स्वर ऊँचा हो गया।

"अलग है मतलब, लड़की ही है न! मैं कोई गलत बात नहीं कर रही हूँ। इतना अच्छा घर और खानदान ढूँढ़ने से नहीं मिलता! इतने रईस घर में शादी करके तुम्हारा ही बोझ हलका हो जाएगा, कोई एक बेटी थोड़े ही है तुम्हारी, अभी दो

बेटियाँ और भी है। मैं उसकी दुश्मन थोड़े ही हूँ, उसी की भलाई के बारे में सोच रही हूँ।" यह कहते हुए उन्होंने आँखों से आँसुओं की दो बूँदें भी छलका दीं।

"वैसे भी शादी के दूसरे दिन विदाई थोड़े करने को कह रहे हैं। पाँच साल बाद तुम आराम से जब वह अठारह साल की हो जाए, तो उसकी बिदाई करना। पाँच वर्षों में वह अपनी पढ़ाई भी पूरी कर लेगी।"

"सही कहती हूँ न?" यह वह काशीनाथ की तरफ देखकर बोली। वे भी वहीं बैठे थे।

"हाँ माँ, बहुत सही बोली हो! भैया, माँ की बात बिल्कुल सही है। यह समझो कि यही लिखा है कल्पना के भाग में! लड़का देखा-सुना है, कोई कमी नहीं है, मैं गारंटी लेता हूँ!"

रामनाथ कुछ नहीं बोले। विमला देवी का विरोध करना उनके स्वभाव में नहीं था। वे चुपचाप देर तक विमला देवी और काशीनाथ से कल्पना की शादी को लेकर दलीलें सुनते रहे।

शादी के माहौल में माँ और बेटे के बीच मान-मनौतियों का सिलसिला शुरू हो गया था। विमला देवी के इरादे पहाड़ों से भी मजबूत थे। शाम, दाम, दंड और भेद, सभी नीतियों का इस्तेमाल विमला देवी ने बड़ी कुशलता से किया। रामनाथ माँ के आँसुओं, दुहाइयों और तर्क के सामने कमजोर पड़ते जा रहे थे।

तिस पर छोटे भाई काशीनाथ सुबह-शाम लड़केवालों की संपन्नता और ख्याति की शेखी बघारते फिरते।

कहते हैं, जीवन से मिला संघर्ष और उसका अनुभव ही इनसान के व्यक्तित्व को तराशता है। कुछ लोग संघर्ष की लड़ाई के बाद सोने सा चमकते हैं, तो कुछ कोयला की राख बनकर रह जाते हैं। नतीजा तो लड़नेवाले पर निर्भर करता है।

विमला देवी स्वभाव से कड़क मिजाज की थी। उनके स्वभाव की कड़वाहट का कारण जीवन से मिला उनका अपना अनुभव था। गृहस्थी की मार और जीवन से मिले संघर्ष से लड़ते-लड़ते वे सख्त हो गई थीं।

विमला देवी जब नई नवेली ब्याह कर ससुराल आई थीं, तब उनकी उम्र केवल तेरह साल की थी। लोगों का कहना था कि उन्होंने अपने मायके में आराम की जिंदगी देखी थीं, परंतु शादी के बाद से ही विमला देवी के ऊपर गृहस्थी का सारा बोझ लाद दिया गया था। विमला देवी, शिवशंकरनाथ की दूसरी पत्नी थीं। शिवशंकरनाथ की पहली पत्नी विवाह के दो वर्षों के बाद ही पेट की किसी बीमारी के कारण चल बसी थीं।

पहली पत्नी के मरने के बाद शिवशंकरनाथ के पिता ने उनकी दूसरे शादी के लिए बड़ी कोशिश की, लेकिन शादी तय न हुई। अंत में बात न बनने पर उनके करीबी मित्र ने पास ही के गाँव में खेत में काम कर रही विमला देवी को अकेला देखकर उन्हें अगवा कर लिया। दूसरे दिन उसी अगवा की गई विमला का ब्याह शिवशंकरनाथ से करवा दिया गया।

विवाह की विधि समाप्त होने के बाद विमला देवी के पिता को संदेश देकर बुलवाया। पहले तो वे अपनी बेटी की इस तरह जबरन हुई शादी से बड़े क्रोधित हुए, फिर समाजिकता के दवाब में उन्होंने इस जबरिया विवाह पर अपनी अनुमति की मुहर लगा दी।

जवानी के दिनों में शिवशंकरनाथ को घूमने-फिरने का बड़ा शौक था। साल भर में दो या तीन महीने ही वे घर पर रहा करते थे। कमाने का बहाना लेकर कभी कुछ महीने दिल्ली, कुछ महीने कलकत्ता, तो कुछ दिन कोई और शहर। इस दौरान उन्होंने अगर कुछ छोटे-मोटे काम कर पैसे कमा भी लिये तो उसे वे अपने खुशामदी मित्रों की वाह-वाही में आकर खैरात में दे देते।

शिवशंकरनाथ के बेफिक्र और आरामपरस्त स्वभाव से तंग आकर उनके पिता ने अपनी ज्यादातर जमीन अपने बाकी के बेटों के नाम कर दी। घर का बँटवारा होने के बाद शिवशंकरनाथ के हिस्से में दो कमरोंवाला कच्ची मिट्टी का घर और खेती के लिए दो बीघा जमीन आई।

शिवशंकरनाथ का यह उदार स्वभाव विमला से 'विमला देवी' बन चुकी उनकी पत्नी पर बड़ा भारी पड़ता।

शिवशंकरनाथ के मनमौजी स्वभाव से विमला देवी बड़ी दुःखी होतीं। न चाहते हुए भी हालात के मद्देनजर खेती की सारी जिम्मेदारी उनकी हो गई। बड़े होकर विमला देवी के बेटे जब कमाने लगे तो उन्हें अपनी चिंताओं और दुःखों से निजात मिली। घर चलाने में विमला देवी के संघर्ष के साक्षी तीनों बेटे—रामनाथ, काशीनाथ और केदारनाथ माँ की इच्छा को पूरा करना अपना धर्म मानते थे। उनकी कही बात को काटना उनके लिए संभव नहीं था। यह परंपरा उनकी पत्नियों के आने के बाद भी अनवरत् जारी रही।

घर में कोई पूजा-पाठ हो या कोई भी शुभ काम, विमला देवी से विचार-विमर्श के बिना कुछ भी नहीं होता था। आभा के विवाह में विमला देवी की इच्छा और प्रयास का बड़ा योगदान था।

जब से आभा चौदह साल की हुई थी, तभी से विमला देवी ने उसके शादी की रट लगा दी थी। हर बार काशीनाथ से उनकी चर्चा का एक ही विषय होता, "आभा के योग्य कोई वर मिला या नहीं?" यहाँ तक कि गाँव बैठे-बैठे वह स्वयं आभा के रिश्ते की बात दूर के रिश्तेदारों से चलाती रहतीं, मानो बेटियों और पोतियों की बढ़ती उम्र उनके जीवन के साल कम रही हो!

दो साल की लगातार वर-खोजाई कोशिशों के बाद आभा जब सोलह साल की हुई तो उसकी शादी तय होते ही विमला देवी की खुशी की सीमा न रही।

जमाना बदल गया था। गाँव का छोटा सा घर अब पक्के मकान में तबदील हो गया था, परंतु इस परिवर्तन का विमला देवी पर कोई विशेष प्रभाव नहीं था। उनके लिए 'बेटियाँ' अब भी पिता के सर का बोझ ही थीं। अपने बेटों के सर का बोझ कम करने में वे कोई कसर नहीं छोड़ना चाहती थीं।

□

बैंड बाजा-बारात

विमला देवी के तर्क-वितर्क और काशीनाथ के हठ के दबाव में आकर तीन दिन बाद रामनाथ मनसुखचंद के घर जाकर बात करने के लिए राजी हो गए। मनसुखचंद का शानदार बँगला, दरवाजे पर खड़ी गाड़ियों की खेप, जिसमें दो जीप और ट्रैक्टर शामिल थे, मनसुखचंद की रईसी की खूद गवाही दे रहे थे।

मनसुखचंद और उनके बड़े भाइयों ने बड़ी शान से रामनाथ और काशीनाथ का स्वागत और खातिरदारी की। लड़कीवाले होने के बावजूद भी मनसुखचंद के परिवार द्वारा अनपेक्षित आदर-सम्मान पाकर रामनाथ मन-ही-मन बहुत खुश हुए।

कुछ देर की बातचीत के बाद रामनाथ ने कल्पना की तसवीर अपनी जेब से निकालकर मनसुखचंद के हाथों में थमा दी। कल्पना की तसवीर को उनके पूरे घरवालों ने देखी और अपनी तरफ से बड़ी खुशी-खुशी शादी के लिए 'हाँ' कर दी।

सफेद चादर पर काले जामुन के ठोप सी आँखोंवाली कल्पना की तसवीर भी बोलती थी। नजर वहाँ न अटकती तो फिर किधर जाती!

मनसुखचंद ने अंकित को भी रामनाथ से मिलवाने के लिए बुला लिया।

अंकित कल्पना से उम्र में चार साल बड़ा था। देखने में वह काफी हद तक मनसुखचंद जैसा ही था। कद-काठी से लंबा, साँवला रंग, लंबे चेहरे पर छोटी-गोल आँखें और ठुड्डी पर गोल गड्ढा था।

अंकित बाहर आकर रामनाथ और काशीनाथ के सामने रखी कुरसी पर बैठ गया।

कुछ पल अपने होनेवाले दामाद को निहारकर रामनाथ ने सहजता से पूछा, "बेटा, तुम किस कक्षा में पढ़ते हो?"

"जी, दसवीं क्लास में।"

"दसवीं के बाद क्या करना चाहते हो?"

कुछ देर तक अंकित चुप रहा, फिर सहमकर बोला, "जी, आगे पढ़ाई करूँगा।"

अंकित की बात खत्म होने से पहले मनसुखचंद लपककर बोले, "बच्चा है, थोड़ा घबरा गया है। कहता रहता है कि साइंस पढ़ेगा।"

यह सुनकर रामनाथ मुसकराए और सर हिलाकर अपनी सहमति व्यक्त की।

"वैसे हमारी बेटी को भी पढ़ने का बड़ा शौक है।" रामनाथ ने थोड़ा झिझककर मनसुखचंद की तरफ देखकर कहा।"

यह सुनकर मुनसुखचंद ने बगल में बैठे अपने भाइयों की तरफ ऐसे देखा, जैसे वे उनकी इस बात पर टिप्पणी के लिए उनकी स्वीकृति चाहते हों। मनसुखचंद के दो बड़े भाई थे—वैभवचंद और कुलभूषणचंद। वैसे तो उम्र में बड़े वैभवचंद थे, लेकिन घर और परिवार से संबंधी सारे बड़े फैसलों की जिम्मेदारी मझले भाई कुलभूषणचंद ने ले रखी थी। मनसुखचंद की आँखों में सवाल देखकर कुलभूषणचंद अपनी गहरी आवाज में बोले, "यह तो बहुत बढ़िया बात है। जब तक उसका मन करेगा, हम आगे पढ़ने में उसका साथ जरूर देंगे।"

इस बात को सुनकर पूरी बैठक का मौहल हलका सा हो गया। रामनाथ ने राहत की एक लंबी साँस ली। काशीनाथ अपनी जगह से उठकर रामनाथ की ओर गए और अभिमान से तनकर बोले, "देख लिया भैया, मैं कहता था न कि ऐसा परिवार आपको सालों ढूँढ़ने से भी नहीं मिलेगा। आप चिंता न करो। शादी के लिए बस 'हाँ' कर दो। बाकी सबकुछ हम सँभाल लेंगे। आखिर कल्पना मेरी भी तो बेटी है।"

मनसुखचंद और उनके परिवार की उदारता और भव्यता से रामनाथ का चित्त परिवर्तन होने लगा। मन-ही-मन वे अपनी बेटी कल्पना के सुनहरे भविष्य के सपने देखने लगे। उन्हें भी यह विश्वास हो चला कि यह रिश्ता बड़े भाग्य से उनकी झोली में आ गिरा है। ऐसे रिश्ते को ठुकराना मूर्खता होगी। कुछ ही घंटों में दोनों परिवारों ने कल्पना और अंकित के जीवन का महत्त्वपूर्ण फैसला ले लिया। मनसुखचंद और उनके भाई खूब खुश थे कि रामनाथ ने इस शादी को मानकर उनकी बात रख ली।

उत्तर भारत का वह हिस्सा, जहाँ दहेज हर शादी की नींव है, तो कल्पना की शादी बिना किसी लेन-देन के कैसे पूरी हो सकती थी?

घंटों की खरीद–फरोख्त के बाद भी जब दोनों परिवारों में अपने सहूलियत के हिसाब से दहेज की रकम तय नहीं हुई, तब अंत में कोई हल न निकलने पर कुलभूषणचंद और मनसुखचंद ने बात को न बिगाड़ने के मंशा से फैसला अपनी माँ पर लाद दिया।

एक हाथ से अपनी छड़ी पकड़े और दूसरे हाथ से अपनी नातिन का सहारा लेते हुए माताजी बड़ी शान से मेहमानघर में आईं। उम्र में वे करीब पचहत्तर साल की होंगी। उन्होंने एक सफेद रंग की साड़ी पहन रखी थीं। उनका पूरा चेहरा झुर्रियों से सजा हुआ था। लंबी कद–काठी होने के नाते उनकी कमर बुढ़ापे में धनुष सी तिरछी जरूर लग रही थी, लेकिन नपी–तुली चाल उनकी कुशाग्रता बयाँ कर रही थी। वे आईं और सीधे बीच कमरे में लगी आराम–कुरसी पर बैठ गईं।

यदि कहा जाए कि गर गॉड फादर का डॉन कोर्लिओन पचहत्तर साल की उत्तर भारतीय बूढ़ी औरत होता तो कुछ यों ही दिखता।

उनके कमरे में आते ही रामनाथ और काशीनाथ ने उठकर उनके चरण छुए और उनके बेटे खड़े हो गए।

"तुम ही हो लड़की के बाप?" उन्होंने रामनाथ की तरफ देखते हुए कहा।

"जी, माताजी!"

"बेटा, हमको तुम्हारी बेटी पसंद है। हमार बस चले तो एक कौड़ी में सादी मान लें। लेकिन बिना दहेज के शादी मान ली तो लोग कहेंगे कि हमारे पोते में कोई कमी है। बात सिर्फ पैसे की नहीं है न, बात हमारे रुतबे की भी है।"

"बात तो ठीक है माताजी, लेकिन रकम हमारी हैसियत से कुछ ज्यादा है, इतनी जल्दी हम दो लाख का बंदोबस्त कैसे कर पाएँगे?" रामनाथ हाथ जोड़कर उनकी तरफ अपेक्षा से देखते हुए बोले।

"बेटा, मैं तुम्हारी प्रॉब्लम समझती हूँ। चलो, तुम्हारी बात रखने के लिए मैं अपनी तरफ से पचास हजार रुपए कम कर देती हूँ।"

"धन्यवाद माताजी!"

"लेकिन ध्यान रहे कि बारातियों के स्वागत में कोई कमी न आने पाए। हमारी बड़ी इज्जत है यहाँ।" इतना कहकर वे कुटिल व्यापारी की तरह सौदे की आखिरी बोली लगाकर अपनी नातियों का सहारे लेते हुए धीरे–धीरे कमरे से बाहर चली गईं।

"माताजी, आप निश्चिंत रहिए।" काशीनाथ ने स्वर तनिक ऊँचा करते हुए कहा।

"भैया, सच मानो तो शादी बड़े सस्ते में तय हो गई। कई लड़कीवाले तो इस शादी के लिए तीन लाख तक देने को तैयार थे।" काशीनाथ ने रामनाथ के कानों में धीमे से कहा।

दहेज की रकम कम होने से रामनाथ को थोड़ी राहत मिली।

घर लौटते समय रामनाथ रास्ते भर मन-ही-मन हवाई महल खड़े किए जा रहे थे। वे मंत्रमुग्ध हुए जा रहे थे कि कल्पना का रिश्ता इतने बड़े घर में जोड़कर उन्होंने उसके भविष्य पर सोने की मुहर लगा दी है।

कल्पना की शादी पूरे परिवार के लिए हवा के झोंके की तरह थी। हवा का वह झोंका, जिसकी शुरुआती तासीर तो किसी पहाड़ी झोंके की थी, जिसमें खूब शीतलता हो, मगर समय के साथ वह लू के थपेड़ों में बदल जाए। 'बाल-विवाह' नाम का यह झोंका कल्पना को किस कदर झुलसाने वाला था, उससे पहले यह जान लेना जरूरी है कि शादी की इस खबर का सब पर असर क्या पड़ा?

कल्पना की माँ और रामनाथजी की धर्मपत्नी सावित्री ने जब मनसुखचंद की शानोंशौकत का विवरण दिया तो सावित्री किसी रंगीन सपने में डूब गईं—घर की बड़ी बहु कल्पना घर की चाबी अपनी रंगीन साड़ी में खोंसे मालकिन बनी हुई है।

दादी विमला देवी इस बात से प्रसन्न कि चलो, आठ लड़कियों की फौज में से एक और घटी, जय रामजी!

बुआ रामा-शामा चुटकी लेने में व्यस्त कि यह नासमझ कल्पना कहीं शादी के बीच ही पंडित से यह न कह दे कि चलो, बंद करो अब सब, मुझे नींद आ रही है। इन चुटकियों के बीच यह खुशी भी कि चलो एक ही बार में मायके में दो शादियों को देखने का मौका मिल गया। नेग की रकम भी दोगुनी हो गई।

बच्चे इसलिए खुश कि उनकी गरमियों की छुट्टियाँ कुछ और दिनों के लिए बढ़ जाएँगी और गाँव में रहकर आम के बगीचों में खेलने का मौका मिल गया।

सावित्री और रामनाथ को ऐसा लगा, मानो सचमुच भगवान् ने ऐसा सुनहरा रिश्ता खुद उनके द्वार पर भेजा हो! उन्हें लगा की कल्पना कितनी भाग्यवान है कि उसकी शादी बिना किसी भाग-दौड़ के तय हो गई। वरना अच्छा रिश्ता ढूँढ़ने में तो सालों लग जाते हैं। दहेज की रकम उनकी हैसियत से कुछ ज्यादा थी, पर अपनी बेटी के सुनहरे भविष्य के लिए वे कर्ज लेने को भी तैयार थे।

इन सबके बीच शादी की परिभाषा से पूरी तरह बेखबर कल्पना इसलिए खुश थी कि उसे भी अब आभा की तरह नए कपड़े, गहने और खूब सारे उपहार मिलेंगे।

घर में बुआ मिलकर हर शाम को उसकी भी हल्दी और तेल से मालिश करेंगी। उसके लिए सबसे बड़ी बात तो यह थी कि अब दादी उसे मारने के लिए दौड़ाएँगी नहीं और न ही घर का काम करवाएँगी।

अब उसे घर में अगर कोई एक गिलास पानी भी लाने को कहता तो वह एक ही जवाब देती, "मेरी भी शादी होनेवाली है, अब मुझे भी कोई काम नहीं करना चाहिए।" यह सुनकर लोग हँस देते।

□

बन्नो रानी, तुम्हें सयानी होना ही होगा...

आभा की शादी के ठीक छह दिन बाद कल्पना के शादी की तारीख तय हो गई। घर में आई यह दुगनी खुशी अपने साथ कुछ जिम्मेदारियाँ भी ले आई थी। इन्हीं जिम्मेदारियों का एक कहर बुआ रामा-शामा पर भी टूटा। रामा का हिसाब ठीक था, लेकिन शामा को मायके में भी काम करना पड़े, यह कतई मंजूर नहीं था। लेकिन क्या करती, विमला देवी के आगे तो किसी की नहीं चलती थी।

"सुन रही हो तुम दोनों, आज से कल्पना को शादी के रीति-रिवाज समझाने की जिम्मेदारी तुम लोगों की! चाहे जैसे बन पड़े, लड़की तौर-तरीके सीख जाए!" विमला देवी ने रामा और शामा को हिदायत दी।

"लाज-शरम भी कोई सिखाने की चीज है अम्माँ।" शामा नाक सिकोड़कर बोली।

"अरे, तो तुम लोग किताब की तरह रटा देना! लेकिन हमारी इज्जत न जाने पाए! वैसे भी शादी में तुम लोग आई हो तो कुछ तो काम करोगी कि केवल मुफ्त का नेग ही बटोरोगी?" विमला देवी ने कटाक्ष किया।

"देख रही हो, जीजी, अम्माँ, बूढ़ाय रही हैं, लेकिन दुनिया की चिंता अपने सर पर लादे है! एक और काम दे दिया!" शामा वहाँ से बुदबुदाती हुई चलती बनी।

उस दिन से रामा और शामा कल्पना के साथ साये की तरह रहने लगीं। उनका ध्यान आभा की शादी पर कम, कल्पना को रीति-रिवाज सिखाने में ज्यादा लगने लगा। उनके लिए आभा की शादी एक डेमो बनकर रह गई।

शामा खुद ही दिन में कई बार साड़ी पहनकर धीरे-धीरे चलने, सर पर घूँघट लेने, धीमी आवाज में बोलने का सलीका सिखाती। लेकिन कल्पना अपने ही मूडी मिजाज में रहती। जब तक आनंद आता, तक ध्यान देती, जब जी ऊब जाता तो वहाँ से फुर्र हो जाती।

शामा झल्लाकर रह जाती, "क्या पड़ी थी भैया को कि इसकी शादी तय करने की, ऊपरवाला ही जाने क्या गुल खिलेगा मंडप में?"

दहेज की रकम को पूरी करने के लिए सावित्री ने अपने प्राण-प्रिय सोने के कंगन रामनाथ को उतारकर दे दिए। आखिर बेटी को सुखी जीवन देने से जरूरी क्या हो सकता है? दोनों की बस एक ही इच्छा थी कि सब हँसी-खुशी निबट जाए।

आभा की शादी बड़ी धूम-धाम से हुई। शादी की सभी रस्मों को आभा ने बड़ी सहूलियत से बिना किसी मुश्किल के निभाया। कल्पना से तीन साल बड़ी आभा आखिर इस दिन के लिए ही पैदा हुई थी। बड़े होते हुए उसे हर लम्हे एक अच्छी दुलहन बनने के लिए ही तो तैयार किया गया था।

आभा की बारात बिदाई के दूसरे दिन से ही घर के लोग कल्पना की शादी की तैयारियों में जुट गए। आँगन में लगा मंडप जैसा-तैसा गड़ा रहा। घर की साज-सजावट को भी टस से मस न किया गया। हलवाई, बैंडवाले, जनरेटर सब अपनी जगह पर तैनात थे।

घर का माहौल, साज-सजावट सबकुछ वही था, केवल दूल्हा और दुलहन बदलने वाले थे। ऐसा लग रहा था, जैसे कोई फिल्म चल रही हो, जिसका आधा भाग खत्म हो गया हो और आधा भाग इंटरवल के बाद फिर शुरू होनेवाला हो!

शादीवाले दिन पूरे घर में मानो भगदड़ सी मच गई हो। बारात आने के दो घंटे पहले से ही घर में लगे सभी आइनों पर औरतों और लड़कियों ने अपना कब्जा कर लिया था। सबसे सुंदर कौन, की यह प्रतियोगिता चालू थी।

घूँघट में रहनेवाली नई-नवेली दुलहनों ने तो होंठों पर और भी चटक रंग की लाली लगा ली थी, इसी आस में कि "क्या जाने गलती से भूले-भटके घूँघट के बिना वीडियो रिकॉर्डिंग में उनकी तसवीर भी आ जाए!"

जनरेटर की धड़-धड़ और लाउडस्पीकर पर बज रहे गीतों का शोर इतना ज्यादा था कि बिना चिल्लाए बात करना लगभग नामुमकिन था। कई लोगों के तो चिल्ला-चिल्लाकर गले ही बैठ गए थे।

रीति के अनुसार कन्यादान देने के लिए रामनाथ और सावित्री ने सुबह से कुछ भी खाया-पिया नहीं था। केवल जी-जान लगाकर अपनी लाड़ली बेटी के बारात के स्वागत की तैयारी में जुटे थे।

दिन ढल चुका था, शाम की बेला अपने साथ दूर से पक्की सड़क को पार करके आती बारात के शोर को कल्पना के कमरे के भीतर पहुँचा रही थी।

सावित्री हड़बड़ी में बारात के स्वागत के लिए फुरती से तैयार होने की

कोशिश कर रही थी। गरिमा और मीरा अब तक आईने से चिपकी थीं।

"तुम लोग अब तक सज ही रही हो, बारात द्वार पर आ गई है। कैसी सजावट है कि खत्म ही नहीं हो रही है? निकलो अब!" सावित्री ने दोनों को जबरन आईने से जुदा किया।

आतिशबाजियों और बैंडबाजों की नजदीक आती आवाज कल्पना को बारात देखने के लिए बेचैन कर रही थी। लेकिन माँ के डर से वह चुप्पी बाँधे थी। किंतु जब बहनें गरिमा और मीरा बारात को देखने छत पर चली गई तो उससे रहा न गया।

"माँ, मुझे भी छत पर जाकर बारात देखनी है!"

"तुम छत पर नहीं जा सकती। वहाँ गाँव की बड़ी औरतें जमा हुई हैं।"

"यह क्या बात हुई? आखिर यह मेरी बारात है!"

"तुम्हारी बारात है इसीलिए तो, अम्माँ डाँटेंगी!" सावित्री बिदक गई।

"माँ, जाने दो न! प्लीज!"

"यहीं बैठी रहो, अभी शामा बुआ तुम्हें आकर सजाएँगी, नए कपड़े और गहने पहनाएँगी।" कल्पना को लालच देकर सावित्री बारात का स्वागत करने के लिए झटपट बाहर निकलकर चली गई।

कल्पना कसमसाकर रह गई।

छत पर बारात देखनेवालों का अलग से मेला लगा था। सर पर पल्लू लिये दुलहनों और युवा लड़कियाँ मधुमक्खियों सी छत की दीवार से सटकर बारात देखने के लिए जुटी थीं। बारातियों के बेढंगे नाच देख निस्संकोच औरतें ठट्ठा मारकर जोर-जोर से हँस रही थीं। इसलिए छत से बारात देखने का मजा ही निराला था।

कुछ देर बाद गरिमा और मीरा हाँफते हुए कल्पना के कमरे में पहुँचीं।

"दीदी, तेरी बारात तो आभा दीदी से भी अच्छी हैं। अब देखना कल हम कैसे सबसे अपने शर्त के जीते पचास रुपए वसूल करते हैं!" दोनों एक साथ किलकारी मारकर बोली। घर में बच्चों के बीच— "कल्पना और आभा की बारात में से किसकी सबसे ज्यादा सुंदर होगी?" इस बात को लेकर पैसों की बाजी लगी थी। दोनों अपनी जीत पर बड़ी खुश थीं।

"दीदी, तुम्हारा दूल्हा तो हाथी पर बैठकर आया है।"

"सचमुच! कल्पना का मन फिर छटपटाया छत पर जाने को, लेकिन माँ के दिए लालच ने रोक लिया।

"हाँ दीदी, इतने पटाखे छूटे की क्या बताऊँ! देखो न, पसीने से मेरा गालों का पावडर ही बह गया है। जरा वह पावडर का डब्बा तो देना। थोड़ा और पावडर

लगाकर आपके दूल्हे को बाहर देखने जाऊँगी।" गरिमा अपने चेहरे से पसीना पोंछते हुए बोली। इतना कहकर दोनों पल में वहाँ से फुर्र हो गईं।

बारात न देखने का मलाल तो उसे था, लेकिन पटाखों और शहनाइयों की आती आवज से वह फूली नहीं समा रही थी। कहनेवाले ने ठीक ही कहा है, 'इग्नोरेंस इज ब्लिस,' यानी अज्ञानता ही परमानंद है। इसी ब्लिस को अंजाम से अनजान कल्पना महसूस कर रही थी।

बारातियों के स्वागत और खान-पान के बाद मंडप में शादी की तैयारियाँ होने लगीं। रामा और शामा फुरती से पंडित की बताई पूजा की सभी सामग्री मंडप में इकट्ठा कर रही थीं।

पहले दूल्हे (अंकित) को मंडप में बुलाया गया। अंकित अपने पापा मनसुखचंद और बड़े पापा कुलभूषणचंद के साथ मंडप में आकर बैठ गया।

अंकित को मंडप आता देख सावित्री ने उसकी तरफ इशारा किया और कहा, "देख ले, यही है तेरा दूल्हा!"

कुछ मिनट कल्पना अंकित को टकटकी लगाए देखती रही। फिर सावित्री की तरफ देखकर मुँह बिचकाते हुए बोली, "माँ, यह कितना लंबा है और इसके चेहरे पर कितने मुँहासे भी हैं! आभा दीदी का दूल्हा तो ऐसा नहीं था! मुझे इससे शादी नहीं करनी है।"

"एकदम पागल है तू! कुछ भी बक देती है। ऐसी अशुभ बातें नहीं करते।" सावित्री को एकाएक खीज आ गई।

"लेकिन माँ···।"

"पापा ने तुम्हारे लिए बड़ी मेहनत और पैसे खर्च करके यह मंडप सजाया है। चुपचाप घूँघट में बैठी रहना। जो कुछ भी पंडितजी तुमसे करने को कहेंगे, बुआ तुमसे करवाती जाएँगी, तुम बिना कुछ पूछे करती जाना। शादी चार घंटे तक चलेगी बेटा, गरमी से घूँघट मत उठा देना।" सावित्री ने कल्पना को प्यार से गले लगाकर चिरौरी की।

"लेकिन माँ, इतनी गरमी में मैं इतने देर कैसे बैठूँगी?"

"तुम टेंशन मत लो! बड़े पंखे का मुँह हम तुम्हारे पास ही कर देंगे। अब जाओ, पंडितजी बुला रहे हैं।"

अपने शादी के महत्त्व से बेखबर कल्पना गुड़िया की तरह सजकर मंडप की ओर चल पड़ी। आमतौर पर एक दुलहन का मंडप की ओर जाना एक सुंदर और

भव्य नजारा होता है। लेकिन तेरह साल की कल्पना के नाजुक शरीर पर सजे गहने कहीं बेड़ियाँ तो नहीं थीं? उसके चेहरे पर चढ़ा घूँघट कही नकाब तो नहीं था? उसको दोनों तरफ से थामे पहरेदार सी बुआ रामा और शामा उसे मंडप की तरफ ले जा रही थीं या फाँसी के तख्ते पर? सामने मंडप में बैठा बड़ी तोंदवाला आदमी पंडित था या जल्लाद? यह अपने आप में एक बड़ा सवाल था।

मंडप में अंकित की बगल में बैठकर एक भी बार कल्पना ने अपने होनेवाले जीवनसाथी की तरफ देखने की कोशिश तक नहीं की। जैसे-जैसे रामा बुआ उसके कान में पंडित की कही बातें करने को कहती, कल्पना चुपचाप करती जाती।

शुरुआत के विधि के दौरान कुछ देर तक तो वह जगी रही, पर जैसे-जैसे रात ढलने लगी, कल्पना घूँघट के भीतर ही रह-रहकर झपकी लेकर सोने लगी। कुछ देर तक तो वह रामा और शामा का सहारा लेकर बस की सीट पर बैठे नींद के नशे में धुत्त यात्री की तरह सोती रही। नींद से जगाने के लिए रामा जब उसे कोहनी से धक्का देकर जगाती तो वह सिर नीचे लटकाकर सोने की कोशिश करती।

एक तो शादी-विधि वैसे ही लंबी होती है, उस पर चाचा-चाची, मामा-मामी और न जाने कितने दूर के रिश्तेदार आ धमके थे, थाल, परात लेकर कल्पना का कन्यादान देने के लिए। कन्यादान देने के लिए करीब बीस लोग हो गए थे, इसी वजह से शादी और भी लंबी खिंच रही थी। कुँआरी लड़की का कन्यादान कर सभी पुण्य कामना चाहते थे। पुरानी कहावत के अनुसार, जिस लड़की का मासिक न आता हो, वह पवित्र मानी जाती थी। शायद यह भी बाल-विवाह का एक मुख्य कारण था।

मंडप में बैठे घर के लोग मन-ही-मन आतंकित थे कि कहीं वह शादी के बीच उठकर खड़ी न हो जाए! दूसरी तरफ मंडप में बैठे गाँव के लोगों के बीच यह बात फैल गई की दुलहन शादी की विधि के दौरान खूब जम्हाई लेकर सो रही है।

इतनी लंबी शादी के अंत तक मंडप में केवल नेग की आस में बैठी लड़कियाँ और औरतें ही दिखाई दे रही थीं। वे भी बीच-बीच में तुनककर पंडित की मंद गति पर आपस में उनकी खिल्ली उड़ा रही थीं। घर के लगभग सभी लोग मौका देखकर घर के अलग-अलग कोनों में जाकर झपकी ले रहे थे।

चार बजे सवेरे जाकर शादी की रस्म खत्म हुई। शामा और रामा झटपट कल्पना को सावित्री के कमरे में ले गईं। कमरे में पहुँचते ही कल्पना ने अपना लंबा घूँघट उतार फेंका और सावित्री की तरफ गुस्से से ऐसे देखा, जैसे उसके साथ छल किया गया हो!

"माँ, मुझे यह साड़ी नहीं पहननी और गहने भी निकाल लो, सब मुझे चुभ रहे हैं। आज के बाद मुझे यह सब मत पहनाना।"

कमरे के बाहर खड़ी गाँव की औरतें आँखें तरेरकर उसकी तरफ देखने लगीं। उसमें से किसी औरत ने कहा, "लड़की तो बहुत ही नाजुक है, का जरूरत थी इतनी जल्दी शादी करने की? शहरी लड़कियों से थोड़े ही जिम्मेवारी सँभलेगी।"

कल्पना को पसीने से लथपथ देख सावित्री को उसपर दया आ गई। उन्होंने उसे अपने पास बिठा लिया और हाथ-पंखे से उसे हवा देने लगीं।

"शांत हो जा बेटा, थोड़ी देर पहने रह, अभी मेहमान घर पर हैं न!"

"माँ, मैंने शामा बुआ को मंडप में कितनी बार कोला लाने को कहा था, पर वे नहीं लाईं, मेरी शादी में लोग मजे से बैठकर खूब जमकर कोला पी रहे थे और मुझे ही नहीं दिया! यह क्या बात हुई?"

आपको पता है, मैंने अपने घूँघट के भीतर से देखा कि अंकित के घरवाले उसे कोला पिला रहे थे, तो मुझे क्यों नहीं?" कल्पना रुआँसा हो गई और सावित्री के गले लगकर जोर-जोर से सिसकियाँ लेकर रोने लगी।

"अच्छा, चुप हो जाओ, मैं अभी मँगाती हूँ। अरे दीदी, सुनो तो जरा, बाहर से ठंडे की एक बोतल ले आना!"

"मुझे ही घूँघट क्यों पहनाया, अंकित को क्यों नहीं? वह तो मजे से पंखे की हवा खा रहा था, उसकी तो सब खातिरदारी कर रहे थे। और मुझे घूँघट में बिठा दिया!"

"अच्छा, चुप हो जाओ, यह लो! अब तो मँगवा दिया न ठंडा! ऐसे मौके पर रोना अशुभ होता है बेटा!"

□

दिल है छोटा सा, छोटी सी आशा

दिन हवा की तरह उड़ते जा रहे थे। कल्पना की गरमी की छुट्टियाँ खत्म हो चुकी थीं और शादी का खेल भी पीछे छूट चुका था। हाँ, खेल ही तो था वह, जिसमें उसकी शादी एक ऐसे लड़के से हुई थी, जिसके मुँह पर खूब सारे मुँहासे थे और वह उसकी बड़ी बहन के दूल्हे जितना सुंदर नहीं था।

एक था गुड्डा··
एक थी गुड़िया··
गुड्डे-गुड़िया की शादी हुई··
मुनिया ने ताली बजाई··
दिन बदला, मुनिया भूल गई।

काश, कि कल्पना सब भूल जाती! उसके लिए जो खेल कब का खत्म हो चुका था, असल में वह उसकी जिंदगी के साथ चल रहा था। इस बात का अंदाजा उसे भले ही न हो, पर सावित्री और रामनाथ को था। उन्होंने अपनी बिटिया के लिए ऐसी खुशी खरीदी थी, जिसकी जरूरत वे खुद भी महसूस नहीं कर पा रहे थे।

सावित्री का कलेजा उस दिन मुँह को आ गया, जब तीसरी मंजिल वाली रीटा जेम्स ने शादी की मिठाई का एक टुकड़ा मुँह में रखते हुए पूछा, "इतनी जल्दी कल्पना की शादी करवा दी आपने, अगर बाद में उसने बॉयफ्रेंड बना लिया तो?"

"हुँळ, परकटी कहीं की!"

सावित्री का मन झल्लाहट से भर गया।

"इन ईसाइयों के यहाँ बनाते होंगे बॉयफ्रेंड, कटाते होंगे शादी के बाद बाल और पहनते होंगे स्कर्ट! हमलोग तो नियम-निष्ठावाले हैं। मेरी बेटी बॉयफ्रेंड क्यों बनाएगी?"

यह बात अलग थी कि शादी की यादें कल्पना धीरे-धीरे बिसारने लगी थी। तोहफों की बात, माँ की तरह सिंदूर-टिकुली सजाने का लालच बमुश्किल हफ्ते भर टिका होगा। फिर कुछ सहेलियों द्वारा मजाक उड़ाने के खौफ ने और कुछ खुद उनकी तरह दिखने की चाह ने सब बदलना शुरू कर दिया था।

वह भी चाहती थी कि बाकी लड़कियों की तरह उसके बाल भी नए फैशन के हिसाब से हों। उसके कपड़ों में सलवार-कुरते की जगह जींस के पैंट-टॉप और स्कर्ट भी शामिल हों।

खैर, वह दिन कयामत का नहीं तो जरूर कयामत का रिहर्सल रहा होगा, जब सैकड़ों बार माँ से मिन्नत करने के बाद भी, उसकी फरियाद पूरी नहीं हुई थी, तो वह खुद ही अपने बालों पर कैंची चलवा आई थी।

घर में घुसने की देर थी कि सावित्री का गुस्सा फटे ज्वालामुखी सा उबल पड़ा—

"हमारे यहाँ लड़कियाँ शादी के बाद बाल नहीं कटवातीं।"

यह कहते हुए सावित्री देवी की आवाज जरूर डेसिबल के उस सूचकांक पर रही होगी, जिससे ऊपर की ध्वनि अपने मुँह से निकालना किसी मनुष्य के लिए संभव नहीं।

पता नहीं, वह सावित्री देवी की फटकार थी या कल्पना के अंदर का गुबार, वह रो पड़ी।

"किसने कहा था कि मेरी शादी करवाओ?"

कल्पना के इस सवाल की गूँज दफ्तर से अभी वापस लौटे रामनाथ के कानों तक भी पहुँची।

"हाँ, किसने कहा था कि उसकी शादी करवा दी जाए?"

पिता का हृदय कसक उठा।

वह पिता, जो चाहता था कि उसकी बेटी आसमान की ऊँचाइयाँ छुए, मुंबई के बाकी बच्चों से चार कदम आगे रहे, उसकी छोटी-छोटी ख्वाहिशों के आगे बड़ा सा पहाड़ खड़ा होता है।

'वह कैसे उसे अपने मन से बाल कटवाने की अनुमति दे दें? कैसे उसे जींस पहनने को कह दें? क्या होगा, जब उसके ससुरालवाले सवाल-जवाब करेंगे?'

'आह! अपनी बेटी पराया कैसे हो जाती है?'

जब रामनाथ इन सवालों और दर्द के घेरे में थे, तब कल्पना के छोटे से मन में ससुरालवालों के लिए अश्रद्धा भरती जा रही थी। उन्हीं की वजह से उसे इतना प्रेम करनेवाले माँ-पापा अब उससे राघव जितना प्यार नहीं करते। उसे किसी भी चीज की अनुमति नहीं देते, चाहे वह कैंप में जाने जैसी छोटी सी बात ही क्यों न हो!

एक दिन तो गुस्से में उसने रामनाथ से कह भी दिया था कि वह उससे बिल्कुल प्यार नहीं करते, सिर्फ बेटे राघव से करते हैं। उनका कहना कि वह बेटे-बेटियों में फर्क नहीं करते सरासर झूठ है।

रामनाथ इस हमले का कोई जवाब नहीं दे पाए थे। सिवाय इसके कि उनकी आँखों की नमी बाहर छलक आई थी।

सिंदूर-चूड़ी को सहपाठियों से छुपाकर रखने के बाद भी कल्पना की शादी उसकी जिंदगी बहुत कुछ बदल दी थी। जहाँ साथ की बाकी लड़कियाँ लड़कों के साथ चुहल करतीं, वहीं वह राघव और उसके दोस्तों के साथ ही बैठी रहती।

शादी और सावित्री के संस्कारों ने उसके लिए 'पर-मर्द' की एक पूरी व्याख्या खड़ी कर दी थी, जिसे उसे निभाना ही था। इसी निभावन में उसने बचे-खुचे लड़कों को भी अपना राखी-भाई बना लिया था।

उसकी और उसके पिता रामनाथ की आखिरी बड़ी लड़ाई दसवीं के बाद वाले साइंस कैंप को लेकर हुई थी, जिसमें शरीक होने की उसकी इच्छा के सामने शादी जैसी किसी रुकावट को मानने के लिए वह तैयार नहीं थी।

उसने पापा से कहा, और पापा ने सीधा कहा कि जब तक कुलभूषणजी की हाँ नहीं, तब तक जाना संभव नहीं है।

कुलभूषण अर्थात् अंकित के मझले चाचा, जो मुंबई में ही रहा करते थे। पाँच साल की उम्र में पढ़ाई करने के इरादे से अंकित मुंबई आ गया था। तब से वह अपने बड़े पापा कुलभूषणचंद और उनके परिवार के साथ मुंबई में रहता था।

अंकित के पापा मनसुखचंद, माँ प्रेमा देवी और भाई-बहन गाँव में रहते थे। साल में तीन से चार महीने कारोबार में मदद करने के लिए मुंबई में भी रह लेते थे। लेकिन वे ज्यादातर गाँव में ही रहना पसंद करते थे।

हाल-चाल पूछने के निमित्त कुलभूषणचंद सप्ताह में दो या तीन बार रामनाथ के घर फोन कर देते। इसी बहाने वे कल्पना के जीवन के हर छोटे-बड़े फैसले में दखलंदाजी भी करते।

दसवीं की परीक्षाएँ खत्म हो गईं। कल्पना अव्वल नंबर से सभी विषयों में पास हो गई। रामनाथ और सावित्री बहुत खुश थे। रामनाथ ने आस-पड़ोस के लोगों में मिठाई भी बँटवाई। राघव भी अच्छे नंबरों से पास हो गया था।

कल्पना और राघव अलग कॉलेज में आवेदन देने लगे और दोनों कॉलेज जाने की तैयारियों में जुट गए।

□

बादल पर पाँव है...

कॉलेज-स्कूल के बाद का वह मुकाम, जहाँ पिछली सारी बोरियत फना हो जाती हैं और रूमानी सपनों को पर लगने शुरू हो जाते हैं। स्कूल खत्म होने के साथ ही हम इस इंतजार में खो जाते हैं कि कब कॉलेज के साथ आजादी की दुनिया में पहला कदम रखें!

कल्पना के जीवन में भी वह दिन आ ही गया।

स्कूल की तरह कॉलेज में भी उसने और राघव ने एक ही साथ दाखिला करवाया था। फर्क बस इतना कि दोनों के क्लास अलग थे।

खुशी और उमंगों में घुली हलकी सी घबराहट के साथ उसने भी अपने कॉलेज की शुरुआत की। आँखों में हलका काजल, कानों में छोटी बालियाँ तथा हरे रंग की सलवार-कमीज में कल्पना खूब फब रही थी।

मन तो था कि हमेशा की तरह वह आगे की बेंच पर बैठे, लेकिन जगह न मिलने पर वह पीछे की बेंच पर एक लड़की के बगल में बैठ गई।

शर्ट और स्कर्ट में सजी हुई वह लड़की उसे खुद से बेहद अलग लग रही थी। उसके खुले-लहराते बाल देखकर, कल्पना की नजर खुद-ब-खुद अपनी चोटी पर चली गई।

लड़की पीछे मुड़कर एक लड़के से खिलखिलाकर हँसी-मजाक कर रही थी।

"हे! आय एम रिद्धिमा!" एकाएक उसने कल्पना की ओर हाथ बढ़ाकर कहा।

"हाय, मेरा नाम कल्पना है!" कल्पना किताबें समेटते हुए बोली।

"व्हिच स्कूल?"

"रविंद्रनाथ म्युनिसिपल। और तुम?"

"फ्रॉम एस.टी. जेवियर"

"हिंदी मीडियम से हो?"

"हाँ, तुम्हें कैसे पता चला?"

"बस पता चल गया!" रिद्धिमा ने इतराते हुए कहा, "कितने परसेंटेज आए दसवीं में?"

"अस्सी परसेंट, और तुम्हारे?"

"फोर्टी परसेंट।"

"बड़ी स्कॉलर है यार!" रिद्धिमा हँसकर ऐसे बोली, जैसे उसकी ठिठोली कर रही हो।

पहले दिन पाँच लेक्चर हुए, सब-के-सब अंग्रेजी में। जैसे-जैसे एक के बाद एक लेक्चर खत्म हो रहे थे, उसका दिल बैठा जा रहा था, यह सोचकर कि आखिर इतनी जल्दी वह अच्छी अंग्रेजी कैसे सीखी जाएगी? कल्पना का आत्मविश्वास अपनी आगे की पढ़ाई को लेकर डगमगाने लगा। उसपर अंग्रेजी मीडियम से पढ़कर आए बच्चों की फर्राटेदार अंग्रेजी मन-ही-मन हीन भावना पैदा कर रही थी। कल्पना हक्का-बक्का होकर केवल उनका मुँह निहारती।

कल्पना ने अपनी स्कूल की पढ़ाई हिंदी में की थी। ऐसा नहीं था कि वह अंग्रेजी से बिल्कुल अनजान थी। लेकिन अंग्रेजी की प्राथमिक (बेसिक) जानकारी कॉलेज की पढ़ाई के लिए काफी नहीं थी।

शाम तक क्लास खत्म होते-होते उसकी सुबह की खुशी व उमंग हैरानी और परेशानी में तबदील हो गईं।

"यार कोई लेक्चर समझ में नहीं आया, तेरे पल्ले कुछ पड़ा?" घर जाते समय कल्पना राघव से बोली।

"नहीं, लेकिन सीख जाएँगे! इतनी जल्दी भी क्या है? चिलकर!"

"तू ही चिलकर। तीन महीने बाद जब एग्जाम होगी तो पता चलेगा।"

"तू हमेशा इतना टेंशन क्यों लेती रहती है? वैसे भी साइंस में लैंग्वेज का बहुत फर्क नहीं पड़ता!"

"अच्छा, तो तू क्या हिंदी में पेपर लिखकर आएगा?"

"अरे यार प्लीज, आज पहला दिन था, अभी से मत शुरू हो जा!"

"इंग्लिश मीडियम के बच्चे कैसे आराम से इंग्लिश में बात कर रहे थे!"

"हाँ, तो हम भी सिख जाएँगे, चिंता मत कर। अच्छा, एक बात बता, तेरे बगल में जो लड़की बैठी थी, उसका नाम क्या है?" राघव ने बात को बदलने के लिए अपना पैंतरा अपनाया।

"कौन सी लड़की? तूने कब देखा?"

"अरे, लंच ब्रेक में देखा, जो तेरे बगल में बैठी थी।"

"ओह!"

"क्या लड़की थी यार! दोस्ती करवाएगी मेरी?"

"लग गई कॉलेज की हवा तुझे! चुपचाप पढ़ाई पर ध्यान दे, टाइम पास करने की जरूरत नहीं है! वैसे भी कल से मैं जल्दी आकर आगे की बेंच पर बैठूँगी। पीछे की बेंच पर बहुत शोर होता है, कुछ ठीक से समझ भी नहीं आता।"

"क्लास में बहन होने का कोई फायदा नहीं! नाम तो बता ही सकती है?" राघव ने छेड़ते हुए कहा।

"एक थप्पड़ दूँ, पापा को बता दूँगी, समझा! ये फालतू के काम मैं नहीं करूँगी!"

"अरे, मजाक कर रहा था!"

"देखा तूने, सलवार-कमीज में क्या बहनजी लग रही थीं मैं और सबने जींस पहनी थी!"

"उफ! फिर शुरू हो गया इसका!"

"अच्छा बेटा, फिर कल से तू भी धोती-कुरता पहनकर जाना क्लास में! बड़ा आया उफ करनेवाला!"

"तो तू भी साड़ी पहनकर चलना!"

यह सुनकर दोनों जोर-जोर से हँसने लगे!

कुछ ही दिनों में क्लास के बच्चे राजनीतिक दलों की तरह अलग-अलग ग्रुप में विभाजित हो गए, जिसका असर उनकी बैठक व्यवस्था में साफ दिखाई देता। आगे की बेंचों पर पढ़ाकू ग्रुप बैठता। सभी लेक्चर को ध्यान से सुनते और नोट्स बनाते, मानो उनका धर्म हो। ये अपने विकास और उन्नति को लेकर बहुत गंभीर थे। इसी चक्कर में बेचारे संतों की तरह ज्यादातर एकाकी जीवन बिता देते। बाकी बच्चे चिढ़ाने के लिए इन्हें क्लास में 'घिस्सू' कहकर बुलाते। पढ़ाकू बच्चों से बिल्कुल हटकर पीछे की बेंच पर दबंग (बुली) बच्चों का अड्डा लगता। हर लेक्चर में शैतानी करना, क्लास के बाकी बच्चों पर बेमतलब धौंस जमाना यह अपना जन्मसिद्ध अधिकार मानते थे। हैरानी की बात यह थी कि न जाने कहाँ से हर रोज उनका खुरापाती दिमाग क्लास में ऊधम मचाने की नई तरकीब खोज लाता और पढ़ाकू बच्चों की विकास-गति में अपनी शैतानियों की टाँग अड़ाता। प्रोफेसरों

को विचित्र उपनाम देकर उनका नामकरण करने का जिम्मा भी इन लोगों ने अपने नाजुक गैर-जिम्मेदार कंधों पर उठा रखा था।

अब बचे बीच की बेंचों पर बैठनेवाले बच्चे। ये लोग तराजू की तरह पढ़ाकू और शैतान बच्चों के बीच संतुलन बनाने का काम करते। अपने इसी हुनर की बदौलत यह स्मार्टनेस का खिताब अपने सर सजाकर पूरे क्लास में घूमते। सच पूछो तो असल में कॉलेज में इनकी ही धाक जमती। ये पढ़ाई भी करते और कॉलेजी जिंदगी का लुफ्त भी उठाते।

स्कूल की बोरिंग यूनिफॉर्म से निजात मिलना, कॉलेज के उनकी आजादी में से एक अनोखी आजादी थी। सभी बच्चे इस रियायत बखूबी इस्तेमाल कर रहे थे, खासकर लड़कियाँ। उनके लिए तो जैसे मौका ही मिल गया था अपनी फैशन को एक्स्प्लोर करने का, सिवाय कल्पना के। वह बेचारी कॉलेज में भी वही बोरिंग सलवाल-कमीज पहनकर आती। घर में पानीपत के समान अनगिनत लड़ाइयों और कई बार गदर मचाने के बाद भी कल्पना को जब अपने मनमर्जी कपड़े पहने का हक नहीं मिला, तो आखिर में उसने हथियार डाल दिए। शेक्सपियर की कहावत 'व्हाट्स इन द नेम' को तोड़-मरोड़कर 'व्हाट्स इन क्लोथ्स' को अपनी फिलॉसफी मानकर उसने मन-ही-मन समझौता कर लिया था। लेकिन यह बात अब वह पीछे की बेंच पर बैठनेवाले शैतान लड़कों को कैसे समझाए? उनके लिए तो वह टीचर और बहनजी बनकर रह गई थी। ऐसी उम्र में अकसर निगाहें बाहरी खूबसूरती तक ही देख पाती है, मन की खूबसूरती टटोलने का वक्त ही नहीं होता।

स्कूल में कल्पना पूरे क्लास में अपनी घौंस जमाती घूमती। अकसर उसका चुनाव क्लास की मॉनीटर में होता। उसकी अपनी फैन फॉलाइंग थी, उसके लिखे नोट्स को कॉपी करने की लाइन लगी रहती थी। लेकिन यहाँ कॉलेज की सल्तनत ने उसका ताजो-तख्त उससे छीन लिया था। कमजोर अंग्रेजी के कारण वह क्लास में सहमी सी रहती कि न जाने कब कोई प्रोफेसर उठाकर कोई सवाल पूछ ले! इसलिए फिर से अपने राज्य पर काबू पाने की आस में वह दिन-रात मेहनत किए जा रही थी। रोज वह लाइब्रेरी में बैठकर पढ़ाकू ग्रुप के अपने नए दोस्तों से नोटबुक माँगकर उनके नोट्स कॉपी करती।

शब्दावली और उन कॉपी किए गए नोट्स के सहारे जैसे-तैसे दिन-रात पढ़ाई करके कल्पना ने कोर्स की सबसे पहली परीक्षाएँ दीं, किंतु रिजल्ट आने के पहले ही उसे मैथ्स और फिजिक्स में फेल होने का डर सताए जा रहा था।

दो सप्ताह बाद जब रिजल्ट आया, तो जिसका डर कल्पना को था, वही हुआ। किसी तरह वह मैथ्स में पास हो गई थी, पर फिजिक्स में कुछ नंबरों से वह फेल हो गई थी। पहली बार फेल होने का बड़ा दुःख हुआ। लेकिन उसी दिन आखिरी लेक्चर में जब हिंदी की अध्यापिका ने खुश होकर कल्पना की उत्तर-पुस्तिका पूरे क्लास में बच्चों को दिखाते हुए कल्पना के लिखावट की तारीफ की तो वह बहुत खुश हुई। हिंदी विषय में पूरे क्लास में कल्पना अव्वल आई थी। इतने महीनों बाद आज पहली बार फिर से कल्पना का आत्मविश्वास उसकी आँखों में चमक उठा था।

उस शाम भी वह क्लास खत्म होने के बाद लाइब्रेरी में बैठकर बायोलॉजी की नोट्स लिख रही थी, तभी ऐसा महसूस हुआ कि कोई उसकी बगल की खाली सीट पर आकर बैठ गया है। उसने अपना ध्यान किताब पर टिकाए रखा।

"तुम्हारी अंग्रेजी की भी लिखावट कुछ बुरी नहीं है।" बगल में बैठे लड़के ने कहा।

यह सुनते ही उसका ध्यान टूटा और किताब से अपना ध्यान हटाकर उसने उस लड़के की तरफ देखा।

"हाय, मेरा नाम गौरव है। मैं तुम्हारी क्लास में ही पढ़ता हूँ।" उसने कल्पना की तरफ हाथ बढ़ाकर होंठों पर लंबी मुसकान लिये परिचय देते हुए कहा।

गौरव को अपने बगल में बैठा देखा तो वह हड़बड़ा सी गई, मानो किसी ने उसे चोरी करते हुए पकड़ किया हो। उसने मन-ही-मन सोचा, "आखिर वह उसके पास क्यों आया है? कहीं उसने मुझे छुपकर देखते हुए पकड़ तो नहीं लिया? कहीं उसे पता तो नहीं चल गया कि वह उसे पसंद करती है? नहीं, ऐसा कैसे हो सकता है? उसने इस बारे में किसी से कुछ कहा ही नहीं है। हो सकता है कि उसने अंदाजा लगाया हो!"

इससे पहले कि कल्पना अपने अनुमान की ट्रेन को निरुद्देश्य इधर-उधर दौड़ाती, गौरव ने उसकी सोच की ट्रेन पर ब्रेक लगाते हुए अपनी गहरी आवाज में धीरे से कहा, "तुम मुझे अपने हिंदी की नोट्स दोगी?"

"हिंदी की नोट्स! ओह अच्छा, हाँ, बिल्कुल ले लेना!" न जाने क्या-क्या सोच लिया! कल्पना मन-ही-मन झेंप गई।

"तुम्हें क्या लगा? तुमने कुछ और सोचा?" गौरव ने उसकी चुटकी ली और अपने चेहरे पर एक बड़ी सी मुसकान लिये वह उसे टुकर-टुकर देखे जा रहा था।

यह सुनकर कल्पना ने अपने मन में हो रही हलचल को बड़े धीरता से दबाते हुए कहा, "कुछ भी नहीं, मैं तो याद करने की कोशिश कर रही थी कि तुम्हें पहले कहाँ देखा है ?"

"रियली ?" गौरव ने शरारती अंदाज में कहा, "खैर, तुम्हारी हिंदी की हैंड राइटिंग बहुत सुंदर है। अगर तुम मुझे कभी-कभार थोड़ा सिखा दोगी तो शायद अगली परीक्षा में मैं भी पास हो जाऊँ।"

"हाँ, बिल्कुल, नो प्रॉब्लम !" कल्पना ने मन में उमड़ती हुई खुशी को दबाते हुए इठलाकर ऐसे कहा, जैसे उसके लिए यह रोज की ही बात हो।

बमुश्किल कल्पना के होठों से दो-तीन शब्द फूटे होंगे। धड़कन की रफ्तार इतनी तेज थी कि सुपरसोनिक विमानों की गति के मुकाबिल हो सकती थी। रंग सुर्ख पड़ गया था। पहले आकर्षण की तासीर का असर कल्पना के चेहरे पर खूब नजर आ रहा था। पीछे कहीं दूर बैकग्राउंड में फना बुलंदशहरी का लिखा हुआ, नुसरत फतेह अली खान का गाया हुआ गाना बज रहा था।—

"मेरे रश्के कमर तूने पहली नजर···। आँख में थी हया, हर मुलाकात पर, सुर्ख आरिंद हुए, वस्ल की हर बात पर शरमाकर मेरे हर सवालात पर, उसने गरदन झुकाई, मजा आ गया···।"

□

पहला नशा, पहला खुमार

गौरव कल्पना की ही क्लास में था। अब तक निरे अंग्रेजीदाँ रहे गौरव की ओर लड़कियों की नजरें रह-रहकर उठ जाती थीं। सर के लंबे बाल, तीखे नैन-नक्श, अगर वह किसी फिल्म का हीरो न सही तो किसी अच्छे मॉडल की तरह तो जरूर दिखता था। उसने अपने बाएँ कान में लड़कियों की तरह एक छोटी सी बाली भी पहन रखी थी। आम तौर पर तो कल्पना गौरव जैसे लड़के पर ध्यान तक नहीं देती, पर न जाने क्यों कल्पना मन-ही-मन में गौरव से आकर्षित हो रही थी! न जाने यह किसका दोष था, उसके नए कॉलेज का या गौरव की अच्छी अंग्रेजी का या फिर उम्र के उस पड़ाव का, जिसमें आकर्षण के पीछे कोई लॉजिक नहीं होता।

जब कभी गौरव कल्पना के पास से गुजरता तो उसकी धड़कनें कुछ और तेजी से चलने लगतीं, मन में एक गुदगुदी सी महसूस होती, बिल्कुल वैसे ही, जैसे उसने फिल्मों में देखा था।

अकसर क्लास में कल्पना गौरव को लड़कियों से हँसी-मजाक और बातें करते देखती। जी में कई बार आया कि जाकर पूछे कि क्या वह उसे दिखाई नहीं देती? लेकिन ऐसे खयाल पानी के नाजुक बुलबुले से उभरते और फिर खुद ही पल भर में गायब हो जाते।

गौरव अपने लुक्स और अनोखे व्यक्तित्व को लेकर लड़कियों के बीच जितना मशहूर था, कल्पना उतना ही अपने पहनावे की सादगी में गुमशुदा थी। उसकी सारी शोहरत स्कूल खत्म होते ही कहीं गायब हो गई थी।

उस दिन लाइब्रेरी में गौरव से मुलाकात के बाद पूरे वक्त कल्पना मन-ही-मन मुसकराती रही। सारी रात वह ठीक से सोई नहीं, सिर्फ गौरव के बारे में सोचती रही।

दूसरे दिन कल्पना ने गौरव को अपनी हिंदी के नोट्स दे दिए। उसके बाद से गौरव किसी-न-किसी बहाने लाइब्रेरी में कल्पना के पास बैठकर इधर-उधर की

बेफिजूल बातें करता। कल्पना भी उसकी बातों पर हँसती-मुसकराती और उसकी फिजूल बातें उसे बड़ी जरूरी लगने लगी थीं।

पहले-पहल तो कल्पना समझ नहीं पाई कि ऐसी भी क्या बात है कि कॉलेज की बाकी लड़कियों को झटककर वह उससे बातें करता है। वैसे रूप-रंग में वह भी क्लास में किसी से कम नहीं थी, खुद को ही वह तसल्ली भी देती— काश, उसमें रिद्धिमा और सौम्या जैसी अदाएँ भी होतीं! आखिर कैसे होती उसमें अदाएँ, सारा वक्त तो वह राघव और उसके दोस्तों के साथ बिताती। उनके साथ उसने बस जोर-जोर से ऊँची आवाज में बातें करना और गुस्सा आने पर लड़कों की तरह घुड़कना सीखा था। स्कूल में तो कई लड़कों की उसने पिटाई भी की थी।"

काश वह भी क्लास की लड़कियों जितनी स्मार्ट होती! उनकी तरह नए फैशनवाले कपड़े पहनती पाती, तो उसकी और गौरव की कितनी अच्छी जोड़ी बनती! ऐसे कितने "काश" उसके मन के आकाश में बादलों से मँडराते।

गौरव के प्रति आकर्षण ने उसके लॉजिकल सोच पर काबू कर लिया। वजह जो भी हो, गौरव उससे बात तो करता है, वह यही सोचकर खुश थी।

आईने के सामने पहले से ज्यादा वक्त बिताने लगी थी वह।

अपने आपको उसके आँखों के लिए सजाने लगी थी वह।

न जाने उसमें उसको क्या अच्छा लगता होगा? यह सोचकर शरमाने लगी थी वह।

क्या उसे उसका गेहुँआँ रंग भा गया? या बड़ी-बड़ी आँखों ने उसकी नींद चुराई होगी!

खयालों में डूबी अपनी कजरारी आँखों में थोड़ा और काजल लगाने लगी थी वह।

रह-रहकर होंठो का सुर्ख रंग गालों पर उतर आता। खुद ही पर बेमतलब इतराने लगी थी वह।

उसने पहले प्यार की खुमारी में अपनी नई दुनिया बना ली थी। अपने आप पर थोड़ा और प्यार जताने लगी थी वह।

बिना बात के मुसकराने, दिनभर गीत गुनगुनाने की जैसे लत सी लग गई थी उसे। दुनिया को थोड़ा और खूबसूरत बनाने लगी थी वह।

प्यार में होनेवाले सभी बातें कल्पना का हाल बयान कर रहे थे। वह अब प्यार वाली दुनिया में जीने लगी थी।

क्लास में जब कभी कल्पना कि नजर गौरव की ओर जाती तो वह भी आँखों

के इशारों में जवाब देता। लेक्चर में पर्चियाँ बनाकर चुपके से कल्पना की तरफ फेंकता, जिसमें उसकी तारीफ लिखी होती। उन्हें पढ़कर शर्म से उसकी गहरी भूरी आँखें मुसकराने लगतीं।

लगभग दो महीने बीत गए, धीरे-धीरे क्लास में कल्पना और गौरव के बीच चल रहे इशारों और लाइब्रेरी में हो रही मुलाकातों को लेकर खुसर-फुसर होने लगी थी।

यह बात जब राघव तक पहुँची तो उसे बिल्कुल यकीन नहीं हुआ कि कल्पना गौरव जैसे लड़के से दोस्ती करेगी! लड़कों के बीच गौरव की छवि एक रसिक और इश्कबाज अमीर लड़के की थी, जिसने दो साल लगातार फेल होने के बाद डोनेशन देकर अपना दाखिला उसने कॉलेज में करा लिया था।

समझाने के इरादे से राघव ने कल्पना को जब सारी बातें बताईं तो कल्पना ने राघव की बातों को अनसुना कर दिया। अब जब राघव को इस बात का पता चल ही गया था, तो कल्पना निडर होकर गौरव से कैंपस में सबके सामने मिलती।

एक दिन राघव ने जब कल्पना और गौरव को हाथ में हाथ पकड़े कैंपस की बेंच पर बैठकर बातें करते देखा तो उसे रहा नहीं गया। दूर से ही आवाज देकर राघव ने कल्पना को घर चलने के लिए कहा।

कल्पना ने उसकी बात को अनसुना कर दिया।

"चल, घर चलते हैं!" राघव उसके पास आकर बोला।

"तू जा, मैं बाद में आती हूँ।"

"नहीं, अभी चल!"

"मैं बाद में आऊँगी, तू जा न!" कल्पना ने घूरकर इशारे से कहा।

"बहुत देर हो रही है कल्पना, घर चल!"

"इसे घर नहीं जाना है राघव, क्यों जबरदस्ती कर रहे हो?" गौरव ने कहा।

"तू चुप रह! तुझसे बात नहीं कर रहा हूँ मैं!" राघव ने चिल्लाकर कहा।

"इसी से क्यों नहीं पूछ लेता?" गौरव ने बेंच पर से खड़े होते हुए ऐंठकर कहा।

"कल्पना, तू जानती है कि यह गलत है, फिर भी···।" राघव कहते-कहते चुप हो गया।

राघव की बात सुनकर कल्पना डर गई। उसे लगा कहीं गुस्से में वह कुछ ज्यादा न बोल दे। इसलिए बात को सँभालते हुए गौरव की तरफ शर्मिंदगी से देखते

हुए कल्पना बोली, "गौरव मैं जाती हूँ, हम कल मिलते हैं, बहुत देर हो गई है!"

इतना कहकर वह, राघव के साथ घर की तरफ चल पड़ी। कुछ दूर पहुँचने के बाद राघव जोर से चिल्लाकर बोला, "तेरा दिमाग खराब है? यह क्या नाटक कर रही है?"

"नाटक नहीं है यह!"

"तो क्या है? अपनी सच्चाई जानती है तू, फिर भी··· ? वैसे भी वह अच्छा लड़का नहीं है, टाइम पास करता है लड़कियों के साथ।"

"तू तो सब जानता है! तू भी अब मम्मी-पापा की तरह मुझे लेक्चर देने लगा है!"

"नहीं, ऐसी बात नहीं है। तू मेरी बहन है! यह सब करना गलत है।"

"अच्छा, गलत है! तुझे क्या पता कि मुझे क्या फील होता है? तेरी शादी थोड़े ही हुई है बचपन में, तुझे तो किसी भी बात की कोई रोक-टोक नहीं है!"

"क्या हो गया है तुझे? मैं तो बस समझा रह था कि वह अच्छा लड़का नहीं है!"

"बच्ची नहीं हूँ मैं! तुझसे उम्र में बड़ी हूँ। सही और गलत की समझ है मुझे! मेरी जिंदगी में दखल देना बंद कर दे। तू मेरे साथ कॉलेज में पढ़ने आता है या मुझपर निगरानी रखने के लिए?" कल्पना ने गुस्से से लाल होकर कहा।

कल्पना की बात सुनकर राघव बहुत दुःखी हुआ और बिना कुछ बोले चुपचाप घर चला गया।

जैसे-जैसे कल्पना और गौरव नजदीक आ रहे थे, राघव और कल्पना के बीच दूरियाँ बढ़ती जा रही थीं। भाई-बहन की वह दोस्ती, जो अब तक प्रगाढ़ रही थी, पर अब दरकने लगी थी। दोनों ने साथ कॉलेज जाना और कॉलेज से घर आना भी बंद कर दिया था। अब राघव और कल्पना साथ बैठकर पढ़ाई भी नहीं करते थे। उनके बीच आए ऐसे बदलाव को रामनाथ और सावित्री समझ नहीं पा रहे थे। रामनाथ और सावित्री को गौरव के बारे में भनक नहीं थी। कई बार पूछने पर भी जब राघव और कल्पना ने अपने बीच हो रहे मनमुटाव के बारे नहीं बताया तो सावित्री ने सोचा कि हो सकता है उम्र के साथ उनका रिश्ता भी विकसित हो रहा हो!

समय के साथ कल्पना का खिंचाव गौरव की तरफ बढ़ता ही जा रहा था। वह हाथ में किताब पकड़े घंटों सिर्फ गौरव के बारे में सोचती रहती। गौरव की

कही गई छोटी-से-छोटी बात को वह अपने मन में दुहराती रहती। बार-बार किताबों के खाली पन्नों पर अपना और गौरव का नाम एक साथ लिखकर देर तक देखती रहती। कल्पना को यों खुश देखकर ऐसा लगता, मानो जैसे उसे कुबेर का खजान मिल गया हो और उसकी सारी इच्छाएँ पूरी हो गई हों। उसने मन ही में अपनी और गौरव की नई दुनिया बना ली थी, जिसपर उसका पूरा वश चलता। कल्पना की इस दुनिया में न तो उसके मम्मी-पापा दखलअंदाजी कर सकते थे, न उसका भाई राघव कोई रोक-टोक कर सकता था और न वह समाज कोई नियम बना सकता, जिसके गुलाम उसके मम्मी-पापा थे।

कल्पना के मन पर इस काल्पनिक दुनिया का रंग इतना गहरा होता जा रहा था कि अब वह हकीकत में हुई अपनी शादी को मानने के लिए तैयार नहीं थी।

'प्यार और जंग में सबकुछ जायज है।' जॉन लिली की लिखी इन पंक्तियों को वह अपनी जिंदगी का फलसफा मानकर चल रही थी। प्यार था उसे गौरव से और जंग छेड़ दी थी उसने अपने घरवालों के खिलाफ!

कुछ महीनों से वह सावित्री व रामनाथ से और भी उखड़ी-उखड़ी सी रहने लगी। आए दिन किसी-न-किसी बात का बहाना लेकर वह उनसे लड़ती। उन्हें कोसती कि क्यों उन्होंने ने बचपन में उसकी शादी करवा दी?' बात-बात पर उन्हें दोषी ठहराती रहती।

सावित्री और रामनाथ मन-ही-मन उसके रूखेपन से दुःखी होते, लेकिन यह सोचकर संतोष कर लेते कि उसकी उम्र ही ऐसी है, जिसमें अकसर बच्चे विद्रोही हो जाते हैं। लेकिन समय के साथ सब ठीक हो जाता है।

कॉलेज शुरू हुए करीब सात महीने बीत गए थे। सभी बच्चे दो सप्ताह बाद होनेवाली फर्स्ट सेमेस्टर की परीक्षा की तैयारी में लगे हुए थे, लेकिन कल्पना का ध्यान गौरव से हट ही नहीं रहा था। पहली बार ऐसा हुआ था, जब परीक्षा इतनी नजदीक होने पर भी कल्पना पढ़ाई नहीं कर रही थी।

वह तो बस लाइब्रेरी में हाथों में किताब पकड़े दरवाजे पर अपनी आँखें गड़ाए गौरव के आने का इंतजार करती रहती। देर शाम तक दोनो हाथों-में-हाथ पकड़े कॉलेज के कैंपस के किसी कोने में घंटों बैठकर बातें करते। गौरव भी नई-नई तरकीबों से उसको इम्प्रेस करने की कोशिश करता—कभी फूल देकर तो कभी अपनी गिटार पर गाने गाकर कल्पना का मन बहलाता।

धीरे-धीरे कल्पना के मन में यह बात पक्की हो रही थी कि गौरव भी उसे

चाहता है। लेकिन खुलकर अब तक दोनों के बीच कोई बात नहीं हुई थी और प्यार का इजहार होना अभी बाकी था।

एक दिन शाम को क्लास खत्म होने के बाद गौरव और कल्पना लाइब्रेरी में बैठे थे तो गौरव ने कहा, "यार, कॉलेज में घूमकर बोर हो गया हूँ! क्या तुम आज शाम को मेरे साथ पिक्चर देखने चलोगी?"

"शाम को?"

"सिर्फ हम दोनों होंगे, चलोगी?"

"मुश्किल है, शाम को मैं घर से बाहर नहीं जाती!"

"चलो न, चलते हैं!"

"राघव को पता चला तो वह घर पर बता देगा, मुसीबत हो जाएगी!"

"ओहो···। तुम और तुम्हारा भाई! ठीक है, मैं ही जाता हूँ!"

"प्लीज, नाराज मत हो, ठीक है, मैं कुछ करती हूँ!"

घर पर झूठा बहाना बनाकर कल्पना उस दिन शाम को पिक्चर देखने गई। वह थोड़ी घबराई थी। इससे पहले कभी भी वह किसी लड़के के साथ अकेले पिक्चर देखने नहीं गई थी। दोनों जाकर पीछे की सीट पर बैठ गए।

पिक्चर शुरू होते ही गौरव ने धीरे से उसका हाथ पकड़ लिया। कुछ देर बाद उसने कल्पना को अपनी तरफ खींच लिया। कल्पना सहम सी गई, अँधेरे में डर के मारे उसकी जान निकली जा रही थी। दोनों इतने करीब थे कि वह गौरव की गरम साँसों के सैलाब को अपने चेहरे पर महसूस कर रही थी। ऐसा लग रहा था, मानो उसकी आँच में वह जल ही जाएगी। गौरव उसके नर्म सुर्ख गालों को धीरे-धीरे से सहला रहा था, बालों की एक लट को बाएँ कान के पीछे बाँधते हुए उसने धीरे से कहा, "तुम मुझे बहुत अच्छी लगती हो! मैं तुम्हारे और पास आना चाहता हूँ!"

यह सुनते ही वह और भी सहम गई। एक बिजली सी सिरहन पूरे शरीर को छूकर निकल गई। हाथों से पसीना छूटने लगा। वह चाहकर भी कुछ बोल नहीं पा रही थी।

"मेरे घर चलोगी? घर पर कोई नहीं है।"

कल्पना अब भी कुछ नहीं बोली, समझ नहीं आ रहा था कि आखिर क्या बोले?

"क्या हुआ? कुछ बोलो तो सही! चलो, चलते हैं?" गौरव ने उसे और पास खींच लिया।

क्या जवाब दे, उसे समझ ही नहीं आ रहा था! वह भी तो उसके करीब आना चाहती थी, लेकिन सही और गलत का युद्ध उसके मन को छलनी किए जा रहा था। बिना सच बताए रिश्ते को आगे बढ़ाना तो छल होगा।

"नहीं, गौरव मैं नहीं आ सकती!" एक लंबी साँस लेकर कल्पना ने अपनी काँपती आवाज में कहा।

"क्यों, मैं तुम्हें पसंद नहीं क्या?"

"नहीं, वो बात नहीं है!" एकदम से उसका हाँथ गौरव के होंठों को छू गया।

"दैन व्हाट? कॉम ऑन यार, अच्छा मौका है। कॉलेज में तो तुम्हारा भाई दिन भर आस-पास मँडराता रहता है!"

"नहीं, बहुत देर हो गई है। मुझे घर जाना होगा!"

"इतने नखरे हैं तुम्हारे, फाइन, घर जाओ!" गौरव झल्लाहट से भर गया।

पिक्चर खत्म होने से पहले ही गौरव थिएटर से बाहर निकल आया। उसने कल्पना को ठीक से बाय तक नहीं कहा और गुस्से में अपने घर चला गया। गौरव की नाराजगी से कल्पना को बुरा भी लगा, पर वह कुछ नहीं बोली। चुपचाप उदास होकर वह वापस घर चली आई। रास्ते भर बस वह गौरव की बातें सोचती रही, 'पता नहीं वह उसके बारे में क्या सोच रहा होगा?'

वह भी चाहती थी कि गौरव से अपने प्यार का इजहार करे, लेकिन इन सबसे से पहले वह उसे अपने बचपन में हुई शादी के बारे में बताना चाहती थी।

लेकिन सच बताने की हिम्मत नहीं जुटा पा रही थी। क्या सच जानने के बाद भी गौरव उससे दोस्ती रखेगा? ऐसा न हो कि सच की इस आग में उनका नाजुक रिश्ता जलकर राख हो जाए! समझ नहीं आ रहा था कि आखिर क्या करे वह? वह खुद ही अपने अपराध और शंका के बोझ तले दबी जा रही थी। एक तरफ उसकी इच्छाएँ और सपने थे तो दूसरी तरफ अपराधबोध से भरा मन। ये दोराहा उसके चित्त को दो हिस्सों में बाँटे जा रहे थे। यह बड़ा दुविधापूर्ण समय था, लेकिन कल्पना के लिए सच बताना जरूरी हो गया था। गौरव को दु:खी करने के केवल खयाल से कल्पना का मन उदास हो जाता। कई दिन और कई रातें बीत गईं यह सोचने में कि वह गौरव को अपने बारे में किस तरह बताए कि उन दोनों के बीच कोई दूरी न हो!

जैसे–तैसे पूरा एक महीना बीत गया। परीक्षाएँ कब शुरू हुईं, कब खत्म हुईं, कल्पना को कुछ खबर न थी। उसने गौरव से मिलना–जुलना तो नहीं छोड़ा, पर अब पहले से ज्यादा हिचकिचाने लगी थी। उसका अपराधी मन उसका पीछा छोड़ने के लिए तैयार नहीं था। अब गौरव को सच बताए बिना कल्पना को चैन मिलना मुश्किल था, इसलिए उसने अंत में फैसला लिया कि दीपावली की छुट्टियाँ खत्म होते ही वह गौरव को सबकुछ बता देगी।

□

छन्न से जो टूटे कोई सपना

दीपावली की छुट्टियाँ खत्म हो चुकी थीं। कल्पना के लिए वह वक्त मुश्किल से कटा था। छुट्टियों के दौरान 'जोश' फिल्म थिएटर में देखते हुए उसे लग रहा था, जैसे यह कहानी ऐश्वर्या राय और चंद्रचूड़ सिंह की नहीं, उसकी अपनी व गौरव की है।

उसी फिल्म का गाना 'हारे, हारे, हारे…' सुनते हुए उसे अकसर लगता, जैसे गौरव भी यही सुन रहा होगा! छुट्टियों का बीतना जैसे किसी लंबी कैद का खत्म होना था। वह सुबह ही क्लास पहुँच गई थी। इंतजार आँखों में बसा हुआ था—

'गौरव कब आएगा?'

गौरव नहीं आया। उस दिन ही नहीं, अगले दिन और उसके अगले दिन भी नहीं। पूरा हफ्ता बीत गया, मगर वह नहीं आया!

कल्पना सोचती रही कि आखिर क्या बात हुई, जो वह कॉलेज नहीं आ रहा? देर तक लाइब्रेरी में रोज उसका इंतजार करके उदास होकर घर चली जाती। कल्पना बहुत बेचैन हो रही थी। मन में न जाने कितने अजीब खयाल आ रहे थे। उसने कई बार सोचा कि किसी से उसके घर का नंबर लेकर उससे बात करे और पूछे कि आखिर क्या बात है, वह कॉलेज क्यों नहीं आ रहा है? फिर सोचा कि न जाने कौन फोन उठाए? इससे पहले उन दोनों ने कभी फोन पर बात नहीं की थी। ऐसी कभी नौबत नहीं आई कि उन्हें फोन पर बात करनी पड़े।

एक दिन जब इंतजार की इंतहा हो गई तो वह गौरव के दोस्त मृत्युंजय के पास गई और उससे पूछा—

"गौरव कहाँ है? कुछ पता है तुम्हें"!

"अरे! कॉलेज आने के लिए तो वह रोज घर से निकलता है," लेकिन साला क्लास तक नहीं पहुँच पाता!" इतना कहकर वह जोर-जोर से खीस निकालकर हँसने लगा।

"मतलब? कहाँ है गौरव?" कल्पना ने हैरानी से पूछा।

"मतलब तू क्यों अपना टाइम बरबाद कर रही है उसके पीछे?"

"तुम्हें पता है या नहीं?" कल्पना ताव से बोली।

जरूरत से ज्यादा पास आकर मृत्युंजय ने कल्पना के कानों में धीरे से कहा, "अभी वह तुम्हें जो रेलवे स्टेशन के बगल में बगीचा है न, वहाँ मिलेगा।" इतना कहकर वह और जोर-जोर से हँसने लगा।

मृत्युंजय के कहने भर की देरी थी, उसकी बात सुनते ही वह तेज कदमों से चलती बेसब्री से बगीचे में पहुँची।

कल्पना जब वहाँ पहुँची तो उसने देखा कि गौरव एक लड़की के गले में हाथ डाले उसकी गरदन पर उँगलियाँ फेरते-फेरते बड़े प्यार से हँसकर उससे बातें कर रहा था। पहले कुछ सेकेंड तो कल्पना को लगा कि शायद यह उसका भ्रम है। वह चुपचाप बस देखती रही, लेकिन फिर उसे यकीन हो गया कि सच है। न जाने क्या सोचकर बड़े आवेश में तेजी से चलती हुई वह गौरव के पास जाकर खड़ी हो गई।

कल्पना की भरी हुई आँखें बिल्कुल लाल थीं, जैसे आलू-बुखारे का सारा रंग उसकी आँखों में उतरकर जम गया हो।

कल्पना को एकाएक अपने पास देखकर गौरव हड़बड़ाकर खड़ा हो गया।

"यह क्या है गौरव? तुम यहाँ? और यह?"

अपने गालों से ढलकते अनचाहे आँसुओं को अपनी कमीज की बाँहों से पोंछते हुए सिसकियों से भरी आवाज में उसने कहा। होंठों से निकलते शब्दों ने आँखों में उमड़ रहे आँसुओं को बहने का रास्ता दे दिया।

"कुछ भी तो नहीं! यह आयशा है।" मेरी गर्लफ्रेंड। पिछले कॉलेज में हम एक ही क्लास में थे।" गौरव की आवाज में झिझक थी।

"तुम्हारी गर्लफ्रेंड! पिछले पाँच महीने से हम रोज मिलते रहे, घंटों बातें करते रहे, लेकिन तुमने कभी बताया तक नहीं! मैं तो न जाने क्या सोचने लगी थी!" इतना कहकर वह रोने लगी।

"तुम गुस्से में इतना लाल क्यों हो रही हो? और क्यों बताऊँ? इसमें बताने वाली क्या बात है?" गौरव ने बड़े बेफिक्री से कहा।

"अच्छा! तो हमारे बीच यह सब क्या था? घंटों बैठकर बातें करना, यों सबसे अलग छुपकर मिलना; और उस दिन सिनेमा हॉल में तुमने जो मुझे⋯।" इतना कहते-कहते कल्पना जोर से सिसकियाँ लेकर रोने लगी। "तुम्हारे जीवन में उन सबके कोई मायने नहीं?"

"तुम बिना मतलब के इतना ज्यादा सोच रही हो! तुम तो मुझपर ऐसे इल्जाम लगा रही हो, जैसे मैंने तुम्हें प्रपोज किया हो! जरा हँसकर बात क्या कर ली तुमसे, तुम तो पीछे ही पड़ गई हो! तुम बहनजी टाइप लड़कियाँ न जाने क्या सोच लेती हो!" यह कहकर गौरव जोर-जोर से हँसने लगा।

"व्हाट द हेल इज गोइंग ऑन?" आयशा ने गुस्से में पूछा।

"नथिंग यार, दिस हिंदी मीडियम बहनजी टाइप गर्ल्स...।" गौरव भौंहें चढ़ाकर बोला।

"मैंने तुम्हें क्या समझा था और तुम...! राघव सही कहता था!" कल्पना यह कहते-कहते रुक गई।

"मुझे इतना भला-बुरा कहने का कोई हक नहीं तुम्हें। तुम्हें क्या लगता है कि तुम शादीशुदा हो, यह बात किसी को पता नहीं! सारे कॉलेज को यह बात पता है और आज से नहीं, बहुत दिन से!"

"तो तुम्हें पहले से ही पता था कि मैं...।"

"शादीशुदा होकर भी तुम्हें बॉयफ्रेंड चाहिए तो इसमें मेरी क्या गलती?"

गौरव के शब्द कल्पना को तेजी से आते जोरदार घूँसे की तरह लगे, जिसकी चोट उसकी छाती को भेदती उसके दिल तक पहुँच गई थी। उसे ऐसा लग रहा था, जैसे किसी ने उसकी आत्मा के सारे वस्त्र तार-तार कर दिए हों और वह सरेआम निर्वस्त्र हो गई हो, जिसका मजाक आसपास के सब लोग उड़ा रहे हों— आबोहवा, पेड़, उस पर बैठे पंछी सब...।

अब कहने-सुनने को कुछ बाकी नहीं रहा था।

उसकी शर्म उसकी नग्न आत्मा को ढँकने के लिए काफी नहीं थी।

उसे लग रहा था, जैसे वह स्वयं अपराधी है।

चुपचाप अपराधी सी, बिना कुछ कहे जमीन पर अपनी निगाहें गड़ाए वह घर की तरफ चल पड़ी। कुछ ही पल में जैसे सबकुछ बदल गया था। इस सुनामी ने उसके मन की दुनिया को तहस-नहस कर दिया था। वह दर्द से ऐसे छटपटा रही थी, जैसे किसी ने उसे एक ऊँची इमारत से धकेल दिया हो, और उसकी रूह तक चकनाचूर होकर बिखर गई हो। यह ऊँची इमारत ईंट और पत्थर से नहीं, उसके सपनों से बनी थी। बड़े प्यार से उसने इसको सँजोया था। अपनी आँखों के काजल का टीका लगाकर दुनिया की बुरी नजर से बचाकर रखा था।

इस इमारत की ऊँचाई पर उसने खुशियों के सुहाने ठंडे झोंकों को केवल

अपने शरीर पर ही नहीं, अपनी आत्मा में भी महसूस किया था। इतनी ऊँचाई से उसे जिंदगी और भी खूबसूरत लगने लगी थी। लेकिन जब सच के झोंके ने उसे बेरहमी से नीचे धकेला, तब गिरते वक्त उसे सिर्फ घना अँधेरा दिखा, जो उसके आँखों से उतरकर पूरे शरीर में फैल गया।

कुछ ही पल में उसके सपनों की इमारत उसके सामने धराशायी हो गई। उस पल में उसे अपनी बेबसी का एहसास हुआ। उसकी इस दुनिया पर उससे ज्यादा तो गौरव का संयम था। वह तो बस एक कटपुतली थी, जो इस भ्रम में जी रही थी कि यह उसकी बनाई दुनिया थी। किसी लाचार कैदी सी तड़प रही थी वह अपने ही बुने भावनाओं के जाल में।

उस दिन घर पहुँचने में जैसे सदियाँ लग गई। आँखों से बहते आँसुओं ने सबकुछ धुँधला कर दिया था। ऐसा लग रहा था, जैसे रास्ते से गुजरते लोग उसे नैतिकता का पाठ पढ़ा रहे हों! मानो उन अनजान लोगों की निगाहें उससे पूछ रही हो, 'आखिर क्यों एक शादीशुदा होने के बावजूद भी किसी और लड़के से प्यार करने की जुर्रत की? खुद गलत होकर वह गौरव से सही होने की उम्मीद कैसे कर सकती है? सबकुछ जानते हुए भी अपने आपको रोका नहीं, उलटे उसे बढ़ावा देती रही, आखिर क्यों?' दिल के चोट ने उसे जैसे मतिभ्रमित कर दिया।

कल्पना के पास इन सवालों का कोई जवाब नहीं था। अपने आहत आत्मसम्मान और टूटे दिल को पश्चात्ताप की चादर में लपेटे वह घर पहुँची। अब वह बस यही चाहती थी कि किसी तरह उसके दिल की असहनीय पीड़ा कम हो जाए। उस दिन दिल टूटने के साथ-साथ उसने कही-न-कहीं अपना आत्मसम्मान भी खो दिया था। उसे अपने किए पर शर्म आने लगी थी। उसे एक लड़की होने पर शर्म आने लगी थी। उसे अपनी इच्छाओं से घृणा होने लगी थी।

उस दिन बगीचे में जो उसने देखा, वह कई दिनों तक उसके आँखों के सामने सिनेमा के सीन की तरह रिवाइंड होकर चलता रहा। उसके नाजुक मन पर उस चित्र ने लंबे समय के लिए वेदना की गहरी छाप छोड़ दी।

कई दिनों तक कल्पना कॉलेज नहीं गई। सावित्री के लाख पूछने पर भी उसने कुछ नहीं बताया। बस पेट दर्द का बहाना बनाकर सबसे छुपकर बरबस रोती रही, मानो उसके आँसुओं से वे यादें धुल जाएँगी और वे बेपरवाह सपने उनकी नमी से गल जाएँगे! कई दिनों तक उसके लिए न सूरज निकला, न शाम हुई, न पानी बरसा, न फूल खिले, बस, एक गहरा अँधेरा चारों तरफ छाया रहा।

उसने किसी से कुछ भी नहीं बताया। वह जानती थी कि अगर वह किसी से इस बारे में बात कर भी ले तो उलटे वह उसे ही दोषी ठहराएँगे। उसका दर्द समझने वाला कोई नहीं था। आखिरकार गलती तो उसी की थी। कल्पना की रो-रोकर हुई लाल आँखें और चेहरे की उदासी को देखकर राघव ने बिन बताए ही भाँप लिया कि आखिरकार वही हुआ, जिसकी उसे शंका थी। राघव कुछ नहीं बोला, वह बस कल्पना का जी बहलाने के लिए बेतुके चुटकुले सुनाता रहता। कल्पना मन-ही-मन में राघव का दिल दुःखाने और उसकी बात न मानने का पछतावा करती रही। कुछ दिनों बाद फिर से कॉलेज जाना शुरू कर दिया। हमेशा की तरह वह आगे वाली बेंच पर सौम्या के बगल में जाकर चुपचाप बैठ गई। पिछले कुछ महीनों में उन दोनों में अच्छी दोस्ती हो गई थी। अकसर कल्पना उसी के नोट्स कॉपी करती थी।

इतने दिनों बाद कल्पना को क्लास में देखकर सौम्या ने पूछा, "क्या हुआ इतने दिन कहाँ गायब थी?"

"कुछ नहीं, थोड़ी तबीयत खराब थी!"

"तबीयत खराब थी या कोई और बात है?"

"ऐसे क्यों पूछ रही हो, किसी ने कुछ कहा क्या?" इतना कहते ही कल्पना की आँखें आँसुओं से भर गईं।

सौम्या ने कल्पना की हालत को भाँप लिया, इसलिए बात को टालते हुए कहा, "ऐसे ही यार, पता है न क्लास के लड़के कितने इडियट हैं! इन बेवकूफों की बातों पर कौन ध्यान देता है?"

कल्पना विश्वास से तो नहीं कह सकती थी कि सौम्या को उसके बारे पता था या नहीं, लेकिन उसके मन में सबकुछ बदल सा गया था। अब तक जो बच्चे उसके दोस्त या सहपाठी की तरह हुआ करते थे, अब वही लोग उसे खेल में हारने के बाद सहानुभूति देनेवाले दर्शक की तरह नजर आते। उनसे बात करते समय उसे यही डर लगा रहता कि कहीं उससे कोई उसकी शादी के बारे में न पूछ ले। बिल्कुल वैसे ही, जैसे चोर को हर दूसरे आदमी में दरोगा दिखाई देने लगता है। अब तक जिस बात को उसने सबसे छिपाए रखा था, अब वही सच उसे अपने आस-पास के लोगों के आँखों में नजर आता। अपनी सच्चाई को दूसरों की आँखों में देखकर उसे और भी शर्म आ जाती थी।

आते-जाते जब कभी वह गौरव से टकरा जाती तो वह उससे कभी नजरें मिलाकर भी नहीं देखती। उसकी पूरी कोशिश रहती कि वह गौरव के लिए अपने

मन में बेरुखी रखे। लेकिन फिर कभी–कभी सोचती कि अगर उसकी शादी बचपन में न हुई होती तो शायद आज वह गौरव के साथ होती और खुश होती!

ऐसी कई संयोग उसके मन में चलते और मन में ही खत्म हो जाते।

सच जानने के बाद भी उसका मन मनगढंत कहानियाँ गढ़ता है, क्योंकि मन पर किसी का वश नहीं चलता। मन का कोई रंग–रूप नहीं होता, वह कोरे पन्ने सा होता है। जो हम महसूस करते हैं, बस वही छप जाता है उसपर।

मन पर कोई कायदा या कानून नहीं चलता। उसका कोई धर्म या ईमान नहीं होता। उसपर कोई दबाव या सुझाव नहीं चलता। मन का हारा कठपुतली सा बेबस इनसान चुपचाप मन के घावों के भरने का इंतजार करता है।

इन्हीं मन के जख्मों से उभरने की कोशिश में कल्पना ने न जाने कितने दिन और रातें आँसुओं एवं सिसकियों की भेंट चढ़ा दी।

□

अभी मुझमें कहीं बाकी थोड़ी सी जिंदगी

छह से ज्यादा महीने बीत चुके थे। इन बीते महीनों में बहुत कुछ बदल चुका था। छमाही परीक्षा का रिजल्ट भी आ गया था और कल्पना इस बार हिंदी विषय को छोड़कर सभी विषयों में फेल हो गई थी। उसके पसंदीदा विषय 'हिंदी' में भी उसके नंबर बहुत कम आए थे।

यह निश्चित रूप से कल्पना के लिए झटका था और रामनाथ के लिए उससे भी बड़ा झटका। इस बार रिजल्ट का दिन पिछले तमाम दिनों से अलग था। कल्पना हर विषय में फेल थी और राघव लगभग सबमें पास। उम्मीद का एक कोना जब ढह जाता है, तब जिस तरह की दशा होती है, रामनाथ बिल्कुल उसी हालात में थे।

"क्या हो गया है तुम्हें? इतनी बुरी तरह से फेल हो गई हो!"

कल्पना कुछ नहीं बोली।

रामनाथ अपनी मायूसी को कल्पना के सामने नहीं लाना चाहते थे। उन्होंने उसे समझाते हुए कहा, "बेटा, अभी भी तीन महीने का समय है, अगर ठीक से पढ़कर परीक्षा दोगी तो पास हो सकती हो।"

"जी, पापा!"

"अगर तुम फेल हो जाओगी तो तुम्हारे ससुरालवाले शायद तुम्हारी पढ़ाई ही बंद करवा दें!"

"जानती हूँ पापा!"

"किसी ने कुछ कहा है क्या? कुछ दिनों से इतनी चुपचाप क्यों रहती हो? खाना भी ठीक से नहीं खाती, हाल देखा है अपना? लकड़ी जैसा शरीर हो गया है तुम्हारा!"

"सब ठीक है पापा!" इतना कहकर बिना कुछ बताए, अपने हाथों में किताब लेकर वह दूसरे कमरे चली गई। दर्द के निशान उसके चेहरे पर साफ झलकते थे, लेकिन वह खुद कुछ नहीं कहती।

फेल होने की टीस कल्पना के अंदर भी भर गई थी, पर बीते कुछ महीनों में हृदय पर हुए आघात की टीस इस टीस से थोड़ी ज्यादा गहरी थी। पढ़ने का, कुछ कर दिखाने का उसका जुनून फीका पड़ने लगा था।

वह फिर से फेल नहीं होना चाहती थी। टूटे दिल के साथ छूटी पढ़ाई, वह दो नुकसान एक साथ नहीं झेल सकती थी। यहाँ जरूरी था कि वह अपनी भावनाओं को दरकिनार कर पढ़ाई की ओर अपना सारा ध्यान लगाए। वह फाइनल की तैयारियों में जुट गई थी।

भाई-बहन के बीच की दरार वापस भरने लगी थी। अब फिर से कल्पना और राघव एक साथ घर पर बैठकर पढ़ने लगे। दोनों पहले की तरह रोज साथ कॉलेज आने-जाने लगे। कल्पना ने क्लास के बाद लाइब्रेरी में बैठकर पढ़ना बहुत कम कर दिया। जब कभी उसे लाइब्रेरी में बैठना भी पड़ता तो राघव भी उसके साथ बैठकर पढ़ाई करता। कल्पना इसी कोशिश में थी कि वह किसी तरह फाइनल परीक्षा में पास हो जाए।

परीक्षा शुरू होने के तकरीबन डेढ़ महीने पहले कुलभूषणचंद ने रामनाथ को उनका हालचाल पूछने के लिए जब फोन किया, तब वे कुछ चिंतित लगे। उन्होंने रामनाथ को बताया कि उनकी माँ भानुमती की तबीयत कुछ दिनों से खराब चल रही है। फोन पर ही उन्होंने रामनाथ से जल्द ही मिलने का आग्रह किया।

दूसरे दिन रामनाथ मुंबई में कुलभूषणचंद से मिलने उनके घर पहुँचे। करीब तीन-चार घंटों की लंबी बातचीत और विचार-विमर्श करके रामनाथ जब घर पहुँचे तो उनका चेहरा तनाव व थकान से सुन्न सा हो गया था। रामनाथ के चेहरे की गहरी उदासी देखकर सावित्री समझ गई कि जरूर कोई-न-कोई गंभीर बात है। चिंता के कारण उन्होंने रात का खाना भी ठीक से नहीं खाया।

रात को सोने से पहले सावित्री ने रामनाथ के पैर दबाते हुए उनसे चेहरे की उदासी की वजह के बारे में पूछा तो वे कराह उठे।

“क्या कहा कल्पना के ससुरालवालों ने? आपका चेहरा क्यों उतरा है? आपने कुछ बताया नहीं!”

“क्या बताऊँ? दो महीने बाद वे लोग कल्पना की विदाई करवाना चाहते हैं।” रामनाथ ने गहरी साँस ली।

“क्या? यह क्या बात हुई? यों अचानक हम कैसे बिदाई कर सकते हैं?”

“वे लोग तो यही चाहते हैं।”

"शादी के वक्त गौने की बात पाँच या सात साल बाद तय हुई थी, ताकि कल्पना अपनी डिग्री की पढ़ाई पूरी कर सके। अभी तो शादी को चार साल भी पूरे नहीं हुए हैं।"

'जानता हूँ मैं, मुझे याद मत दिलाओ!" रामनाथ झल्लाकर बोले।

"लेकिन इतनी जल्दी उसकी विदाई कैसे कर दें? अभी केवल सत्रह साल की है? घर का कोई भी काम ठीक से नहीं कर पाती! न जाने वहाँ जाकर क्या करेगी?"

सावित्री बिना रुके एक ही साँस में बिदाई के खिलाफ अलग-अलग दलीलें देने लगीं।

"सब पता है मुझे, बाप हूँ मैं उसका! मैंने उन्हें ये सारी बातें समझाने की कोशिश की, लेकिन वे मानने को तैयार ही नहीं।" रामनाथ हताश होकर बोले।

"अंकित की दादी की तबीयत ठीक नहीं चल रही है। उनकी बड़ी इच्छा है कि वह मरने से पहले अपने बड़े पोते की बहू के साथ कुछ समय बिता लें।"

"उसकी पढ़ाई का क्या होगा जी?"

रामनाथ ने लंबी साँस लेकर सावित्री को समझाते हुए कहा, "मैंने कुलभूषणचंद को बड़ी मुश्किल से इस बात के लिए राजी करवाया है कि कल्पना वहाँ बस एक महीना रहेगी। उसकी विदाई हम आनेवाली गरमियों की छुट्टियों में करेंगे और फिर एक महीने बाद वापस आकर वह अपनी बारह क्लास की पढ़ाई जारी रखेगी।"

"यह तो बहुत अटपटा आयोजन है! बाकी सब तो ठीक है, लेकिन इतनी जल्दी विदाई के लिए पैसों का इंतजाम कैसे होगा? कुछ महीने पहले तो हमने उसकी शादी का कर्ज चुकाया है!" सावित्री का स्वर चिंता में डूब रहा था।

"क्या-क्या देखूँ? उनको मना तो नहीं कर सकता! ज्यादा दबाव डालने पर बेवजह रिश्तेदारी में कड़वाहट पैदा हो जाएगी। आखिर कल्पना को अपना जीवन उसी परिवार में बिताना है, इसलिए यही ठीक है। पैसों का इंतजाम कर लेंगे, तुम चिंता न करो!" अपने कंधे को झुकाकर रामनाथ मायूसी से बोले।

"कल्पना को कैसे बताएँगे? कुछ दिनों से बहुत चुप रहती है! न जाने क्या हो गया है उसे, कुछ बताती ही नहीं! पता नहीं उसके मन पर इसका क्या असर होगा?" माँ का हृदय बेटी के अंतस की व्याकुलता को देख तो रहा था, मगर मर्ज को ठीक-ठीक समझ नहीं पा रहा था।

"उसकी चिंता मुझे भी है, पर क्या करूँ? मैंने उन लोगों को बहुत समझाने की कोशिश की, लेकिन वे नहीं माने। भगवान् ने चाहा तो सब ठीक हो जाएगा! वैसे भी वे लोग कम-से-कम उसे पढ़ाई पूरी करने की इजाजत तो दे रहे हैं। रही घर के काम-काज की बात, तो धीरे-धीरे सीख जाएगी।"

एक हफ्ते बाद रामनाथ और सावित्री ने कल्पना को उसकी बिदाई की खबर दी। यह कोई आम सूचना नहीं थी। वह सूचना थी, जिसने कल्पना और उसके माता-पिता दोनों के मन में डर ने जगह घेर ली थी। बस फर्क इतना था कि कल्पना के माता-पिता स्वयं जिस बात को हफ्ते भर से झेल रहे थे, पुत्री को आज उस विषय से अवगत करवाया था।

इस तरह अचानक से अपने ससुराल जाने की खबर से कल्पना बहुत उदास हुई। उसने रामनाथ के इस फैसले पर एतराज भी जताया, पर उन्हें असहाय देखकर उनपर ज्यादा दबाव डालना उचित नहीं समझा।

आखिरकार कल्पना के पास अपने मम्मी-पापा या किसी और से विद्रोह करने का कोई कारण भी तो नहीं था। गौरववाला वाकया ने उसे अंदर तक हिला दिया था। रामनाथ और सावित्री से लड़कर वह उन्हें और दुःखी नहीं करना चाहती थी। उसने सोचा कि शायद यही उसकी किस्मत है।··· वह अपनी किस्मत के भरोसे हो जाना चाह रही थी।

रामनाथ और सावित्री कल्पना की बिदाई की तैयारियों में जुट गए। शादी की तरह बिदाई (गौना) की रस्म को भी गाँव में ही करने का फैसला किया गया। घर में सभी लोग कल्पना की बिदाई को लेकर बड़े खुश थे।

रामनाथ पूरी कोशिश कर रहे थे कि कल्पना की बिदाई में कोई कमी न रह जाए। उन्होंने कल्पना की नई गृहस्थी में लगनेवाली हर चीज, चाहे वह सुई हो या सोफा, सब दहेज में देने का इंतजाम कर लिया था। ऐसा लग रहा था, जैसे कल्पना की बिदाई नहीं, बल्कि उसके लिए पूरा घर ही तैयार कर रहे हो। घर में चाहे कितनी ही चीजें लदी क्यों न हो, पर जब तक नई-नवेली बहू टैंपो में लादकर अपने साथ सामान घर न लाए, ससुरालवालों को चैन नहीं आता।

पुराना नियम रहा है कि नई बहु को देखने आनेवाले बहु की मुँह-दिखाई से ज्यादा उसके घर से आए साजो-सामान को देखने आते हैं। यह लड़की के परिवारवाले और ससुरालवाले दोनों की इज्जत की बात है। वैसे हकीकत यह भी तो है कि यही मौका होता है इस बात को जताने का भी कि ऐसे संपन्न घर की बहू

लाकर उन्होंने कितना अच्छा सौदा मार लिया है।

कल्पना को वाणिज्य के अपने पाठ याद आने लगे। सफल व्यापार अच्छे मुनाफे का सौदा होता है। शादी में भी लगभग यही हो रहा था न! जैसे लड़की का पक्ष क्रेता का हो और लड़के का विक्रेता। बस फर्क यह है कि यहाँ विक्रेता अच्छी से अच्छी कीमत वसूल कर भी अपनी वस्तु अपने ही पास रखते हैं। उसे गाँव की अपनी किसी सहेली की शादी की बात याद आ गई, जब उसके साथ दहेज में गया फ्रिज और वॉशिंग मशीन बिजली के न होने की वजह से पहले कुछ दिनों तक तो घर के एक कोने में पड़ा रहा और फिर कबाड़ी को बेच दिया गया।

घर-गृहस्थी के सामान के अलावा कल्पना के लिए नए-नए सोने और चाँदी के गहने भी बनवाए जा रहे थे। कुछ गहने तो उसमें से ऐसे भी थे, जो एक या दो बार से ज्यादा नहीं पहने जाते, एक या दो बार पहनने के बाद फिर वह किसी खूबसूरत डिबिया में बंद करके रख दिए जाते। यदि लड़की की बिदाई में ठीक से गहने न दिए तो ससुरालवालों का मुँह बनने लगता है और आस-पड़ोस के लोगों में खुसर-फुसर होने लगती है। कर्ज की रकम से खरीदे गए ये गहने ही कल्पना के प्रति उसके माँ-पिता के प्रेम को सिद्ध करनेवाले थे।

कभी-कभी सावित्री साड़ियों की खरीददारी करने के लिए कल्पना को भी साथ ले जाती। सावित्री कल्पना पर जोर डालती कि वह कुछ अपने पसंद की साड़ियाँ भी खरीद ले। पर कल्पना का मन तो अपने उम्र की बाकी लड़कियों और दोस्तों की तरह जींस और टी-शर्ट पहनने का करता। फिर भी वह सावित्री का मन रखने के लिए साड़ियों का चयन कर लेती। कुछ बनारसी साड़ियाँ तो इतनी भारी थीं कि कल्पना अगर उन्हें पहन ले तो उसका उठना-बैठना बिना किसी का सहारा लिये मुश्किल ही था। अजीब विडंबना थी, जिस व्यक्ति के साथ कल्पना अपना पूरा जीवन बिताने वाली थी, उसके चुनाव में तो उसका कोई मत नहीं था, लेकिन साड़ियों और गहनों के चयन में उसकी मंजूरी जरूरी थी!

बिदाई की तैयारियों के धूम-धड़ाके से अलग होकर कल्पना कोशिश कर रही थी कि किसी तरह वह फाइनल परीक्षा में पास हो जाए, अन्यथा न चाहते हुए भी उसे अपनी पढ़ाई छोड़नी पड़ेगी। मानसिक तनाव से संघर्ष करते हुए कल्पना ने अपनी फाइनल परीक्षा दे दी।

जहाँ एक तरफ गरमियों की छुट्टियों में कल्पना के दोस्त अपने आनेवाले बारहवीं की कोर्स की तैयारी करने में लगे थे, वहीं कल्पना परीक्षाएँ खत्म होते ही

अपने मम्मी–पापा और पूरे परिवार के साथ गाँव से अपने ससुराल जाकर अपने बहू, पत्नी और न जाने कितने रिश्तों की जिम्मेदारी निभाने की तैयारी कर रही थी।

टूटे दिल की कसक अभी ताजा ही थी कि लगा, जैसे समस्याओं का नया रास्ता उसका इंतजार कर रहा हो। मुश्किलें चुंबक सी उसके पास खिंची चली आती थीं।

□

मेहँदी है रचनेवाली...

दो हफ्ते की खूब मेहनत ने कल्पना की बिदाई के लिए उसके घरवालों द्वारा की जा रही तैयारियों को अमली-जामा पहना दिया था। इस बार बिदाई में शरीक होने विमला देवी की बहन कमला भी आई थी, जो उम्र और तजुरबे दोनों में उनसे चार साल बड़ी थी, इसलिए अगवई करके कामों का लेखा-जोखा करती। जिस दिन वह पहुँचीं, उसी शाम को घर के बाहर द्वार पर हलवाइयों ने अपना अड्डा जमा लिया था।

मई की चटकती गरमी में भी हलवाई भभकती भट्ठी के सामने पसीने टपकाते हाथ में बड़ी सी कलछी लिये छेना और जलेबियाँ छान रहे थे। पसीने में लथपथ हलवाइयों को देखकर कमला को उबकाई छूट जाती, लेकिन क्या करे? उनके मैले, कुचैले कपड़ों को देखकर उनका मन करता कि उनके नहाने का फरमान जारी कर दे। एक दिन जब उससे रहा न गया तो बोली, "का रे बिरजू, तुम लोग नहा के नहीं आ सकते का? तू लोगों का कपड़ा कितना महक रहा है।" उन्होंने अपनी नाक सिकोड़ ली। इस बात पर बिरजू बिदक गया—"अरे अम्माँ, ब्याह का सीजन है, ऐसे रोज टॉम टॉम करते रहेंगे तो जलेबियाँ और छेना कौन छानेगा?" कमला आगे कुछ नहीं बोली। बात तो सच ही थी। उत्तर प्रदेश में गरमी का महीना तो शादी-ब्याह का सीजन होता है। ऐसे में बेचारों को आखिर वक्त भी कैसे मिले नहाने का? पैसे कमाने की सुध में हलवाइयों ने कभी-कभार सफाई को अनदेखा कर भी दिया, तो उससे लोगों को कोई आपत्ति नहीं होनी चाहिए। अगर इनके फूहड़ रूप और स्वच्छता पर लोग सवाल उठाने लगे तो मौके पर हलवाई मिलना ही मुश्किल हो जाए! वैसे तो कमला का हलवाइयों द्वारा बनाईं स्वादिष्ट मिठाइयों को छूने का मन न करता, लेकिन लालची जीभ साथ न दे पाती, इसलिए आँख मूँद के वह मिठायों का लुफ्त उठाती। इसलिए कुछ चीजों को अनदेखा करने में ही मन की शांति थी।

सोचनेवाली यह बात थी कि न जाने क्यों लोग इस शरीर को भस्म कर देनेवाली जानलेवा गरमी में ही शादी-ब्याह करना चाहते थे? इसका तर्क यह हो सकता है कि गरमी के अलावा बाकी सभी मौसमों में गाँवों के लोग खेती करने में व्यस्त रहते हैं, और जब गरमी के मौसम में कुछ न करने को हो तो शादी-ब्याह ही कर लो! अगर यह गरमी का मौसम न होता तो कदाचित् शादियाँ भी कम ही होतीं। न रहता बाँस, न बजती शहनाई!

बारात आने के दो दिन पहले घर के बाहर जनरेटर सिपाहियों से तैनात हो गए थे। चार वर्षों के बाद भी बिजली की समस्या जैसी-की-तैसी थी। केवल चुनाव का समय नजदीक आने पर बिन बुलाए मेहमान की तरह बिजली भी सामान्यत: समय से ज्यादा आ जाती और चुनाव के खत्म होते ही रूठे हुए अतिथि की तरह अपना रास्ता नाप लेती।

चार वर्षों में केवल एक अहम बदलाव हुआ था। अब विमला देवी और शिवशंकरनाथ निवास के सामने पानी की एक हैंडपंप लग गई थी। छोटे बच्चे भी अपना पानी खुद लेकर पीने में आत्मनिर्भर हो गए थे। उनकी आत्मनिर्भरता कभी-कभी शैतानी का भी रूप ले लेती। गरमी के मौसम में राहत पाने की आस में बच्चे हैंडपंप से मनमर्जी पानी खींचकर नहाते और पानी का दुरुपयोग करते।

पूरे घर की रँगाई-पुताई करवा दी गई थी। घर की बाहरी दीवारों पर सजावट की छोटी-छोटी लाइटों की लड़ी लगा दी गई थी। इन्हीं लाइटों के उजाले से मुग्ध होकर छोटे-छोटे अनगिनत कीड़े-मकोड़े, पतंगें लाइटों के आस-पास ऐसे मँडराने लगते, जैसे गाँव में कुल्फीवाले के आने पर उसके आस-पास बच्चों का झुंड लहराने लगता है। कल्पना चुपचाप गुमसुम बैठकर देर रात लाइटों की मद्धिम रोशनी में पतंगों की हलचल को देखती रहती।

घर और घर के लोग खुशी के माहौल में रम गए थे। घर की बुजुर्ग औरतें आते-जाते कल्पना को वैवाहिक जीवन संबंधी अलग-अलग रीति-रिवाज सिखातीं। विमला देवी कल्पना की दादी खुद सर पर घूँघट लेकर धीरे-धीरे चलने के तरीके बतातीं। रामा बुआ सास के पैर दबाने और घर की बाकी औरतों की सेवा करने के सलीके सिखातीं। शामा बुआ उसे मौका देखकर अकेले में अपने पति को खुश रखने और रिझाने का मंत्र देती। सभी औरतों के पास कल्पना को सिखाने के लिए कुछ-न-कुछ था। ऐसा नहीं था कि कल्पना इन रीति-रिवाजों से बिल्कुल ही अबोध थी। बचपन से वह इन रीती-रिवाजों को देखती आई थी, पर कभी खुद को

इनसे जोड़ नहीं पाई थी, बिल्कुल वैसे ही, जैसे आसमान में उड़ रहे बादल अपने आप को कभी जोड़ नहीं पाते। यह बादल या तो पानी सा बहकर बरस जाते हैं या हवाओं के साथ उड़ जाते हैं।

कल्पना ने सिर्फ देखा ही नहीं था, बल्कि इस मान्यता की जमकर खिल्ली भी उड़ाई थी।

लेकिन इन्हीं पुरानी, घीसी-पीटी परंपराओं को उसे खुद अपनाना होगा, इसका एहसास उसे कदाचित् आज हुआ था। अब जब खुद पर आन पड़ी तो मन पश्चाताप से भर गया था कि काश, उसने इन सबका मजाक न उड़ाया होता तो शायद वह इन चोंचलों बच जाती। 'जैसा करोगे वैसा भरोगे' वाली भावना को महसूस कर रही थी वह, यह बात अलग थी कि करनी तो उसके घरवालों की थी।

औरतों की शादीशुदा जीवन से संबंधी ज्ञानमय बातें सुनकर उसका मन कसमसाकर रह जाता। सोचती कि आखिर क्यों करे, वह ये ड्रामे? उसकी उम्र की बाकी लड़कियाँ तो मजे से अपनी जिंदगी जी रही हैं। उसकी सहेली सौम्या तो गरमियों के छुट्टियों से ही अपने मेडिकल कॉलेज के एंट्रेंस एग्जाम की तैयारी में जुट गई थी। रिद्धिमा ने पूरे क्लास में चिल्लाकर यह ऐलान कर दिया था कि छुट्टियों में वह भी मॉडलिंग कॅरियर के लिए अपने पोर्टफोलियो पर काम करेगी। एक वही थी, जो ऐसे बंधक बनकर रह गई थी। उसने अपने बिदाई की चर्चा कॉलेज में किसी से भी नहीं की थी, सौम्या से भी नहीं।

आखिर क्या बताती? यही कि उसकी शादी बचपन में हो गई थी, या फिर यह कि मुंबई में रहकर भी वह और उसके मम्मी-पापा कितने पिछड़े लोग हैं! कौन समझ सकेगा उसकी बात; फिजूल में लोग उसका मजाक उड़ाते! मन सवालों और आशंका के समुद्र में बिना किसी सहारे के गोते खाता, पर तैरना भी तो नहीं आता था उसे!

कॉलेज की परीक्षा कम थी, जो यहाँ पर भी उसे एक और परीक्षा के लिए तैयार किया जा रहा था! क्या होगा यदि वह इस परीक्षा में पास न हुई? मम्मी और पापा दु:खी होंगे, दादी पूरे समाज में हुई बदनामी का इल्जाम उस पर ही मढ़ देंगी। ये बातें उसके मन को आतंकित किए थीं।

मन-ही-मन कुढ़ती कि न जाने क्यों पूरे समाज में इज्जत बनाए रखने का दारोमदार उसके माथे पर ही लाद दिया था? क्यों उसी के जीवन को समाज के बनावटी पतीले में उड़ेल दिया गया था?

घर में खुशी का माहौल छाया था, सभी लोग अपनी ही दुनिया में मग्न थे। कभी-कभी खुशी मनाने में आस-पास के लोग इतने खो जाते हैं कि खुशी का मूलभूत कारण ही भूल जाते हैं। वैसा ही हो रहा था कल्पना के साथ। उसकी मनोदशा का किसी को अंदाजा तक नहीं था। जिसकी विदाई में लोग आए थे, वे उसी की व्यथा को अनसुना कर रहे थे। 'बेगानी शादी में मोहल्ला दीवाना' ऐसी हालत थी सबकी।

शुभ अवसर पर रोज रात को गाना-बजाना होता। बिदाई के शुभ गीत शाम ढलते-ढलते फिल्मी गानों में तब्दील हो जाते।

छत पर औरतें और लड़कियाँ खूब बन्ना-बन्नी के गीत गाती तो माहौल और भी सज जाता। सब एक-एक कर नाचते, मिलकर खूब हुड़दंग मचाते। कल्पना एक कोने में बैठकर उन्हें चुपचाप बेमन से देखती रहती। उसकी खामोशी और मायूसी को सावित्री पहली बार ससुराल जाने और माँ-बाप से बिछड़ने की घबराहट समझ रही थी। आखिरकार घर से बिदाई का दुःख तो हर लड़की को होता है।

लेकिन धीरे-धीरे उसकी घबराहट आशंका में बदलती जा रही थी। बिदाई के नजदीक आते दिन कल्पना को बेकल करते जा रहे थे। वह ऐसे तड़पती, जैसे जल बिन मछली!

"पापा आप मेरी पढाई रुकवा तो नहीं देंग? मैं एक महीने बाद घर वापस तो आ जाऊँगी न?"

ऐसे सवाल वह रामनाथ और सावित्री से दिन में कई बार पूछती। जैसे उसपर दहशत को दौरे पड़ते हों।

"वह भी तुम्हारा ही घर है। तुम्हारा अपना परिवार है, और अंकित तुम्हारा पति। हर लड़की को शादी के बाद अपने ससुराल जाना ही होता है। मैं भी तो रामनाथ से ब्याह कर अपने ससुराल आई थी।"

सावित्री उसे प्यार से समझती। रामनाथ ने उसे मुंबई जानेवाली ट्रेन का टिकट भी दिखा दिया था। लेकिन इन सबसे उसे चैन कहाँ मिलनेवाला था!

एक शाम संगीत के शोर-गुल से दूर, सबसे अलग कल्पना गुमसुम छत पर बैठी थी। सावित्री भी उसके पास आकर बैठ गई और उसके सिर पर प्यार से हाथ फेरते हुए बोली, "क्या हुआ बेटा, इतनी उदास क्यों रहती है? इससे अच्छा तो तब था जब तुम मुझसे लड़ती थी!" सावित्री ने मजाकिया अंदाज में कहा।

"कुछ नहीं माँ!"

"कुछ तो है, बोलो तो सही!"

"माँ, शादी से पहले तुमने पापा को देखा था क्या? कभी मिली थीं उनसे?"

"नहीं, क्यों?"

"शादी के बाद फिर कैसे तुम्हें पापा से प्यार हो गया? तुम कितनी सुंदर हो और पापा कितने काले हैं?"

यह सुनकर सावित्री जोर-जोर से हँसने लगी।

"जानती हो, मैं तेरह साल की थी, जब मेरी शादी तुम्हारे पापा के साथ तय हो गई थी। हमारी उम्र में छह साल का फर्क था। बिल्कुल तुम्हारी और अंकित की तरह। बारात लेकर तुम्हारे पापा जब मेरे घर आए तो उनके साँवले रंग को लेकर मंडप में बैठी औरतों और लड़कियों के बीच कानाफूसी होने लगी। अपनी सखियों की कानाफूसी को सुनकर मेरा दिल बहुत घबराया। अपने गाँव की सबसे गोरी और सुंदर लड़की थी मैं, लेकिन क्या करती? चुपचाप डर के मारे सिर पर घूँघट लिये शादी के मंडप में जाकर बैठ गई।

"दो घंटे बीत गए, आधा से ज्यादा मंत्र भी पढ़ लिये गए, लेकिन मुझे तुम्हारे पापा की एक झलक तक नहीं मिली थी। मेरा दिल भीतर ही अकुला रहा था। जब कन्यादान का समय आया तो पंडित के कहने पर तुम्हारे पापा ने अपना दायाँ हाथ मंडप में लगे कलसे की तरफ किया तो उनके काले रंग के हाथ को अपने घूँघट के भीतर से देखकर मैं मन-ही-मन सकुचाई। मेरा तो मन किया कि बस मंडप से उठ जाऊँ!"

"फिर क्या हुआ? उठ गई क्या तुम?"

"धत्त, इतनी हिम्मत कहाँ?"

"पंडितजी के दो बार कहने पर भी विधि के अनुसार मैंने जब अपना हाथ तुम्हारे पापा के हाथ पर नहीं रखा, तो बगल में बैठी बुआ ने मेरा हाथ पकड़कर उनके हाथ पर रख दिया। पूरे कन्यादान की विधि के समय मेरा ध्यान उनके काले रंग के हाथ पर लगा रहा। मन-ही-मन मैं सोचती रही कि जिस व्यक्ति का हाथ इतना काला है, न जाने वह रंग-रूप से कितना काला होगा?

"दूसरे दिन जब बारात बिदा होने लगी तो तुम्हारी मौसी ने छत पर ले जाकर तुम्हारे पापा की तरफ इशारा करते हुए कहा कि ये हैं तुम्हारे पति!"

"फिर क्या हुआ, आपको बुरा लगा?"

"उनके काले रंग को देखकर मेरा जी छोटा हो गया, लेकिन मैंने अपने मन को यह समझाया कि आखिर रंग-रूप से थोड़े ही न सबकुछ होता है। मैंने अपनी

माँ से तुम्हारे पापा की कमाई का खूब बखान सुन रखा था। मेरे पिताजी ने मुझे यह भी बताया था कि गाँव में भी उनके खेतों में चावल की खूब अच्छी फसल होती है। मैंने सोचा कि कम-से-कम ब्याह के बाद अपने घर की तरह ज्वार और बाजरे की रोटी चबाकर तो जीवन नहीं बिताना पड़ेगा! मेरे घर चावल की पैदावार कम होती थी। बड़ी मुश्किल से साल में दो-चार बार मेहमानों की थाली में छोड़े चावल खाने को मिलते। यही सोचकर मैं खुश हो गई। दूसरे दिन मेरी सहेली सुनीता मसखरी लेते हुए बोली, 'सखी, तुम्हारे दूल्हे तो बहुत ही काले हैं! अधियार हो जाएगी तो उन्हें ढूँढ़ोगी कैसे?'

"शादी के कई दिनों बाद तक मेरी सहेलियों ने उनके रंग-रूप को लेकर ठिठोली की।"

"तो क्या सबकुछ ठीक हो गया?"

"शादी के तीन वर्षों बाद सोलह साल की उम्र में गवन (बिदाई) के बाद ससुराल आई। मेरे सुंदरता की बड़ी तारीफ हुई। गाँव के लोगों ने तो मुझे गाँव की सबसे सुंदर दुलहन का खिताब भी दे दिया था।"

"तो आप और पापा में प्यार कैसे हो गया?"

"रंग-रूप ही सबकुछ नहीं होता बेटा! असली सफेदी दिल में होनी चाहिए, ये मैंने तेरे पापा से मिलने के बाद जाना। उनके निस्वार्थ प्रेम और सम्मान ने हमारे रंग-रूप के बीच की अंतर-रेखा को मिटा दिया।"

"आपकी सहेलियों ने कुछ कहा?"

"उनके पति चाहे जितने भी अच्छे क्यों न हों, लेकिन मुझसे अच्छा जीवन किसी का नहीं बीता!" सावित्री इतराकर बोली।

"फिर?"

"फिर कुछ नहीं, फिर इतने सारे बच्चे हुए!" यह कहकर सावित्री जोर-जोर से हँसने लगी।

"सच कहती हो क्या माँ, प्यार और सम्मान से रिश्ते मजबूत बन जाते हैं?"

"हाँ, सौ-प्रतिशत।" सावित्री मुसकराई और कल्पना का सिर अपनी गोदी में लेकर सहलाने लगी।

उस दिन कल्पना एक नई उम्मीद के साथ सोई कि एक दिन उसके साथ भी सबकुछ ठीक हो जाएगा, बिल्कुल वैसे ही, जैसे उसकी माँ के साथ हुआ।

बिदाई के दिन पूरे घर में चहल-पहल मच गई थी। घर की लड़कियाँ, जो

आज से चार साल पहले कल्पना की शादी के समय बच्ची थीं, अब वे किशोर हो गई थीं। उनके हँसने और खिलखिलाने की चहक से पूरा घर गूँज रहा था। कल्पना की छोटी बहनें गरिमा और मीरा भी बारात के आने की खुशी में सज रही थीं। सभी लड़कियाँ अपने नए कपड़े पहनकर एक-दूसरे को दिखतीं और उनका मत लेतीं। आपस में सबसे सुंदर दिखने की होड़ में लड़कियों ने सबेरे से कई लिबास बदले, पर क्या मजाल किसी को भी अपने पहनावे और साज-सज्जा से संतोष मिले!

घर के लोगों की हँसी और किलकारी की आवाज से कल्पना की उदासी और निराश और भी गहरी होती जा रही थी। लाख कोशिशों के बावजूद भी वह अंकित से पहली बार मिलने की खुशी अपने मन में नहीं जगा पा रही थी। उसे समझ ही नहीं आ रहा था कि आखिर वह क्या महसूस करे? अपने घरवालों की बात माने तो उसे खुश होना चाहिए। यह उसकी नई जिंदगी की नई शुरुआत थी। तो फिर क्यों उसका मन जगमगाने की बजाय एक बुझते हुए दीये की तरह अपनी धीमी लौ में तड़प रहा था? क्यों चाहते हुए भी उसके मन में वह लालसा नहीं थी, जो एक दुलहन के मन में होनी चाहिए?

रामा और शामा बुआ मिलकर कल्पना को सजा रही थी। उसके बालों से चोटी बनाते हुए शामा बोली, "बड़ी खुशकिस्मत है, जो ऐसे रईस घर में बहू बनकर जा रही है; और उसपर भी बड़ी बहू होने की तो शान ही अलग होती है। देवरानियों पर तेरा ही राज चलेगा, देख लेना।"

"बात तो ठीक है, नहीं तो छोटी बहू के नाते सारा जीवन घूँघट में चूल्हे के भीतर झुलस जाता है।" तपाक से बीच ही में रामा, शामा को टोककर खिझाते हुए बोली। रामा का कटाक्ष शामा समझ गई। वह अपने ससुराल में छोटी बहू थी।

घर में हो रहे कोलाहल और रामा-शामा की हँसी-मजाक से बेखबर कल्पना अपने ही खयालों में डूबी हुई थी। टकटकी लगाए चुपचाप बेरुखी से वह आईने की तरफ देखे जा रही थी।

बारात के द्वार पर आने की आवाज सुनते ही रामा और शामा झट से बारात देखने कमरे से बाहर छत की तरफ दौड़ पड़ीं। कल्पना सोने-चाँदी के गहनों से सजी, मेहँदी से रँगे लाल हाथों में दर्जनों चूड़ियाँ पहने तथा अपने भार से भी ज्यादा वजन की बनारसी साड़ी अपने पतले-असहाय शरीर पर लपेटे एक कोने में गुड़िया सी सजी आईने को एकटक ऐसे देख रही थी, जैसे उसी में वह अपना भविष्य देखने की कोशिश कर रही हो!

सवालों की लहरें उसके मन के सागर सी उमड़कर होंठों तक आने से पहले ही टूटकर वापस चली जातीं। जिनका नाम, जिनकी बातें वह पिछले चार वर्षों से सिर्फ सुनती आ रही है, जो लोग अब तक उसके लिए मात्र कहानी के किरदार की तरह थे, आज चार वर्षों बाद वह उन्हें प्रत्यक्षः मिलेगी। आज वह उस अनजान व्यक्ति से भी मिलेगी, जिसके केवल नाम भर से जुड़ने से पिछले चार साल में उसके जीवन में भूचाल सा आ गया था। अब साथ रहने पर न जाने क्या होगा?

मन-ही-मन बस यही उम्मीद लगाए थी कि 'ईश्वर करें यह बदलाव उसकी जीवन में खुशी के पल लेकर आए!'

आँखों में उम्मीद की रोशनी लिये सहमे कदमों से वह अपने ससुराल की गलियों की तरफ रवाना हो गई।

□

बाबुल की दुआएँ लेती जा...

कल्पना की बिदाई धूमधाम से हुई। रामनाथ ने उसके ससुरालवालों के फरमाइश का सारा सामान दहेज में दिया, यह सोचकर कि बेटी को किसी बात की कोई कमी न हो। अपनी पहली बेटी की विदाई के समय रामनाथ और सावित्री फूट-फूटकर रोए थे। मम्मी-पापा से अलग होने के दु:ख तथा न जाने कितनी और बातों को सोचकर कल्पना भी देर तक बच्चों सी बिलख-बिलखकर रोती रही।

कुछ देर बाद अंकित भी कल्पना के बगल में जाकर बैठ गया। कल्पना अब भी सिसक रही थी।

घर की औरतों के कहे के अनुसार कल्पना ने सर पर लंबा घूँघटकर लिया था। इतने लंबे घूँघट में गरमी और पसीने के कारण उसका दम घुट रहा था। ऊपर से वे गहने, जिन्हें बचपन में देखकर वह लालसा से भर उठती थी, वही जहरीले काँटे से चुभ रहे थे। पसीने से लथपथ शरीर पर सोने की छुअन भी अच्छी नहीं लग रही थी। वैसे तो उसे सजने-सँवरने का बड़ा शौक था, लेकिन विकट गरमी में जी कर रहा था कि सारे गहने और दरी समान देह पर लिपटी बनारसी साड़ी उतार फेंक दे!

गाड़ी के शुरू होते ही अंकित ने अपनी उज्जड आवाज में ड्राइवर को गाने लगाने को कहा। उस दिन कल्पना ने पहली बार अंकित की आवाज सुनी थी। वह भौचक्क थी कि अंकित इतने अश्लील गाने सुनता है! गाने सुनते ही कल्पना का सिसकना बंद हो गया। अंकित की तरह वे गाने भी रास्ते भर उसके साथ रहे। मन-ही-मन वह सोचने लगी कि अगर अंकित को ऐसे ही गाने पसंद हैं तो संगीत के मामले में उनका ताल-मेल बैठना मुश्किल ही है। खैर, संगीत के अलावा और भी बहुत चीजें हैं, शायद उनमें उनकी जोड़ी अच्छी बने! यही सारी बातें सोचते हुए

कल्पना अंकित के गाँव रमणिकपुर पहुँची।

अंकित का गाँव रमणिकपुर कल्पना के घर से करीब डेढ़ घंटे की दूरी पर था। बाजार की पक्की सड़क को पार करके कंच्ची, टूटी-फूटी सड़क पर हिचकोले खाते हुए गाड़ी अंत में कुलभूषणचंद के घर के द्वार के सामने आकर रुक गई।

गाड़ी के रुकते ही कुलभूषणचंद ने ऊँची आवाज में चिल्लाकर कहा, "बहुरिया, तुम्हारा घर आ गया है।"

उनकी आवाज सुनकर कल्पना समझ गई कि ऊँची आवाज में उचककर बात करना उसके ससुरालवालों की आदत है।

नई बहू के घर आने के अवसर पर पूरे घर में हंगामा मचा हुआ था। घूँघट में से कल्पना को कुछ दिखाई तो नहीं दे रहा था, पर उसके कानों में अलग-अलग तरह की आवाजें सुनाई दे रही थीं। कुछ औरतें अपनी तेज आवाज में जोर-जोर से लोकगीत गा रही थीं, जिसका एक भी शब्द समझना मुश्किल था। कुछ लोग आपस में हँसी-मजाक भी कर रहे थे। बीच-बीच में बच्चों के किलकारी मारकर रोने की आवाज भी सुनाई दे रही थी।

कल्पना के गृह-प्रवेश की रस्म अदा करने के लिए अंकित की बड़ी माँ चंद्रिका आई और उसे पकड़कर धीरे-धीरे घर के भीतर ले जाने लगी। भीतर ले जाते समय चंद्रिका ने कल्पना के कान में धीमे से कहा, "बहू, धीरे-धीरे कदम रखो, गाँव के बहुत लोग जमा हैं।" आँखों पर लंबे घूँघट के परदे ने कल्पना के आँखों के सामने अँधेरा कर रखा था। चुपचाप अपनी बड़ी सास का सहारा लेते हुए वह चलती गई।

एक कमरे में ले जाकर उन्होंने उसका घूँघट उठाया और मुसकराकर बोलीं, "बड़ी सुंदर हो बहुरानी तुम! यहाँ आराम से बैठो, यह तुम्हारा ही कमरा है। बाहर तुम्हें देखने बहुत मेहमान आए हैं।" फिर उसके माथे की बिंदियाँ को ठीक करते हुए बोलीं, "थोड़ा और सज-सँवर लो। अभी तुम्हें मुँह दिखाई के लिए बाहर आँगन में जाना है।" मिनटों में ही न जाने कितनी हिदायत देकर वह चली गई।

कल्पना ने मन में ही सोचा, "और कितना सजूँ? घूँघट पहनकर किसी ब्यूटी कांटेस्ट में जाना है क्या?"

चंद्रिका के कमरे से निकलने भर की देर थी कि दो और औरतें तथा कुछ लड़कियाँ भी कमरे के भीतर आ गईं। वह चुपचाप सुध-बुध खोकर देखे जा रही थी। तभी एक लड़की, जो कल्पना की बड़ी ननद थी, ताव से बोली, "देख क्या

रही हो, पैर छुओ सबके।" दो औरतें, जो भीतर आई थीं, उसमें से एक अंकित की माँ प्रेमा देवी और दूसरी कुलभूषणचंद की पत्नी राजलक्ष्मी थी। कल्पना ने उनके पैर छुए।

उन लड़कियों में से कुछ अंकित की सगी तो कुछ चचेरी बहनें थीं, कल्पना ने उनके भी पैर छुए।

अरे, "इनके भी पैर छूओ।" एक आठ साल की लड़की की तरफ इशारा करके बड़ी ननद बोली। कल्पना उनका मुँह ताकने लगी। "मुँह काहे ताक रही हो?" छोटी है तो क्या हुआ, ननद है तुम्हारी! ससुराल में सबके पैर छूने होते हैं। तुम्हारी अम्माँ-चाची ने सिखाया नहीं क्या?"

इतने सारे अनजान लोगों को अपने आस-पास देखकर कल्पना विकल हो रही थी। संकोचवश कुछ कह नहीं पा रही थी। कमरे में आई लकड़ियाँ आपस में बातें करके हँस रही थीं और कहे जा रही थीं, "भाभी तो बड़ी सुंदर हैं! अब भइया से नेग वसूल करने में मजा आएगा।"

कुछ देर बाद भानुमती, अंकित की दादी, अपनी दो नातिन के सहारे कमरे के भीतर आईं। कल्पना ने भानुमती के पैर छूकर आशीर्वाद लिये। भानुमती का झुर्रियों से सजा चेहरा कल्पना को देखकर खिल उठा था। उन्होंने कल्पना के सिर पर हाथ फेरते हुए सौभाग्यवती और पुत्रवती भव का आशीर्वाद ऐसे दिया, जैसे आशीर्वाद नहीं, आदेश दे रही हों! कल्पना ने मन-ही-मन में सोचा, "इस लंका की रावण यही है, जिनके इच्छा अनुसार आज उसे यहाँ लाया गया है।

कुछ देर बाद कल्पना को फिर घूँघट में लपेटकर चंद्रिका कमरे से बाहर ले गई। आँगन में कल्पना को एक चटाई पर बैठा दिया, चंद्रिका भी बगल में बैठ गई और बुदबुदाने लगी, "गाँव के बहुत लोग आए हैं। जब मैं तुम्हारा घूँघट खोलूँगी तो हँसना या मुसकराना मत, बस चुपचाप सर झुकाए बैठी रहना। कोई कुछ भी कहे, बोलना मत, नहीं तो लोग कहेंगे कि दुलहन शरमाती नहीं है।" उनका निर्देशन जारी था।

चंद्रिका ने जब घूँघट हटाया तो कल्पना ने देखा कि पूरा आँगन औरतों से भरा था। यह देखकर कल्पना को स्कूल का वह दिन याद आ गया, जब उसकी पूरी क्लास को घुमाने के लिए चिड़ियाघर ले जाया गया था। वहाँ हर दड़बे के बाहर इतने ही लोगों की, इतनी ही कौतूहल भरी भीड़ थी। कल्पना को लग रहा था, जैसे वह स्वयं आज किसी दड़बे में बंद कोई जंगली जानवर है, जिसे देखने के लिए लोग इकट्ठा हुए हैं।

जब लोग उसके नाक–नक्श की तारीफ कर रहे थे तो उसे क्लास–टीचर याद आ रही थी, जिन्होंने बाघ की धारियों की तारीफ करते हुए उसे पूरी क्लास के बच्चे को दिखाया था। क्लास के कुछ शैतान बच्चे बाघ पर कंकड़ फेंक रहे थे। उस वक्त दड़बे में बंद बाघ जितना बेबस लग रहा था, कल्पना आज स्वयं को उसी जगह देख रही थी।

वह पूरे दिन बिना किसी ना–नुकुर के चुपचाप मशीन की तरह अपने ससुरालवालों के बताए सारे रिवाज–रीति निभाती गई। संकोचवश कभी–कभी वह मुसकरा देती, पर थकान के मारे उसका बुरा हाल था।

शाम को खाने के बाद कल्पना जब अपने कमरे में बैठी थी, तब उसकी ननद हाथ में गिलास का दूध और मिठाई लेकर आई। दूध का गिलास टेबल पर रखते हुए बोली, "ई दूध तुम दोनों थोड़ा–थोड़ा पी लेना, बादाम और छुहारा डाला है इसमें! आज रात तुम्हें नींद तो आएगी नहीं!" इतना कहकर अपनी हँसी दबाते हुए वह कमरे से बाहर चली गई।

थकान से चूर अपनी कमर को थोड़ा सा आराम देने के इरादे से कल्पना जब बिस्तर पर लेटी तो न जाने कब उसी बनारसी साड़ी और गहनों में उसे नींद आ गई, पता ही नहीं चला! कमरे की मध्यम रोशनी और गरमी से बेखबर वह बेसुध गहरी नींद में सो रही थी।

न जाने कितनी रात बीत गई थी, उसे ऐसा लगा कि जैसे वह कोई बुरा सपना देख रही हो! सपने में कोई बड़ा लंबा सा अजगर समान जानवर उसके पैरों पर से धीरे–धीरे रेंगता हुआ उसकी साड़ी के भीतर कमर से लिपटकर उसके सीने को अपनी विशाल भुजाओं से जकड़ रहा हो! डर के मारे वह अपने ही पसीने में भीग गई थी। धीरे–धीरे अजगर की जकड़न को वह अपने शरीर पर महसूस कर रही थी। हर बीतते पल के साथ उस अजगर की पकड़ उसके शरीर पर हावी होती जा रही थी। गहरी नींद में धुत्त वह अपनी आँखें खोल नहीं पा रही थी। उसका दम घुटने लगा था। उसे ऐसा लगा कि अगर वह इस सपने से न जागी तो शायद घुटन के कारण मर ही जाए। फिर एक लंबी साँस लेते हुए उसने एक झटके में अपनी आँखें खोलीं। कमरे की मद्धिम रोशनी में उसे ठीक से कुछ दिखाई नहीं दे रहा था। कुछ भी समझ में नहीं आ रहा था, यह सचमुच उसके साथ हो रहा था या उसका भ्रम था! डर के मारे उसके मुँह से आवाज तक नहीं निकल रही थी। इससे पहले कि वह सपने और हकीकत का फर्क समझ पाती, उसे महसूस हुआ कि जैसे कोई उसके ऊपर लेटा हुआ है। उसके शरीर के भार से वह अपने आप को हिला तक नहीं पा रही थी।

हाँफती हुई आवाज में पूरी ताकत लगाकर उसे हटाने की कोशिश करते हुए बेचैनी से चिल्लाने लगी, "हटो मेरे ऊपर से! हट जाओ! प्लीज। मम्मी प्लीज···!" अपने हाथों को बरबस झटकते हुए उसकी पकड़ से अपने आप को छुड़ाने की वह नाकामयाब जद्दोजहद किए जा रही थी। "हट जाओ, मेरा दम घुट रहा है!" कल्पना ने गिड़गिड़ाकर रोने लगी।

उसकी आवाज सुनकर उसने कल्पना के मुँह को अपने हाथ से दबाते हुए उसके कानों में धीरे से कहा, "चिल्ला मत! घरवाले जाग जाएँगे! मैं अंकित हूँ। चुपचाप लेटी रह। कसम से, बड़ी गजब की सुंदर है तू!"

□

ससुराल गेंदा फूल?

रात बीत गई थी। दुःस्वप्न की पहली रात, जो बीत गई थी, मगर घाव अभी बाकी थे।

आँखों की लालिमा छँटी नहीं थी।

"कैसी रही पहली रात भाभी?" एक ननद ने कौतुक भरी चुटकी ली।

"आँखें तो लाल हैं भाभी की", दूसरी ने छेड़ा।

कल्पना चुप ही रही। आँखें भावशून्य थीं। दिल कर रहा था कि रात की बात उनसे बता दे!

वे तो थोड़ी बड़ी हैं, समझदार भी हैं। शायद वे बता पाएँ कि क्या ऐसा ही होता है शादी के बाद? कहीं से भी अंकित की हरकतें, किताबों और फिल्मों के प्यार की परिभाषा से मेल नहीं खा रही थीं! क्या असल जिंदगी में पति-पत्नी के रिश्ते ऐसे ही होते हैं?

दिन भर मेहमानों के स्वागत और आवभगत से कल्पना थक जाती थी। मुँह दिखाई की रस्म खत्म होने का नाम ही नहीं ले रही थी। दिन भर साड़ियाँ बदलने सजने-सँवरने का प्रोग्राम चलता रहता। ननदें खूब मजे लेकर गुड़िया सी उसे अपने इशारों पर नचातीं, मायके से मिले सामानों में मीन-मेख निकालतीं। कल्पना चुपचाप सह लेती, आखिर क्या कहती? उलटे मुँह जवाब देना भी तो नहीं आता था उसे।

आस-पास के गाँवों से बुजुर्ग औरतें, लड़कियाँ बड़ी लालसा से नई दुलहन की मुँह दिखाई के लिए आतीं। कुछ तो अनायास ही मिठाई और लड्डू की लालच में कई बार चक्कर लगाती। उनके लालच का मुआवजा कल्पना को भरना पड़ता। मेहमानों का आसन कुरसियों व सोफे पर लगता और बहू होने के नाते कल्पना लंबा घूँघट निकाले जमीन पर बिछी चटाई पर विराजमान होती। औरतें मजे से आपस में हँसी-मजाक करतीं, देर तक गप्पे लड़ातीं, बिना इस फिक्र के कि बेचारी

छुईमुई सी बैठी दुलहन शायद थक गई होगी! कल्पना चुपचाप बेमन से उनका गप्प सुनती। घंटों बैठे-बैठे कमर में दर्द हो जाता, बेबसी में दर्द से उसके आँखों से आँसू गिर जाते, लेकिन घूँघट में क्या हो रहा है, किसको पड़ी है? ससुरालवाले उसकी शारीरिक और मानसिक पीड़ा से बेखबर नई-नवेली आई बहू की नुमाइश करने में लगे थे। नुमाइश ही समझो, रोबोट की तरह! वह किन-किन कामों सक्षम है, इसका बारीकी से निरिक्षण होता। मौके का फायदा उठाकर बुजुर्ग औरतें घंटों तक पैर दबवातीं, अपनी सेवा करवातीं, चाहे दर्द हो, न हो। क्या जाने पुरानी होने पर वह उनके यह नखरे उठाए न उठाए, इसलिए जो बने, निचोड़ लो अभी।

नई-नवेली बहू का सभी लोग अपने तरीके से रीति-रिवाज के आड़ में शोषण करते। पहली बार ससुराल आई दुलहनें भी संकोचवश कभी कुछ नहीं बोलती, चाहे उनसे जो भी करवा लो। घर की बाकी औरतों के लिए नई आई बहू कॉलेज में नया दाखिला लिये फर्स्ट ईयर स्टूडेंट की तरह होती है, जिसकी सीनियर क्लासवाले अनुभवी बच्चे जमकर रैगिंग करते हैं। ससुराल में भी हर घर में कोई-न-कोई ऐसा सदस्य होता है, जो ताने मारने और अनायास छेड़ने में पीछे नहीं हटता।

इन परिवारों में बहू लड़की नहीं होती है, भले ही वह नए परिवार के सारे सदस्यों में सबसे छोटी हो, उसे छोटे होने का कोई सुख नहीं प्राप्त होता है। वह सिर्फ ब्याहता स्त्री होती है। वह ब्याहता स्त्री, जिसे घर में सबसे पहले उठना होता है। घर के सभी लोगों से जुड़ी जिमेदारियाँ पूरी करनी होती हैं। जिसे कोई भी भूल करने का हक नहीं है, क्योंकि इसी उम्र में उसकी सास कभी बेहद कुशल गृहिणी साबित हो चुकी थी।

इन सबके ऊपर तुर्रा यह कि कल्पना शहर की नाजुक लड़की थी, जिसे बरदाश्त करना गँवई ससुरालवालों के उसूल के खिलाफ था। और अंकित…!

दिन भर घर में अंकित की परछाई तक नजर न आती, पर शाम होते ही कल्पना को उसका सामना करने का खौफ सताता। तीन दिन बीत गए थे। उसके और अंकित के बीच ठीक से कोई बात तक नहीं हुई थी। कमरे के भीतर आते ही वह कल्पना पर धावा बोल देता। कुछ हद तक अपना जोर भी आजमाता और जब कल्पना उसे मना करती या उसका विरोध करती तो बिस्तर की दूसरी तरफ मुँह करके सो जाता। ऐसे बरताव से कल्पना को लगता कि अंकित को सिर्फ उसके देह की जरूरत है। यह बात तो कोई भी औरत कतई बरदाश्त नहीं कर सकती।

एक रात अंकित जब अपनी कामवासना के अधीन होकर मनमानी बस

कल्पना की साड़ी को अधीरता से हटा रहा था तो कल्पना से बरदाश्त न हुआ, उसे जोर से धक्का देकर गुस्से से चिल्लाकर पूछा, "कितनी बार तुम्हें मना कर चुकी हूँ, लेकिन तुम...।"

"हाँ, तो मना ही क्यों करती है?"

"तुम्हें बस मुझसे यही चाहिए?"

"नौटंकी चालू हो गई तेरी, अब तक बरदाश्त करता आया हूँ तेरी आनाकानी, रोज-रोज नहीं चलेगा!"

"हम एक-दूसरे को ठीक से जानते तक नहीं हैं। तुम्हें और मुझे एक-दूसरे के नाम के अलावा कुछ भी नहीं पता। क्या हम कभी ठीक से बैठकर बात नहीं कर सकते?"

"हा...हा...।" अंकित व्यंग्यात्मक ढंग से जोर-जोर हँसने लगा। "तू शायद फिल्में बहुत देखती है! हमारी शादी हो चुकी है। पत्नी है तू मेरी, हक है मेरा!"

कल्पना चुपचाप भौचक्का होकर अंकित को देखती रही, समझ नहीं आ रहा था कि आखिर अब और क्या कहे?

"साली! आज फिर से मूड खराब कर दिया मेरा।" इतना कहकर अंकित बिस्तर पर दूसरी तरफ मुँह फेरकर सो गया।

अंकित की बातों को सुनकर कल्पना स्तब्ध थी। अपने घुटनों को अपने हाथों से बाँधे, सर झुकाए बिस्तर के कोने में देर रात तक चुपचाप बैठी रही। सत्रह साल की उम्र में उसे भी पति-पत्नी के रिश्ते की गहराइयों और सीमाओं का ज्ञान नहीं था। वह तो बस फिल्मों में देखी-दिखाई और औरतों से सूनी-सुनाई बातों को सही समझकर उसका पालन करना चाहती थी। वह खुद भी अपनी इच्छाओं से अनजान थी। वह नहीं जानती थी कि आखिर पति और पत्नी जैसे महत्त्वपूर्ण रिश्ते के क्या मायने एवं पहलू होते हैं? अंकित के लगातार कोशिश और जिद के सामने हार मानकर अपने आपको उसकी इच्छाओं के हवाले कर दिया। उसे लगा कि शायद उसकी बात मान लेने पर ही वह उसका स्नेह पा सकेगी! शायद उसकी जिद पूरी हो जाए तो वह भी उसकी भावनाओं की कद्र करने लगे! शायद पुरुषों का प्रेम जताने का यही ढंग हो! यही तो सीखा था उसने अपने घर की औरतों से कि पति के सामने झुकने और उसकी बात मान लेने से ही जीवन सूखी होता है। आखिर वह कब तक विरोध करें? और किस-किस से विरोध करे?

न जाने अंकित को क्या धुन लगी थी! शायद कल्पना पर अपना अधिकार

जताकर ही वह अपना पुरुषार्थ सिद्ध कर पाता था। उसके साथ जबरदस्ती करके ही शायद वह अपनी शारीरिक ताकत को महसूस कर पाता था। इतने दिनों में उसने कभी कल्पना से बैठकर ठीक से बात तक नहीं की थी और न ही कल्पना के पूछने पर किसी भी सवाल का ठीक से जवाब देता था। कल्पना समझ ही नहीं पाती कि आखिर माजरा क्या है?

कल्पना के आहत मन को नजरअंदाज करके अंकित ने उसे केवल अपनी वासना पूर्ति का जरिया बना लिया था। वह भी चुपचाप आँखें खोले बेसुध बिस्तर पर पड़ी सामने मेज पर रखी लालटेन की मध्यम रोशनी को देखती रहती। जब अंकित का मन भर जाता तो वह अपना मुँह बिस्तर की दूसरी तरफ करके सो जाता। कल्पना की सिसकियों से बेखबर वह दिन में दोपहर तक खर्राटे लेकर सोता रहता। पर कल्पना सुबह पाँच बजे उठकर अपनी जिम्मेदारियाँ अपने थके कंधों पर लाद लेती।

कल्पना को ससुराल आए पूरे बीस दिन बीत गए थे। ठीक से खाना न खाने और आराम की कमी के कारण उसकी सेहत बिगड़ने लगी थी।

उसकी गालों की हड्डियाँ दिखने लगी थीं और आँखों के भीतर काले घेरे आने लगे थे। उसके चेहरे की मुसकान छुईमुई के पत्तों की तरह सिकुड़कर रह गई थी।

एक दिन रामनाथ ने जब हाल-चाल पूछने के लिए कुलभूषणचंद के घर फोन किया तो फोन पर बात करते-करते ही वह बिलखकर रोने लगी। "पापा, आप कब आ रहे हो?"

"एक हफ्ते बाद तुम्हारी बिदाई तय हुई है।" रामनाथ भावुक होकर रुआँसी आवज में बोले।

कल्पना कुछ नहीं बोली, रामनाथ फोन की दूसरी तरफ केवल उसकी सिसकियाँ सुन सकते थे।

"बेटा, तुम ग्यारहवीं की फाइनल परीक्षा में पास हो गई हो!"

"सच पापा! इसका मतलब अब मैं घर आकर कॉलेज जाऊँगी!" कल्पना को ग्यारहवीं की परीक्षा में पास होने की आशा कम थी। अपने पास होने कि खबर सुनते ही उसे कुछ राहत मिली और उसका चेहरा खुशी से जगमगा गया।

"हाँ बेटा!"

कल्पना ने खुश होकर उमंग से अपने पास होने की खबर प्रेमा देवी को बताई, "अम्माँ, मैं ग्यारहवीं क्लास में पास हो गई हूँ!"

"अरे, तू कलेक्टर बन जा, ओसे हमें का मिले? इंहा तो जिंदगी चूल्हा फूँकने में भस्म हो गया।" प्रेमा देवी ने मुँह बिचकाते हुए अपनी प्रतिक्रिया दी थी।

प्रेमा देवी की ऐसी प्रतिक्रिया पाकर कल्पना चुपचाप खिन्न मन से अपने कमरे में चली गई। कल्पना को उदास देखकर चंद्रिका ने उसे समझाया—

"अरे, तू अपना मन क्यों खराब करती है, उसकी तो आदत है दूसरों की खुशी से जलने की!"

कल्पना के पास होने की खबर सुनकर अंकित की दादी भानुमती उससे मिलने उसके कमरे में आईं।

कल्पना को लगा कि शायद वह उसे बधाई देना चाहती हैं।

भानुमती लकड़ी का सहारा लेकर कराहते हुए एक मेज पर बैठ गईं और उन्होंने कल्पना को इशारे से अपने पास बुलाया। कल्पना उनके पास जमीन पर बिछी चटाई पर दुबककर बैठ गई।

"बहुरिया, अपने आदमी से ज्यादा पढ़कर क्या करोगी? अगर तुम ज्यादा पढ़ लोगी तो लोग तुम्हारी और उसकी दोनों की खिल्ली उड़ाएँगे।" भानुमती धीरे से झुकी और अपनी शिथिल आवाज में कल्पना से बोली—

"अपने बाप से कह दो कि जितना पढ़ लिया, काफी है, अब तुम्हें आगे नहीं पढ़ना।" यह कहते हुए उनकी आवाज एकाएक बुलंद हो गई।

"जीवन का आनंद तो पति और उसके परिवार के साथ रहने में है। तुम्हारी उम्र में तो मुझे एक बेटा भी पैदा हो गया था।" यह कहते हुए वे सिर हिलाकर मुसकराईं।

"किस बात की कमी है हमारे घर में! खाओ-पियो और ऐश से अपने पति के साथ रहो!" आवाज में फिर एक बार हेंकड़ी झलकी।

"हमारी तो किस्मत ही फूट गई थी, जो वे इतनी जल्दी परलोक सिधार गए।" अब आवाज अफसोस से तर हो गई थी।

"तुम्हें कौन सा बाहर जाकर कंधे पर बैग टाँगे दर-दर भटककर नौकरी करनी है!"

भानुमती का नाटकीय प्रसंग किसी का भी मन मोह ले। उनके बोलने का लहजा, भावों का उतार-चढ़ाव किसी मँजे हुए नायक से कम न था।

कल्पना चुपचाप हतोत्साह होकर भानुमती की बातें सुनती रही। वह घर के लोगों की पढ़ाई के खिलाफ (नेगेटिव) प्रतिक्रिया पाकर दुःखी हो गई थी।

उसी शाम कल्पना ने अंकित को जब अपने पास होने की खबर दी और कहा,

"मैं आगे अपनी पढ़ाई पूरी करना चाहती हूँ!"

यह सुनकर भी कुछ देर तक अंकित कुछ नहीं बोला।

"क्या हुआ, कुछ बोलो तो सही!"

"क्या बोलूँ? जो करना है, करो!"

"क्या मतलब?"

"मुझसे क्यों पूछती या बताती है, तुझे जो ठीक लगे, कर।"

"तुम खुश नहीं हो? मेरी पढ़ाई को लेकर तुम्हारी कोई राय नहीं है?"

"मुझे क्या मिल जाएगा? फालतू में क्यों बहस करती है?" अगर कुलभूषणचंद चाचा और घरवाले तुझे बोल रहे हैं, तो पढ़। घर के मालिक वही हैं। वे जो चाहते हैं, वही होगा। करने तो तुझे घर के काम ही हैं!

"तुमने पढ़ाई क्यों छोड़ दी है? तुम्हारे चाचाजी ने तो मुंबई में फोन पर कभी इस बात का जिक्र तक नहीं किया?"

"तुझे इससे क्या फर्क पड़ता है, ज्यादा मुँह चलता है क्या?"

"बिगड़ते क्यों हो हर बात पर? पढ़ाई तुम फिर से क्यों नहीं शुरू कर देते?"

"अपनी पढ़ाई की चिंता कर। तुझे पढ़ने को मिल रहा है, तेरे लिए वही बहुत है। मैंने अपने हिसाब की पढ़ाई कर ली है। आखिरकार पैसे कमाने से मतलब है।"

अंकित की बातें सुनकर कल्पना को बहुत गुस्सा आया, पर चुपचाप वह खून का घूँट पीकर रह गई। जब कभी कल्पना अंकित से उसके काम या आगे पढ़ाई के बारे में पूछती तो वह गुस्से से आगबबूला हो जाता। इसलिए कल्पना ज्यादा जोर नहीं देती।

शुरुआत के कुछ दिन कल्पना के ससुरालवाले उसे खुद ही पढ़ाई छोड़ने के लिए फुसलाते रहे। एक दिन तो कुलभूषणचंद ने भी कोशिश की—

"ई का पढ़ाई-पढ़ाई लगा रखा है! तुम अपने दिमाग से ये पढ़ने-लिखने का भूत उतार दो।" कुलभूषणचंद दोपहर के खाने के बाद आँगन में खड़े होकर ढीले कुरते के भीतर से लटकती तोंद को बाएँ हाथ से सहला रहे थे और दाएँ हाथ में दंत खोदनी लेकर अपने दाँतों को खोद रहे थे। आवाज से उदासीनता साफ झलक रही थी।

कल्पना दूसरे कमरे में घूँघट के भीतर मौन साधे सुन रही थी।

"इसी घर में देख लो, बिना डिग्री के भी मेरी बेटियाँ कितने चैन से जी रही हैं! पढ़ने-लिखने और घर के बाहर काम करने से औरतों की बदनामी ही होती है। आखिर किस बात की कमी है? फालतू में समय क्यों बरबाद करना? अब तुम बस घर में एक बच्चे की तैयारी करो। अम्माँ का बड़ा अरमान है कि वह भी अपने परपोते का मुँह देख ले।"

कल्पना कुछ न बोली, भौचक्का होकर एकतरफा दलील को सुनती रही, क्योंकि घर की बहुओं का पुरुषों के सामने बोलना वर्जित था।

सभी लोग गुट बनाकर अलग-अलग दलीलें देकर कल्पना का मन बदलना चाहते थे। कोई भी जबरन उसकी पढ़ाई छुड़ाने का जिम्मा अपने सिर नहीं लेना चाहता था। हो-न-हो, उन्हें यकीन था कि आज नहीं तो कल थककर वह भी बाकी लड़कियों की तरह शादी के बाद अपनी पढ़ाई छोड़ ही देगी।

कल्पना अपने ससुरालवालों के षड्यंत्री मंशा को भाँप गई थी, वह भी टस-से-मस होनेवाली नहीं थी।

फिर आखिरी दावँ अंकित ने खेला।

मायके जाने से दो दिन पहले अंकित कल्पना के हाथों में बाजार से लाए समोसे और गुलाबजामुन देकर मुसकराते हुए बोला, "यह तुम्हारे लिए है। गरम-गरम है, जल्दी से खा लो।" यह कहकर वह मुसकराते हुए वहाँ से चला गया।

अंकित के बदले हुए रवैए को कल्पना समझ नहीं पाई। पूरे एक महीने बीत गए थे, लेकिन पहली बार उसके आवाज में कोमलता थी। सोचा कि एक बार खुद को चिकोटी काट के देखे, सच है या सपना!

शाम को अंकित जब कमरे में आया तो प्यार से कल्पना का हाथ अपने हाथों में लेकर उदासी से बोला, "तुम अपने घर चली जाओगी तो मैं तुम्हें बहुत याद करूँगा।"

अंकित के चेहरे की मासूमियत और उदासी देखकर कल्पना हैरान थी।

"कोई कमी तो नहीं तुम्हें यहाँ?"

आश्चर्यचकित होकर वह उसे निहारती जा रही थी।

"नहीं!" वह सहमकर बोली।

"तो फिर क्यों जा रही हो मुझे छोड़कर? मत जा अपने घर! अपने पापा से कह दे कि तुझे यहीं रहना है मेरे साथ।"

"क्या?"

"हाँ, कह दे कि ससुराल तुझे भा गया।" अंकित ने उसे धीरे से गले लगा लिया।

"लेकिन, मुझे अपनी बारहवीं की पढ़ाई पूरी करनी है!"

"पढ़ाई क्या मुझसे ज्यादा जरूरी है?" वह अब भी उसके आगोश में थी।

कल्पना का मन उसके मासूमियत पर डगमगाया। एक पल को सोचा कि वह अंकित के इस मोह भरे आलिंगन से कभी अलग न हो, बस लिपटी रहे उसकी छाती से यों ही। कितना मधुर था यह सब!

"नहीं, वह बात नहीं है!"

"तो फिर क्या बात है?"

"मुझे पढ़ने का मन···!" वह सहमकर बोली।

"किताबों में क्या रखा है, असली मजा तो यही है!" अंकित ने उसे बच्चे की तरह फुसलाया।

"लेकिन मैं अपनी बारहवीं की पढ़ाई करना चाहती हूँ। हम फोन पर बातें करेंगे न? और जब कभी तुम्हें टाइम मिले तो हम मिल भी सकते हैं।"

कल्पना का स्पष्ट जवाब सुनते ही अंकित का जैसे माथा घूम गया। उसने जोर से धक्का देकर कल्पना को दूसरी तरफ धकेल दिया।

"क्या हुआ?"

"तू जा अपने घर कलट्टर बन, समझी!" इतना कहकर वह रोष से पैर पटकता, कमरे से बड़बड़ाता हुआ बाहर चला गया।

कल्पना अवाक् थी। क्या यह सब एक स्वाँग था? जिसे वह स्नेह समझ रही थी, वह एक सोची-समझी चाल थी। क्या अंकित ने उसके इरादों को कमजोर करने के लिए एक नाटक रचा था?

ससुरालवालों की दलीलें, षड्यंत्र और अंकित का स्वाँग भी कल्पना का मन विचलित नहीं कर पाए। उलटे आगे पढ़ाई करने का उसका इरादा और भी मजबूत हो गया।

अत्यंत विचार-विमर्श के बाद किए गए वादे के मुताबिक कल्पना के ससुरालवालों ने उसकी बिदाई कर दी।

□

मम्मा…

एक महीना बीत गया नहीं, कल्पना के लिए पूरा एक कल्प बीत गया था। वह रामनाथ और सावित्री से लिपटकर ऐसे रोई, जैसे कोई भूला-भटका नन्हा बछड़ा गाय से मिलकर रँभाता है। इन तीस दिनों के बाद जो लौटी थी, वह कल्पना नहीं थी। उसकी परछाईं भर थी। हड्डियों का सूखा ढाँचा, जिस पर साड़ी लिपटी हुई थी। शामा बुआ ने मजाक में कह भी दिया, "लगता है, ससुराल का खाना रास नहीं आया तुझे, साड़ी में बाँस की लकड़ी जैसी लग रही है।"

कल्पना ने माँ और पापा को एक-एक कर अपने ससुराल का पूरा हाल कह सुनाया, सिवाय अंकित की हरकतों के। शर्म के कारण वह सावित्री से भी अंकित के बरताव के बारे में कुछ नहीं बता सकी।

कल्पना के साथ ससुराल में हुई परेशानियों और दुर्गति को सुनकर सावित्री दुःखी जरूर हुई थी, लेकिन उसे तसल्ली देते हुए कहा, "कुछ दिनों बाद सब ठीक हो जाएगा। पहली बार ससुराल में ऐसी परेशानियों का सामना करना पड़ता है। समय के साथ सबकुछ व्यवस्थित हो जाता है।"

रामनाथ और सावित्री को लग रहा था कि शादी की शुरुआती दिक्कतें हैं, समय के साथ सब ठीक हो जाएगा। मगर यह सूचना कि अंकित की पढ़ाई छूट गई है, बड़े धक्के के साथ आई।

कल्पना की निराशा को कम करने के लिए रामनाथ ने धीरज देते हुए कहा, "जब तक तुम अपनी पढ़ाई ठीक से करती रहोगी, हम तुम्हारा साथ जरूर देंगे।" रामनाथ से आश्वासन पाकर कल्पना के साँस-में-साँस आई।

कुछ दिन गाँव में बिताने के बाद कल्पना अपने मम्मी-पापा और भाई-बहन के साथ मुंबई चली गई। रह-रहकर उसके दिमाग में अपने ससुराल में बिताए दिन याद आते। अंकित की हरकतें याद आतीं। कई दिनों तक ये सारी बातें उसके मन

में टेपरिकॉर्डर की तरह चलती रहीं। जब कभी उसे वे पल याद आते तो अपना ध्यान हटाने के लिए वह टी.वी. पर ऊँची आवाज में गाने सुनने लगती या फिर कोई किताब पढ़ने लगती। उसने कभी अपनी आप बीती किसी को नहीं बताई। शायद बताती तो उसके मन का अकेलापन कम हो जाता। अंकित के साथ बिताए एक महीने में एक भी तो ऐसा रोमांटिक पल नहीं था, जिसका बखान वह अपने दोस्तों से कर सके। अपने घावों को किसी और के सामने कुरेदने से अच्छा था वह उन्हें छुपाकर ही रखे। न जाने लोग क्या सोचें! आखिर कहीं-न-कहीं इन सबमें उसका भी तो दोष होगा! ताली एक हाथ से थोड़े ही बजती है। सच बताने पर बाकी लोगों द्वारा उसके प्रति गलत राय या उनके आकलन का शिकार बनने का डर था।

कॉलेज शुरू होते ही वह फिर से अपनी पुरानी जिंदगी में जाने की कोशिश करने लगी। उस एक महीने को एक कोई बुरा स्वप्न समझकर भूलने की कोशिश करने लगी।

वह सौम्या के साथ क्लास की तरफ जा रही थी कि तभी गौरव कॉरिडोर में आता दिख गया। उसका हाथ आयशा के हाथ में था। कल्पना ने देखा और देखकर भी देखा नहीं…। उसे बुरा नहीं लगा।

अब न प्यार बचा था, न ही नफरत। इस दर्द की जगह अब किसी और दर्द ने ले ली थी, जिसकी जड़ में अंकित था।

आयशा ने इसी साल कल्पना के कॉलेज में दाखिला लिया था। अब गौरव और आयशा साथ ही एक ही बेंच पर कल्पना की क्लास में बैठते।

उन दोनों को हँसी-मजाक करते देख कल्पना सोचती कि बुरा लगेगा, मगर कुछ ही पल में वे उसके दिमाग से निकल जाते।

कॉलेज शुरू हुए तीन महीने बीत गए। कल्पना अपना ध्यान अपनी पढ़ाई पर लगा रही थी। कमजोर अंग्रेजी की वजह से पढ़ाई में भी उसकी जद्दोजहद बढ़ती जा रही थी। बचपन से उसका सपना था कि वह आगे पढ़कर डॉक्टर बने। इसीलिए उसने दसवीं क्लास के बाद साइंस पढ़ने का फैसला लिया था। पर जीवन के इस अनोखे संघर्ष में उसे उसका सपना धुँधला होता दिख रहा था।

बचपन में भावनाओं में बहकर सपने देखने और बड़े होकर उन्हें असल जिंदगी में पूरा करने में बहुत फर्क होता है। तभी तो समय के साथ-साथ सपने भी हालात और जरूरत के मुताबिक बदलते रहते हैं। मानसिक दबाव से जूझती कल्पना की एक ही कोशिश थी कि वह किसी तरह परीक्षा में ठीक नंबरों से पास हो जाए।

सात महीन बीत गए थे। इन महीनों में अंकित ने एक बार भी कल्पना का

हाल–चाल पूछने के लिये फोन नहीं किया। सावित्री के कहने पर कल्पना ने खुद एक–दो बार फोन करने की कोशिश की, लेकिन हर बार घर का कोई–न–कोई दूसरा सदस्य फोन उठा लेता। उसने सोचा, शायद उसके जन्मदिन पर अंकित बधाई देने के लिए उसे जरूर फोन करेगा, लेकिन अंकित का एक भी फोन नहीं आया। फिर भी मन में भ्रम था कि शायद वह तीज के व्रत के दिन फोन करे, लेकिन अंकित का फोन नहीं आया।

मन–ही–मन उसे अपनी बेमतलब की उम्मीद पर क्रोध आ जाता। कल्पना ने निर्जल व्रत रखा था। अंकित का फोन न आने पर सावित्री भी बहुत खीज गई थी। बेटी का उदास चेहरा उनका मन कचोटे जा रहा था—"आदमियों को क्या पता कि तीज का व्रत कब होता है? अगर इतनी बुद्धि होती तो वह आदमी थोड़े ही होते, औरत न हो जाते!" सावित्री ने चेहरे पर फीकी सी मुसकान लेकर बोली।

कल्पना माँ की कोशिश को समझ गई और उसने भी अपने चेहरे पर एक झूठी मुसकान बिखेर दी, जिसमें अब वह माहिर हो गई थी।

फाइनल परीक्षा शुरू होने के एक महीने पहले ही कुलभूषणचंद ने रामनाथ से मिलकर परीक्षा खत्म होते ही कल्पना के ससुराल जाने का मुहूर्त तय कर लिया था। वे इस बार चाहते थे की वह बिदाई होकर उनके मुंबई वाले घर को जाए।

कल्पना को जब इस बात का पता चला तो परीक्षा के तनाव के साथ परीक्षा खत्म होते ही ससुराल जाने की चिंता भी सताने लगी। उसे लगने लगा, जैसे उसके जीवन से भय और चिंताओं का कोई अंत ही नहीं होगा! हर रोज कोई नई मुसीबत उसका इंतजार कर रही होती थी।

बारहवीं कक्षा की परीक्षा देकर कल्पना ससुराल जाने की तैयारियों में जूट गई।

गरमियों की छुट्टियों में जहाँ एक तरफ उसके क्लास के बच्चे बारहवीं के बाद आगे की पढ़ाई किस क्षेत्र में करनी है, इसकी तैयारी और आकलन में लगे थे, वहीं कल्पना अपने ससुराल जाकर एक लायक बहू, पत्नी और बेटी होने का प्रमाण–पत्र हासिल करने के लिए तैयार हो रही थी।

पिछली बार जब वह अंकित के घर गई थी तो उसका घर वापस आना निश्चित था। हाँ, अपने ससुराल को अब भी वह घर नहीं मान रही थी। लेकिन इस बार सब राम भरोसे था!

□

पैसा-पैसा करते हैं…

खदबदाती आबादीवाले शहर मुंबई में कुलभूषण के पास चार कमरों का अपना घर था, जिसे हर लिहाज से आरामदायक कहा जा सकता था। ट्रांसपोर्टेशन का अपना व्यापार और पान की दो दुकानें एक बेहतर जिंदगी के लिए काफी थी। इन्हीं में से एक दुकान अंकित सँभालता था।

शाम को अंकित कमरे में आया। यह तकरीबन एक साल बाद की मुलाकात थी। कल्पना के मन में गुस्सा और शिकायत थी। वह अपनी नजरें बचा रही थी कि अंकित उससे खुद आकर बात करेगा। अंकित शाम में आया कल्पना के पास भी आया, मगर उससे बातें करने नहीं, उसकी साड़ी का पल्लू हटाने।

कल्पना चिढ़कर थोड़ी दूर बैठ गई।

"इतने दिनों में तुमने एक फोन भी नहीं किया?" कल्पना ने गुस्से से अंकित का हाथ दूर झटक दिया।

"क्यों फोन करता? तुम्हें मुझसे ज्यादा अपने पढ़ाई करने की चिंता है!" अंकित के चेहरे पर अफसोस की एक शिकन तक नहीं थी। उसने बड़ी ढिठाई से जवाब दिया।

"मुझे अपनी पढ़ाई पूरी करनी है, यह बात पहले से तय थी।"

"तो पढ़ाई पूरी करो, फिर तुम्हें मेरे फोन न करने का दुःख क्यों है?" अंकित ने कल्पना को खीझते हुए जवाब दिया।

"तो अब क्यों मेरे पास आए हो?" कल्पना ने अपनी साड़ी का पल्लू ठीक किया।

"क्यों न आऊँ? आते ही तूने अपना नाटक शुरू कर दिया? फोन पर बात करके मुझे क्या मिल जाएगा?"

"मतलब तुम्हें मुझसे एक ही चीज की जरूरत है।"

"अब इतना भी नहीं करोगी तो शादी का क्या मतलब? मेरे दोस्तों की बीवियाँ घर बैठकर उनकी सेवा करती हैं। साला, मेरी ही किस्मत फूट गई थी क्या?"

गाँव में बिजली नहीं थी। रोशनी की कमी के कारण कल्पना ने अंकित को कभी इतने करीब से देखा तक नहीं था। आज कमरे की चमकती रोशनी में उसके टेढ़े-मेढ़े पान चबाए दाँतों और कायर आँखों से उसकी निर्लज्ज मुसकान उसे काँटे की तरह चुभ रही थी।

कल्पना के घर आते ही, दूसरे दिन से राजलक्ष्मी ने उसे रसोई के कामों में झोंक दिया। मुंबई में राहत देनेवाली बात यह थी कि यहाँ गाँव की तरह मिट्टी के चूल्हे पर नहीं, गैस के चूल्हे पर खाना बनाना था। फिर भी घर में सात से आठ लोगों का खाना बनाना इतना आसान काम नहीं था।

कल्पना के काम सुबह छह बजे से शुरू हो जाते थे। पहले सबके लिए नाश्ता और फिर सबके लिए खाना, फिर घर की सफाई और न जाने कितने तरह के काम। तिसपर क्या मजाल कि सर का पल्लू एक बार भी सरक जाए। कयामत न आ जाती!

शुरुआत के कुछ दिनों तक तो राजलक्ष्मी कल्पना की मदद करने के लिए उसके साथ काम करती, पर कुछ दिन बीतने के बाद वह अपने पेट दर्द, सिर दर्द का बहाना लेकर बैठ जाती। यहाँ तक कि कल्पना के आने के कुछ दिनों बाद उन्होंने घर में मदद करने के लिए बरतन माँजने और कपड़े धोने वाली नौकरानी को भी नौकरी से छुट्टी दे दी, यह बहाना बनाकर कि वह ठीक से काम नहीं कर रही थी। कई सालों से काम में हाथ बँटाने वाली नौकरानी अचानक से अक्षम हो गई।

कल्पना ने अपने घर रसोई का खास काम नहीं किया था, उसे ठीक से खाना बनाना भी नहीं आता था, इसलिए शुरुआत के कुछ दिनों में उसे बड़ी तकलीफ हुई। जब कभी खाना बनाने में कोई गलती हो जाती, जैसे कभी चावल गीले हो जाते या रोटी नरम न होती या दाल में नमक कम हो जाता, तो मौका देखकर राजलक्ष्मी उसे और उसकी माँ को खरी-खोटी सुनाती। बार-बार वह तोते की तरह एक ही बात रटती, "अरे, कलमय चलाए से सबकुछ नहीं आ जाता है, घर के काम में भी दिमाग लगाने की जरूरत होए चाहे।"

कल्पना कुछ नहीं बोलती, अपनी गलती मानकर चुपचाप सब सुन लेती।

आखिर कैसे बोले, उसकी माँ और घर की और बुजुर्ग औरतों ने उसे अपने ससुरालवालों और अपनी सास की बातों का पलटकर जवाब न देने की शिक्षा जो

दी थी। वह अकसर सोचती कि औरतों के इस हालात के जिम्मेदार मर्द कम, औरतें ज्यादा होती हैं।

बचपन से ही माँ बेटियों को सहना और चुप रहना सिखाती है। ससुराल में सास और घर की बुजुर्ग औरतें अनायास तकलीफ देकर अपनी बहुओं की सहनशक्ति की परीक्षा लेती हैं। अगर बहू उस परीक्षा में फेल हो जाए तो उसे बदतमीज, बेशऊर जैसे अनेक नाम दिए जाते हैं, और घोषित कर दिया जाता है कि वह परिवार में रहने के लायक नहीं है। सहते-सहते कब औरत अपना आत्मविश्वास और सम्मान खो देती है, उसे खुद ही नहीं पता होता!

वैसे तो अंकित घर में लगभग सभी लोगों से डरता था, यहाँ तक कि अपने छोटे भाइयों से भी। उसकी बेपरवाही और आलस के कारण उम्र में कई साल छोटे उसके चचेरे भाई भी उसका मजाक उड़ाते। जब वह उसे चिढ़ाते हुए उसे 'फट्टू' कहते या उसे दुरदुराते तो उनकी बातें सुनकर अंकित दाँत निकालकर हँस देता और दूसरे पल उनके साथ ताश या कैरम बोर्ड खेलने लगता। पिछले एक साल में अंकित के स्वभाव में कोई बदलाव नहीं आया था। कल्पना पर अपना धौंस जमाने के लिए छोटी-छोटी बात पर बिगड़ता रहता। अगर किसी दिन खाने में कोई चीज अच्छी न लगे तो वह बिना खाना खाए थाली दूसरी तरफ फेंककर उठ जाता। बात-बात पर सबके सामने उसका मजाक उड़ाता। जल्दी-जल्दी काम करते समय अगर कभी साड़ी का पल्लू उसके सिर से गिर जाता तो उसे बेशरम, बेहया और न जाने कितनी बातें कहकर उसपर गुर्राने लगता। यह सब देखकर अंकित को समझाने के बजाय राजलक्ष्मी मजे लेकर मुँह पर हाथ रखकर हँसती।

जब कभी वह भूले-भटके कल्पना की तारीफ करता तो उसके असभ्य और अश्लील शब्द कल्पना को काँटों की तरह चुभते। अंकित और कल्पना के बीच हो रहे आए दिन के झगड़े और तनाव की खबर घरवालों की थी, लेकिन राजलक्ष्मी और कुलभूषणचंद उनके बीच सुलह कराने की कोई कोशिश न करते। उलटे कुलभूषणचंद बातों-ही-बातों में अंकित को अपनी पत्नी को काबू में रखने के लिए उकसाते।

ससुराल आकर कल्पना का जीवन दूभर हो गया था। दिनभर वह घर के कामों में खटती रहती और रात को अंकित की मनमानियाँ झेलती। उसके झगड़ने, लड़ने और विरोध करने का अंकित पर कोई असर नहीं होता। वह अपनी ही धून में रहता। कभी डराकर तो कभी बहलाकर और यहाँ तक कि कभी-कभी गिड़गिड़ाकर

अपनी मनमानी कर ही लेता। कई बार कल्पना ने उसका मन टटोलने की कोशिश भी की, लेकिन हमेशा खाली हाथ वापस आई। कल्पना समझ ही नहीं पाती कि असल में वह चाहता क्या है?

वैभवनाथ का बेटा मुकेश, जो कि उम्र में कल्पना से एक साल छोटा था, अपनी आगे की पढ़ाई पूरी करने के इरादे से कुछ ही महीने पहले मुंबई आया था।

जब से वह आया था, कोई-न-कोई बहाना लेकर वह कल्पना से देर तक बातें करता, उसके आगे-पीछे घूमता रहता। पहले तो कल्पना को लगा कि शायद शहर में आकर वह अकेला महसूस कर रहा हो, इसलिए उससे बात करके मुकेश को अच्छा लगता हो! लेकिन धीरे-धीरे मुकेश की हरकतें कल्पना के मन में अजीब सी शंका पैदा करने लगीं। किसी-न-किसी बहाने से मुकेश बिन पूछे कल्पना के कमरे में आ जाता और उसके करीब आकर, सटकर बैठ जाता तथा हँसी-मजाक करते हुए उसका हाथ पकड़ने की कोशिश करता।

एक दिन नहाने के बाद कल्पना जब अपने कमरे में साड़ी बदल रही थी, ऐसा लगा, जैसे कोई दरवाजे की दरार से उसे देख रहा हो। लेकिन उसे अपना भ्रम समझकर बात को टाल दी। कुछ दिनों बाद फिर उसे महसूस हुआ जैसे कोई चुपके से दरार से देख रहा हो। अपनी शंका को मिटाने के लिए उसने अचानक ही जब दरवाजा खोला तो मुकेश को दरवाजे के बाहर खड़ा देख। वह स्तब्ध-बुत बनी रह गई। मुकेश भी सकपकाकर चोर की तरह नजरे चुराता हुआ वहाँ से भाग खड़ा हुआ। उस वक्त कल्पना ने मुकेश से कुछ भी नहीं कहा।

दो दिन बाद घर का काम निपटाकर दोपहर में कल्पना अपने कमरे में गहरी नींद में सो रही थी। तभी किसी चीज के गिरने से अचानक उसकी आँख खुली तो देखा कि मुकेश उसके बिस्तर पर उसकी बगल में बैठा उसे घूर रहा था। वह हड़बड़ाकर अपने बिस्तर पर उठकर बैठ गई। मुकेश की नजर अब भी उसके सीने पर ऐसे टिकी थी, जैसे किसी चोर की निगाहें नोटों की थोक पर टिकी होती हैं।

उसको इस तरह घूरता देखकर कल्पना ने अपना धीरज खो दिया और झट से उसने अपना बिस्तर पर से लटकता पल्लू उठाया तथा ठीक करते हुए गुस्से से चिल्लाकर बोली, "तुम यहाँ क्या कर रहे हो?"

"कुछ भी नहीं! भूख लगी तो तुमसे खाना माँगने आया था!"

"तो जगाया क्यों नहीं?"

"कैसे जगाता, सोते हुए इत्ती सुंदर जो लग रही थी!"

"तुम्हारा दिमाग खराब हो गया है! बिना मुझसे पूछे मेरे कमरे में मत आया करो!"

"बड़ी लड़ाकू हो भाभी! भैया से भी लड़ती रहती हो? मुझे भगाकर क्या मिलेगा तुम्हें? एक बात जान लो कि मैं ही तुम्हारे काम आऊँगा! भैया को वैसे भी तुम्हारी कद्र नहीं है।"

"बकवास बंद करो, वरना पापा से तुम्हारी शिकायत करूँगी।"

"तुम्हारी सुनेगा कौन?" कहते-कहते वह कल्पना के करीब आ गया।

"निकलो यहाँ से, वरना अभी तुम्हारे पापा को बताती हूँ!" कल्पना की लगभग चीख निकल गई।

"ठीक है, ठीक है, जाता हूँ, इतना नौटंकी करने की जरूरत नहीं है! हाँ, अब कुछ काम लगे तो मेरे पास मत आना।" बड़बड़ाता हुआ मुकेश वहाँ से गया।

उसी शाम कल्पना ने अंकित को मुकेश की हरकतों के बारे में बताते हुए संजीदगी से कहा, "कुछ दिन पहले जब मैं नहाकर कपड़े बदल रही थी तो मैंने मुकेश को कमरे के बाहर कुंडी की दरार से झाँकते हुए पकड़ा था! और आज तो हद ही हो गई, जब मैं सो रही थी तो न जाने कब से वह मेरे कमरे में आकर बैठा था। मुझे अजीब सा लगता है। कई बार मना करने पर भी बार-बार वह मेरे कमरे में आ जाता है। तुम्हीं कुछ उससे बात करो। तुम्हारी बात वह जरूर सुनेगा।"

कल्पना की बात सुनकर अंकित जोर-जोर से ठठा मारकर हँसने लगा, जैसे उसने कोई चुटकुला सुना हो।

"इसमें इतना परेशान क्यों हो रही हो, भाभी हो उसकी। उस बेचारे की क्या गलती, तू है ही इतनी सुंदर! आखिर वह भी तो जवान हो रहा है।"

"क्या?"

"और नहीं तो क्या?"

"तुम उससे बात नहीं करोगे?"

"क्या बात करूँ? तुझे तो मेरे छूने से भी तकलीफ है! घर बैठकर मनगढ़ंत कहानियाँ बनाती रहती है!

"कहानियाँ नहीं है यह! तुम ऐसी बात पर हँस रहे हो! क्या तुम्हें मुझे लेकर कोई चिंता नहीं?"

"ज्यादा दिमाग मत लगा! तेरा कॉलेज नहीं है यह, घर है! छोटी सी बात का बतंगड़ बनाने की कोई जरूरत नहीं!"

कल्पना अंकित की असंवेदनशील प्रतिक्रिया से हैरान थी।

"वैसे भी यह भाभी-देवर का मामला है, खुद ही सँभालो।" इतना कहकर अंकित फिर जोर-जोर से ठहाके मारकर हँसने लगा।

"ठीक है, तुम कुछ मत बोलो, मैं खुद ही सँभाल लूँगी!" कल्पना चिढ़कर बोली।

वैसे तो मुंबई में कुलभूषणचंद के घर में किसी चीज की कमी नहीं थी।

कहते हैं कि रूढ़िवादिता गाँव-जवार की चीज होती है। कोई कुलभूषण का मुंबईवाला घर आकर देख ले। मजाल है कि मायानगरी की हवा तनिक भी घर में पहुँची हो! घूँघट लेकर घूमती कल्पना, लगातार रसोई में खटती और ताने कसती राजलक्ष्मी, बस वही सब जो गाँव में हो रहा था, अब मुंबई में हो रहा है। ऐसी न जाने कितनी छोटी-छोटी बातें, जो जीवन के एक दिन जैसे छोटे-से हिस्से को पहाड़ जितना बड़ा और भारी बना देती थीं, जिसके नीचे दबकर कल्पना को अपनी जिंदगी असहनीय एवं असीम लगने लगती।

पैसा इनसान को आधुनिक सुविधाएँ तो दे सकता है, लेकिन आचरण नहीं; कुलभूषण का परिवार इसका जीता-जागता उदाहरण था।

□

पढ़ोगी-लिखोगी बनोगी खराब…

'शिक्षा सबसे सशक्त हथियार है, जिससे दुनिया को बदला जा सकता है।' नेल्सन मंडेला के ये शब्द साक्षात् ईश्वर के बोल जैसे हैं। इतिहास गवाह है कि जिस देश में साक्षरता की कमी रही है, वहाँ के लोगों का भरपूर शोषण किया गया है। यही पैंतरा सालों से औरतों पर भी आजमाया गया है, चाहे वह किसी भी तबके से हों, उनकी पढ़ाई पर रोक लगाकर उन्हें लाचार और आश्रित किया जाता है, ताकि वह कठपुतलियों सी अपनी जिंदगी की डोर दूसरों के हाथों में दे दें।

ससुराल आए कल्पना को बमुश्किल दो महीने बीते होंगे, पर ये दो महीने जैसे कि बामशक्कत कैद से ज्यादा महँगे नजर आ रहे थे। इन बीते दिनों में उसने एक बार भी घर से बाहर कदम नहीं रखा था। कभी-कभार मौका मिलने पर वह फोन पर रामनाथ और सावित्री से बात कर लेती थी, लेकिन खुलकर उनसे अपनी हालत का जिक्र नहीं कर पाती। कुछ महीनों से रामनाथ की तबीयत ठीक नहीं चल रही थी। डॉक्टर ने उन्हें बताया कि उन्हें डायबिटीज की बीमारी हो गई थी।

इस हालत में अपनी दुर्गति की कहानी बताकर कल्पना उन्हें और चिंतित नहीं करना चाहती थी। ज्यादा तनाव व चिंता उनकी सेहत को और बुरी कर सकता था। इसी बात पर वह बार-बार मन-मसोसकर रह जाती थी। उसे यही लगता कि आख़िर बता देने से उसकी मुश्किल खत्म तो नहीं हो जाएगी! चाहे कैसे भी हो, मन मारकर उसे अपनी जिंदगी यहीं बितानी होगी। और वह अकेली थोड़े ही है, उसके जैसी कितनी लड़कियों की जिंदगी यों ही तो बीत रही है। जैसे भी हो, उसे अपने ससुराल के माहौल में फिट होना ही होगा!

बारहवीं क्लास का रिजल्ट आने में कुछ ही दिन बचे थे। अपने रिजल्ट को लेकर वह बेचैन थी। वह समझ गई थी कि इस कैद से छुटकारा पाने का रास्ता उसे कॉलेज जाने से ही मिल सकता था। कॉलेज जाने के बहाने ही सही, कम-से-कम

कुछ घंटे वह चैन की साँस लेना चाहती थी। थोड़े ही पल के लिए सही, अपनी इस जिंदगी को परे रखकर वह आजादी को महसूस तो कर पाएगी।

दो सप्ताह बाद कल्पना का रिजल्ट आ गया। वह अपना रिजल्ट लेने कॉलेज तक नहीं जा पाई। राघव ने फोन करके उसे बताया कि वह पास हो गई थी, लेकिन उसके बहुत कम नंबर आए थे। मेडिकल एंट्रेंस एग्जाम में भी कुछ खास नंबर नहीं आए थे। कम नंबर आने से कल्पना बहुत दुःखी हुई। उसकी निराशा और दुःख अंकित, राजलक्ष्मी और कुलभूषणचंद के लिए खुशी लेकर आए थे। ऐसे रिजल्ट से यह तो तय था कि अब कल्पना मेडिकल की पढ़ाई नहीं कर पाएगी। मेडिकल कॉलेज में डोनेशन देकर एडमिशन कराना रामनाथ की हैसियत नहीं थी। अंकित का परिवार तो पहले से ही उसकी पढ़ाई के समर्थन में नहीं था। उनके लिए यह सुनहरा मौका था उसकी पढ़ाई छुड़ाने का।

कल्पना के लिए उसकी आजादी का एकमात्र रास्ता भी उसके हाथ से निकल गया था। मंजिल तक पहुँचने का इकलौता रास्ता भी छिन गया था। इसके साथ ही छीन गई थी उसकी रातों की नींद भी। वह अंकित की बगल में लेटकर चुपचाप देर रात तक रोती रही, पर कल्पना की तकलीफ से बेखबर अंकित खर्राटे मारकर सोता रहा। उसने एक बार भी कल्पना को भूल से भी दिलासा देने की कोशिश नहीं की, उलटे उसे खिजाने के लिए कहता, "ऐसे रोकर क्या फायदा? जब पढ़ाई नहीं करोगी तो नंबर कम आने ही थे!"

कल्पना अपनी इस जिंदगी को अपनाने के लिए अब तक मन से तैयार नहीं थी। वह फिर से कोशिश करना चाहती थी। वह जान गई थी कि उसके ससुराल में उसकी व्यथा को समझने वाला कोई नहीं था, यहाँ तक कि उसका पति भी नहीं।

उसे खुद ही किसी-न-किसी तरह आगे पढ़ने का रास्ता निकलना था। एक हफ्ता सोच-विचार के बाद कल्पना ने हिम्मत जुटाकर अपने ससुरालवालों के सामने डिग्री करने का प्रस्ताव रखा।

कल्पना के डिग्री करने की इच्छा को सुनकर कुलभूषणचंद हँसने लगे और उसके प्रस्ताव को सहजता से लेते हुए बोले, "बहुरिया, डिग्री करके तुम्हें क्या मिल जाएगा?"

"मुंबई में ऐसी कितनी डिग्रियाँ करके बहुत सारे लोग बेकार बैठे हैं। हाँ, अगर तुम्हारा मेडिकल कॉलेज में दाखिला हो गया होता तो हम बिल्कुल मना नहीं करते! डिग्री करके अपना समय बरबाद करना बेवकूफी है। अपने बच्चों को पढ़ाने लायक

तुमने बहुत पढ़ाई कर ली है। बहुत हो गया यह नाटक!"

घूँघट के भीतर से वह कुलभूषणचंद की आवाज में छुपी मुसकान और कटाक्ष को उनके शब्दों में महसूस कर पा रही थी।

"लेकिन पापा, मैं आगे पढ़ना चाहती हूँ!"

"देखो, यह पढ़ने-लिखने का भूत अपने सर से उतारो और अपने परिवार व पति की सेवा करो। आखिर क्या मिल जाएगा डिग्री लेकर तुम्हें? दो-चार क्लास अपने पति से ज्यादा पढ़ लोगी तो क्या उखाड़ लोगी? उलटे लोग तुम्हारा ही मजाक बनाएँगे! तुम्हारे बाप को बड़ा घमंड था तुम्हारी पढ़ाई पर जब तक नंबर अच्छे आए, तब तक तुम पढ़ लीं। यहीं देख लो, सिर्फ आठवीं तक पढ़ाई की है मेरी बेटियों ने, लेकिन कितने आनंद से जी रही हैं। कोई कमी थोड़े ही है!"

कल्पना उनकी बात सुनकर हताश हुई। उसे कहीं-न-कहीं ऐसा ही जवाब मिलने की अपेक्षा थी।

लेकिन उसने हार नहीं मानी। उसने सोचा, अगर वह अंकित से हाथ-पैर जोड़े तो शायद वह उसकी मदद जरूर करे और अपने घरवालों को मनाने में उसका साथ दे। शाम को अंकित जब कमरे में आया तो मौका देखते ही खाने की थाली लगाते हुए कल्पना ने धीरता से कहा, "अंकित, मैं आगे पढ़ना चाहती हूँ। मैं डिग्री कॉलेज में अपना एडमिशन करवाना चाहती हूँ!"

"क्या, क्यों पढ़ना चाहती है? अपने नंबर देखे हैं, बड़ी मुश्किल से पास हुई है!"

"मैं पढ़ना चाहती हूँ! हा-हा-हा!" अंकित ने नकल करके मुँह बनाते हुए कहा।

"मैं एक बार फिर कोशिश करना चाहती हूँ, अंकित प्लीज, मेरा साथ दे दो!"

"लगता है कि बिना फेल हुए तू अपनी पढ़ाई नहीं छोड़ेगी! अभी पढ़ाई छोड़ देगी तो लोग कहेंगे कि बारहवीं पास है। एक बार डिग्री में फेल होकर पढ़ाई छोड़ेगी तो लोग कहेंगे कि डिग्री फेल है। आखिर चाहती क्या है? कॉलेज ही जाती रहेगी तो हमारे बच्चे कब पैदा होंगे?" बिना कल्पना की तरफ देखे अंकित रोटियों का निवाला मुँह में डालते हुए बोला।

"हमारी उम्र ही क्या है? मेरे सारी सहेलियाँ अभी पढ़ रही हैं!"

"अच्छा, उनकी शादी तो नहीं हुई है! और इतना ही पढ़ने का शौक था तो अपने बाप से कहती कि विदाई आराम से करते।"

"तुम्हारे घरवाले ही चाहते थे कि मेरी विदाई जल्दी हो जाए।"

"जवाब देने में बड़ी तेज हो! यह क्या कूड़ा बनाया है! इतनी मिर्च है कि इनसान ऐसा खाना खाकर मर जाए! पहले ठीक से खाना बनाना तो सीख ले!"

इतना कहकर उसने खाने की थाली दूसरी तरफ धकेल दी।

"प्लीज, अंकित पापा से बात करो! तुम बात करो तो शायद वे मान जाएँ!"

"इस मामले में मैं कुछ नहीं कर सकता। जो बड़े पापा कहेंगे, वही होगा।"

"तो किस मामले में तुम मेरा साथ दोगे? मुझे तुम्हारी जरूरत अभी है!" उसकी आवाज में चिढ़ थी।

कल्पना को अनसुना करता अंकित चुपचाप कमरे से बाहर निकल गया। अंकित जीवन में किसी भी फैसले का जिम्मा ही नहीं लेना चाहता था। किसी भी फैसले में उसका कोई मत नहीं था। जब भी कभी उसे कोई फैसले लेने की नौबत आती तो अपनी कायरता और अक्षमता को अपने परिवार की झूठी प्रतिष्ठा के लिबास में लपेटकर फैसले का पूरा भार घरवालों पर डाल देता। अंकित के ऐसे कायर व्यवहार से कल्पना भीतर-ही-भीतर कुढ़ती, लेकिन वह कुछ नहीं कर पाती।

किसी असहाय बालक की तरह कई दिनों तक वह अपने ससुरालवालों के सामने अपने आगे पढ़ने की गुहार लगाती रही। अंत में थककर उसने फैसला लिया कि वह रामनाथ से इसकी चर्चा करेगी। वह जानती थी कि रामनाथ की तबीयत ठीक नहीं थी, लेकिन उसके पास उनसे बात करने के अलावा कोई दूसरा रास्ता नहीं दिखाई दे रहा था।

रामनाथ भी कल्पना के खराब रिजल्ट से निराश हुए थे। उन्हें बिल्कुल अंदाजा नहीं था कि कल्पना इतने कम नंबरों से पास होगी। वे समझ नहीं पा रहे थे कि स्कूल में हर क्लास में अव्वल आनेवाली लड़की के इतने कम नंबर क्यों आए! क्या सचमुच उसका मन पढ़ाई से हट गया है?

मन-ही-मन वे अपने आप को भी दोषी ठहराते कि शायद उसकी जल्दी शादी करने के कारण ऐसा हुआ है! "पापा मेरे ससुरालवाले मेरी पढ़ाई के खिलाफ हैं, आप प्लीज, उनसे बात कीजिए।" फोन करके कल्पना ने रामनाथ को बताया।

"बेटा, मैं किस मुँह से उनसे बात करूँ? कितनी उम्मीदें थीं तुमसे!" कल्पना की पढ़ाई रुकवाने की बात सुनकर रामनाथ और भी हताश हो गए।

"पापा, मैं आगे डिग्री करना चाहती हूँ। आप प्लीज, मेरे ससुरजी से बात कीजिए!"

"क्या बात करूँ? पिछले दो वर्षों से तुम्हारे कम नंबर आए हैं! शायद वे लोग जो चाहते हैं, वही ठीक है। वही तुम्हारा परिवार है! उनको नाराज करके तुम्हारा जीवन शांति से नहीं बीतेगा!"

"ऐसा मत कहिए पापा! प्लीज, मुझे डिग्री करना है। आप ही ने कहा था कि शादी के बाद भी मैं अपनी पढ़ाई कर सकती हूँ। आप एक बार फिर से मेरा साथ दे दो। मैं जरूर मेहनत करूँगी।"

"कैसे समझाऊँ तुम्हें, बेटा?"

"पापा, आप ही कुछ कर सकते हैं!" यह कहकर वह फोन पर ही सुबककर रोने लगी।

कल्पना की फरियाद और रोती आवाज को सुनकर रामनाथ का मन बहुत तड़पा। वह भी चाहते थे कि वह आगे पढ़े। कुछ देर विचार करने के बाद कल्पना को आश्वासन देते हुए उन्होंने कहा कि वे इसकी चर्चा मनसुखचंद से करेंगे। आखिर ब्याह के समय उन्होंने ही तो अपनी जबान दी थी कि वे कल्पना की पढ़ाई-लिखाई में कोई बाधा नहीं डालेंगे।

मुंबई की आफत से अलग, मनसुखचंद इस समय अपने गाँव में थे और बड़े जोर-शोर से आनेवाले प्रधान के चुनाव की तैयारी कर रहे थे। ग्राम-प्रधान बनने का सपना सालों पुराना था और इसके लिए मशक्कत कब से जारी थी। पिछली बार लाख कोशिशों के बावजूद भी वे चुनाव हार गए थे। चुनाव में मनसुखचंद विकास के नए-नए सुझाव और सिद्धांतों का प्रचार कर रहे थे। 'बालिका शिक्षा' का भी बड़े जी-तोड़ समर्थन कर रहे थे। अपने इस प्रस्ताव का सत्यापन करने लिए धड़ल्ले से वे वह कल्पना की पढ़ाई का उदाहरण देकर वाह-वाही बटोर रहे थे। पर इस बात से बेखबर कि मुंबई में उनके बड़े भाई कुलभूषणचंद कल्पना की पढ़ाई छुड़ाकर उनके मंसूबों पर मिट्टी का तेल डालने की तैयारी में लगे थे।

रामनाथ ने जब फोन पर कल्पना के आगे पढ़ने की चर्चा की तो मनसुखचंद ने दबाव में आकर हामी भरते हुए कहा कि वह कुलभूषणचंद से जरूर बात करेंगे।

कल्पना के आगे और पढ़ने से मनसुखचंद को कोई लगाव नहीं था, परंतु उसकी पढ़ाई रुकवाकर वे गाँव के लोगों की नजरों में अपनी अहमियत को कम नहीं करवाना चाहते थे। उनका एक ही सपना था कि किसी तरह वे गाँव के प्रधान बन जाएँ! अपने घर न सही, किंतु प्रधान बनने के बाद पूरे गाँव में अपना राज चला पाएँ।

दूसरे दिन मनसुखचंद ने कल्पना की पढ़ाई के बारे में बात करने के लिए फोन किया तो कुलभूषणचंद ने फोन उठाया, "भइया प्रणाम!"

"जीते रहो छोटकू! का हाल है?"

"सब ठीक है भइया! आपसे एक विनती है, मना मत करिएगा।"

"अरे! बोलो तो सही, अभी से कैसे कह दें!"

"भइया, हमारी विनती है कि आप कल्पना को आगे पढ़ने दीजिए!"

"तुम पगला गए हो का? उसे अंकित से ज्यादा पढ़ाकर समाज में अपनी नाक कटवानी है!"

"भइया, ऐसा है कि अगर आप उसकी पढ़ाई रुकवा देंगे और इस बात का किसी को पता चला तो गाँव में लोग हमें दोगला कहेंगे। गाँव के कितने लोग तो वहीं आस-पड़ोस में रहते हैं। हम पर भरोसा नहीं करेंगे।"

"छोटकू, यह प्रधानी का भूत अपने सिर से उतार दो।"

"भइया, एक बार और चुनाव लड़ने दीजिए! बस एक बार हम प्रधान बन जाएँ, फिर आप चाहें तो छुड़वा देना उसकी पढ़ाई। वैसे भी हमें कौन सा उसकी पढ़ाई का खर्चा उठाना है?"

कुछ देर तक कुलभूषणचंद कुछ न बोले।

"भइया, आपकी अनुमति के बिना कुछ नहीं होगा, बात को समझिए। इस बार हम खूब पैसा लगाए हैं, जीतने में कोई भी कसर नहीं छोड़ना चाहते। आखिर हमारे प्रधान बनने से पूरे परिवार को फायदा ही होगा!"

"वह सब तो ठीक है, लेकिन एक बात गाँठ बाँध लो, एक दिन कल्पना की यही पढ़ाई हमारे परिवार पर भारी न पड़ जाए! पढ़ी-लिखी लड़कियों को काबू करना मुश्किल हो जाता है, वह अपनी किताब का पंख लगाकर आसमान में उड़ने लगती हैं। यही तो हम यहाँ हर रोज देखते हैं।"

"भइया, आप देखना, वह खुद ही पढ़ाई छोड़ देगी थक-हारकर!"

किसी बहाने ही सही, कल्पना के आगे पढ़ने का फैसला हो चुका था। चाहे रास्ता कोई भी हो, वह जितना हो सके अपनी तरफ से अपनी अनचाही जिंदगी की रफ्तार को धीमा करना चाहती थी। उसके लिए जिंदगी में आगे पढ़कर कुछ बनने का कारण ही बदल गया था।

कल्पना के डिग्री करने के फैसले की स्वीकृति कुलभूषणचंद से मिलने के बाद अंकित मन-ही-मन खीज गया। कई बार उसने कल्पना को बहला-फुसलाकर

उसका मन बदलने की कोशिश की, पर कल्पना ने अपना फैसला नहीं बदला।

अपनी रईसी और पैसों का दिखावा करनेवाले कल्पना के ससुरालवालों ने उसकी डिग्री की फीस तक नहीं भरी। यह उनका अपना तरीका था नाराजगी जाहिर करने का। अंत में रामनाथ ने पैसे की तंगी होने पर भी कल्पना की पढ़ाई के खर्चे की पूरी जिम्मेदारी ली।

जिस खोखली शान-शौकत और रईसी पर मोहित होकर रामनाथ ने कल्पना की शादी अंकित से की थी, वह समय आने पर कल्पना के किसी काम नहीं आई।

किसी तरह लड़-झगड़कर कल्पना ने अपना दाखिला डिग्री कॉलेज में तो करवा लिया, पर उसके लिए अपने ससुराल से पढ़ाई करना इतना आसान नहीं था।

पहले दिन जब कॉलेज जाने की बात उठी तो राजलक्ष्मी ने कल्पना को सलवार, कुरता पहनकर घर से निकलने से साफ मना कर दिया। उन्होंने उसे साड़ी पहनकर कॉलेज जाने की हिदायत दी।

कल्पना के लाख कोशिशों और चिरौरी पर भी वह नहीं मानी। बार-बार कल्पना के अनुरोध पर यही कहती कि नई बहू के सलवार-कुरता पहनने से आस-पड़ोस के बीच उनकी बदनामी होगी।

और किसी-न-किसी बहाने गाँव के सुशील और लायक बहुओं से तुलना करते हुए कहती, "गाँव में भी तो लड़कियाँ साड़ी पहनकर पढ़ने जाती हैं। अब पढ़ने का इतना ही शौक है तो यह सब परेशानी तो झेलनी होगी। तुम्हारी जिद के आगे क्या पूरा परिवार झुक जाए?"

कल्पना उनकी बातें सुनकर दंग रह जाती। मुंबई जैसे शहर में सालों रहने के बावजूद भी उनमें कोई बदलाव देखने को नहीं मिलता।

साड़ी पहनकर कॉलेज जाने की बात से कल्पना भीतर-ही-भीतर कसमसाकर रह गई। कहाँ वह कॉलेज की बाकी लड़कियों की तरह जींस और टी-शर्ट पहनने सपने देखती थी, पर अब साड़ी पहनकर जाने की नौबत आ गई थी।

डिग्री कॉलेज का माहौल जूनियर कॉलेज से अलग था। यहाँ बहुत सी सुविधाएँ उपलब्ध थीं। उसने देखा कि उसके कॉलेज में कुछ मुसलिम लड़कियाँ बुरका पहनकर घर से आतीं और फिर लेडिज रूम में जाकर अपने कपड़े बदलकर क्लास में पढ़ने चली जाती थीं। बाकी बच्चों के हँसी-मजाक से बचने के लिए कल्पना ने भी वही रास्ता अपनाया। वह भी अपने ससुराल से साड़ी पहनकर, घूँघट लेकर निकलती, पर बस में बैठते ही घूँघट हटा देती और कॉलेज पहुँचते ही

लेडिज रूम में जाकर अपने बैग में साथ लाए सलवार-कमीज पहनकर लेक्चर के लिए क्लास रूम में चली जाती। घर आने से पहले फिर अपने कपड़े बदलकर, साड़ी पहनकर घर पहुँचती। वैसे तो यह पूरी प्रक्रिया थका देनेवाली थी, लेकिन वह शांति से इस मामले को सुलझाना चाहती थी। इन बात पर विद्रोह करके अपनी पढ़ाई में अड़चनें नहीं बढ़ा सकती थी। कभी-कभी विद्रोह भी बचाकर रखना पड़ता है, जीवन के बड़े मसलों को सुलझाने के लिए। वैसे भी उसे ससुराल आकर लगने लगा था कि आगे पढ़ना जैसे उसका अधिकार न हो, बल्कि उसके ससुरालवालों से भीख में मिली कोई खैरात हो, जिसमें ज्यादा माँग करने पर मामला बिगड़ सकता था।

कॉलेज शुरू होने के कुछ दिनों बाद उसकी मुलाकात उसकी स्कूल की पुरानी दोस्त करुणा से हुई।

करुणा और कल्पना एक साथ तीसरी कक्षा तक म्युनिसिपल स्कूल में पढ़े थे। स्कूल बदलने की वजह से दोनों चौथी क्लास से अलग हो गए थे और फिर सालों बाद डिग्री कॉलेज में मिल गए। करुणा बहुत ही बिंदास और दोस्तों की मदद करनेवाली लड़की थी। करुणा ने कल्पना को स्मृति और सीमा से मिलवाया, जिनकी उससे पहले से दोस्ती थी। चारों क्लास में एक बेंच पर आस-पास बैठते थे। कॉलेज की उन्हीं चार से पाँच घंटों में कल्पना अठारह साल की लड़की की सामान्य जिंदगी जीने की कोशिश करती, अपने दोस्तों के साथ हँसी-मजाक और ठिठोली करती। कभी-कभी उनके साथ कॉलेज के बाहर लगे ठेले पर पानी-पूरी, चाट खाती और कभी वे लोग लेक्चर बंक कर सवेरे-सवेरे थोड़ी ही दूर सिनेमाघर में मैटनी शो देखने भी जाते। उन्हीं कुछ घंटों में वह दिन के बाकी के घंटों को हिम्मत से जीने का धीरज अपने भीतर इकट्ठा करती जाती।

कुछ महीनों में कल्पना की उन तीनों से अच्छी दोस्ती हो गई, लेकिन उसमें इतनी हिम्मत नहीं हुई कि वह अपने दोस्तों से अपने शादी के बारे में बताए। बड़ी आसानी से वह अपने जीवन का यह सच छुपा लेती थी। उसे अपने दोस्तों और आसपास के लोगों से झूठ बोलने में कोई झिझक या ग्लानि नहीं होती थी। अपने जीवन के इस पहलू से शर्मिंदगी उसकी ग्लानि से ज्यादा थी।

जैसे ही कॉलेज का समय खत्म हो जाता, कल्पना भागी-भागी अपने ससुराल जाती, जिसको मन-ही-मन अब तक वह अपना घर मानने को तैयार नहीं थी। ससुराल पहुँचते ही फिर किसी वयस्क स्त्री की तरह साड़ी पहनकर वह

घर का सारा काम करती। अपने पत्नी, बहू होने की जिम्मेदारियों को निभाने का प्रयास करती।

कभी-कभी उससे लगता कि वह हिंदुस्तानी सिंड्रेला है, जो कॉलेज में कदम रखते ही आजाद हो जाती और अपने ससुराल में कदम रखते ही ससुरालवालों की नौकरानी बन जाती! पर इस हिंदुस्तानी सिंड्रेला को राजकुमार की नहीं, आजादी की तलाश थी।

कॉलेज और घर सँभालने की भाग-दौड़ में कल्पना के पास अपनी पढ़ाई पर ध्यान देने के लिए बहुत कम समय मिलता। जब कभी थककर अपनी तकलीफ का जिक्र वह अंकित से करती तो बड़ी असंवेदनशीलता से वह कहता, "तुम्हें पढ़ने को किसने कहा था, अब झेलो!"

अंकित अपनी आराम की जिंदगी बसर कर रहा था। सारी चिंता से परे वह दिन में कुछ घंटे सुबह दुकान पर बैठकर घर आता, दोपहर को खाना खाकर दो से तीन घंटे सोता, फिर शाम को दुकान पर कुछ घंटों के लिए चला जाता।

कई बार कल्पना ने अंकित को डिग्री की पढ़ाई के लिए प्रेरित करने की कोशिश की, पर उसे कल्पना की बातें फजूल लगतीं। गुस्से में वह उसे डाँटता और कभी-कभी चाँटा भी मार देता।

कल्पना को यह बात तो समझ में आ गई थी कि अंकित नहीं पढ़ना चाहता था। लेकिन उसके न पढ़ने की वजह से वह अपनी पढ़ाई छोड़ने को तैयार नहीं थी। आए दिन उसके ससुरालवाले किसी-न-किसी जरिए कल्पना को इस बात का एहसास दिलाते कि वह अपने पति से ज्यादा पढ़ाई कर रही है। बजाय अंकित को आगे पढ़ने के लिए प्रोत्साहित करने के, वे लोग कल्पना को ताने मारते रहते।

परीक्षा जब नजदीक आ जाती तो कल्पना अपनी पढ़ाई के लिए अपने पापा-माँ के घर चली जाती। घर आकर, सब भूलकर वह अपनी पढ़ाई पर ध्यान देने की कोशिश करती। वह जानती थी कि अगर वह पास नहीं हुई तो उसकी पूरी जिंदगी उसी घर की चारदीवारी में सिमटकर रह जाएगी। पढ़ाई के बहाने ही सही, वह अपनी आजादी के कुछ पल अपनी मरजी से जीने की कोशिश कर रही थी। और इसी आस में जी रही थी कि एक दिन सबकुछ ठीक हो जाएगा।

कुछ महीने ससुराल तो कुछ महीने अपने पापा के घर बिताकर उसने अपने डिग्री के दो साल ठीक-ठाक नंबरों से पास कर लिये।

इन दो वर्षों में कल्पना में काफी परिवर्तन आया। अब वह बीस साल की

हो गई थी। उसका आत्मविश्वास पहले से बढ़ गया था। पर अब भी उसके और अंकित के रिश्ते में कोई खास बदलाव नहीं आया। जितने दिन वह रामनाथ के घर रहती, उतने दिन अंकित कल्पना को एक फोन तक नहीं करता। कल्पना को अंकित की बेरुखी से दु:ख होता, पर वह अंकित का मन नहीं बदल पा रही थी।

शायद अंकित के पास यही तरीका था अपना गुस्सा जताने का, या फिर कल्पना की जरूरत या महत्त्व उसके जीवन में उसके घर के एक छोटे से कमरे के बिस्तर तक था; या वह उस कमीज की तरह थी कि जब सामने पड़ी तो पहन लिया और जैसे ही आँखों से ओझल हुई, उसकी जरूरत ही खत्म हो गई। अंकित स्नेह और लगाव की भावनाओं से परे था। उसके स्वभाव में एक गहरी उदासीनता थी। अपने आस-पास के लोगों की इच्छाओं और समस्याओं से उसे कभी कोई मतलब नहीं था, यहाँ तक कि अपने परिवार से भी नहीं। वह बस उनके साथ बिना किसी लगाव या मोह के जीवन जीता जा रहा था। ऐसा लगता मानो उसने मन-ही-मन में इन सभी रिश्तों, उनके मोह, प्यार और लगाव से संन्यास ले लिया हो। दूसरों की चिंता और दु:ख उसे छू भी नहीं सकते थे। इन सालों में दोनों के बीच प्यार के कुछ लम्हे भी आए, पर वे इतने कम और छोटे थे कि उनके दिलों के फासलों को कभी कम नहीं कर पाए।

□

आली रे…साली रे…

डिग्री कॉलेज का तीसरा और फाइनल वर्ष शुरू हो गया था। कल्पना इस वर्ष अच्छे नंबर लाना चाहती थी। इस वर्ष के अच्छे नंबर ही कल्पना के आगे का भविष्य निर्धारित कर सकते थे। पिछले दो वर्षों से वह ठीक-ठाक नंबर से पास हुई थी, पर यह साल आखिरी और निर्णायक था। जरूरी था कि इस साल नंबर अच्छे ही नहीं, बेहद अच्छे आएँ।

इधर कल्पना अपने भविष्य की आगे पढ़ने की तैयारी कर रही थी, उधर तीन साल ससुराल आने के बाद भी बच्चा न होने पर अंकित और उसके ससुरालवाले उसपर बच्चे होने का दबाव डाल रहे थे। कल्पना समझदार हो गई थी, वह जानती थी कि ऐसे हालात में बच्चे की जिम्मेदारी सँभालना उसके लिए मुश्किल होगा, इसलिए बिना किसी की जानकारी के सबसे छुपकर वह गर्भ-निरोधक गोलियाँ खा रही थी। यह बात उसने अंकित को भी नहीं बताई थी। उसे डर था कि अगर उसने अंकित को बताया तो वह उसका साथ बिल्कुल नहीं देगा। कई बार राजलक्ष्मी और घर की बाकी औरतों ने उसे फुसलाकर जानने की कोशिश भी की कि कहीं वह दवाइयाँ तो नहीं खाती है ? लेकिन उनके सामने वह साफ मुकर जाती।

अंकित भी कल्पना पर अपनी जोर-जबरदस्ती करता और बार-बार उसपर बच्चा करने का दबाव डालता।

अपनी दशा से कुंठित होकर कई बार कल्पना के मन में अंकित से अलग होने का खयाल भी आया, लेकिन अपने घरवालों को उससे होनेवाली तकलीफ और समाज में होनेवाली बेइज्जती के बारे में सोचकर मन-ही-मन वह ऐसे विचारों का मुँह बंद कर देती। अपनी मनमानी करके अपने माँ-बाप को समाज में बेइज्जत नहीं करना चाहती थी। वह उनको जीते जी अधमरा नहीं कर सकती थी। अगर वह ऐसा कोई कदम उठा भी ले तो क्या गारंटी थी कि आगे की जिंदगी बेहतर हो

जाएगी ? साल-दो-साल बाद फिर उसके घरवाले उसकी शादी कहीं-न-कहीं करा देंगे। अभी तो उसकी विदाई में लिया गया कर्ज भी नहीं उतरा था। अपने स्वार्थ के लिए अपने ही माँ-बाप पर कैसे वह इतना बड़ा अत्याचार कर सकती थी!

कभी-कभी सबकुछ छोड़कर कहीं भाग जाने का भी खयाल उसके मन में आता, लेकिन कहाँ ? उसका यह सवाल उसके इरादों को और भी कमजोर कर देता।

आगे की पढ़ाई ही उसे इस घुटती जिंदगी में राहत की साँस दे सकती थी, इसलिए वह पढ़ाई करके आत्मनिर्भर होना चाहती थी। आत्मनिर्भर होने पर कम-से-कम उसे एक-एक पैसे और कपड़ों के लिए अंकित और उसके घरवालों की दया पर आश्रित तो नहीं होना होगा! इस तरह के अनेक गुणा-भाग लगाकर जीवन के सवालों का हल खोजने की कोशिश करती रहती। अपनी फाइनल ईयर की तैयारी करने के इरादे से कल्पना किसी-न-किसी बहाने ज्यादातर समय अपने मम्मी-पापा के घर बिताने की कोशिश कर रही थी। रामनाथ के घर रहकर वह आराम से अपनी पढ़ाई कर सकती थी। अपने पापा के घर पर उसे कोई भी साड़ी पहनकर कॉलेज जाने अथवा थक जाने पर घर का काम करने के लिए दबाव नहीं डालता।

हर साल की तरह इस साल भी फील्ड इक्स्कर्शन के लिए कल्पना के शिक्षकों ने जिम कॉर्बेट और नैनीताल जाने का प्रोग्राम बनाया था। जब कल्पना ने रामनाथ को सैर-सपाटे (Excursion) पर जाने के बारे में बताया तो उन्होंने मुंबई से बाहर जाने से मना कर दिया। किंतु बाद में जब उन्हें यह पता चला कि फील्ड इक्स्कर्शन पर कल्पना के प्रैक्टिकल के नंबर भी निर्भर थे, तब उन्होंने न जाने क्या सोचकर स्वयं ही पूरे ट्रिप की फीस भर दी।

कल्पना अपने दोस्तों के साथ मुंबई से बाहर जाने के खयाल मात्र से खुशी के मारे झूम रही थी। वह तो प्रैक्टिकल के नंबरों को भूलकर नैनीताल की सुहावनी हवा में आजादी की लंबी साँस लेने के सपने देख रही थी।

करीब दो महीने अपने पापा के घर रहने के बाद कल्पना अपनी दीवाली की छुट्टियों में अपने ससुराल गई।

राजलक्ष्मी ने कल्पना को जब बाकी के बचे हुए महीनों की पढ़ाई ससुराल से करने को कहा तो बातों-ही-बातों में कल्पना ने राजलक्ष्मी से छुट्टियों के बाद अपने कॉलेज की तरफ से पंद्रह दिन के लिए ट्रिप (Excursion) पर जाने के बारे में बताया।

उसी शाम कुलभूषणचंद और मनसुखचंद जब भोजन कर रहे थे तो राजलक्ष्मी ने बड़ी कुटिलता से कल्पना के ट्रिप पर जाने की बात छेड़ी।

अपने सर पर घूँघट लिये पैरों को हाथों से बाँधकर, कल्पना चटाई पर रसोई में चुपचाप बैठी उनकी बातें सुन रही थी। राजलक्ष्मी खूब जानती थी कि कुलभूषणचंद कल्पना को ट्रिप पर जाने से मना कर देंगे। और ऐसा ही हुआ, कुलभूषणचंद ने बड़ी सहजता से अपनी थाली में रखी रोटी को तोड़ते हुए कहा, "बहुरिया से कह दो कि किसी भी ट्रिप पर जाने की जरूरत नहीं है।" हम जानता हूँ कि ऐसे ट्रिप पर क्या होता है! चुपचाप कॉलेज की पढ़ाई खत्म करे। यह आखिरी साल है उसका। बहुत हो गया ई कॉलेज का नाटक! उसकी उम्र के संभू के बहू के दो पोते हो गए!"

कुलभूषणचंद की बात सुनकर वह मन-ही-मन पछताने लगी कि न जाने क्या पड़ी थी कि उसने इस बात का जिक्र राजलक्ष्मी से कर दिया! लेकिन उन लोगों को तो पता चल ही जाता! कुलभूषणचंद के बातों को सुनकर कल्पना का मन निराशा से भर गया और उसकी आँखों में आँसू आ गए।

उस रात कल्पना ने कुछ नहीं खाया। उसने सोचा कि अगर वह अंकित से बात करे तो शायद वह कुलभूषणचंद को मना ले।

अंकित जब रात को कमरे में आया तो उसने बड़े प्यार से अंकित से कुलभूषणचंद को मनाने का आग्रह किया। कुछ देर तक अंकित कुछ नहीं बोला। काफी देर तक कल्पना असहाय होकर बस अंकित से आग्रह किए जा रही थी। ऐसा लग रहा था, जैसे अंकित कोई जमींदार है और कल्पना एक गरीब मजदूर।

जमींदारों की ही तरह अंकित कल्पना की इस विवशता का फायदा उठाना चाहता था। दूसरे दिन सवेरे कल्पना ने जब फिर पूछा, तो उसने बात को टालने के अंदाज से कहा कि वह कुलभूषणचंद से जरूर बात करेगा।

चार दिन बीत गए, दीवाली को तीन दिन बचे थे, सभी लोग दीवाली मनाने में मगन थे, पर कल्पना अपने ट्रिप को लेकर बेचैन थी। कई दिन बीत गए, लेकिन अंकित ने जब कुलभूषणचंद से कोई बात नहीं की तो दु:खी होकर कल्पना अपनी विवशता पर रोने लगी।

उसे रोता हुआ देखकर राजलक्ष्मी गुस्से के मारे उसी पर बिगड़ पड़ी। उन्होंने क्रोध से खीजते हुए कहा, "यह क्या फालतू का रोना-धोना लगा रखा है? साँझ के समय रोकर क्यों तुम अशुभ बेला जगा रही हो? त्योहार का समय है, परिवार की खुशी और शांति की प्रार्थना के बजाय ये बेफजूल का आलाप मारकर क्यों

मनहूसियत घर में ला रही हो!" कुछ देर तक राजलक्ष्मी कल्पना को भला-बुरा कहती रही।

कल्पना चुपचाप अपने आँखों से आँसुओं को रोकने की कोशिश में सुनती रही। फिर कुछ देर बाद शांत होकर राजलक्ष्मी ने खिसियाई आवाज में कहा, "अगर तुम्हारा पति तुम्हें जाने की इजाजत दे देता है तो हम कौन हैं रोकनेवाले? रोकर हमारे सिर पर क्यों पाप चढ़ाती हो? अपना रोना-धोना बंद करो! ई रोज छोटी-छोटी बात पर नौटंकी लगी रहती है! अंकित से कहो कि वह कहे कि वह चाहता है कि तुम इस सैर-सपाटे पर जाओ!"

अंकित के आते ही एक खिलौने के लिए तड़प रहे बच्चे की मासूमियत से मन में आस लिये कल्पना ने कहा, "अंकित, अगर तुम मुझे ट्रिप पर जाने के लिए 'हाँ' कर दो तो पापा भी मान जाएँगे। इतना तो तुम कर ही सकते हो, सिर्फ पंद्रह दिनों की तो बात है।"

कुछ देर तक अंकित अपनी भौहें तानकर, हैरान होकर सुनता रहा, फिर कल्पना के चुप हो जाने पर व्यंग्यपूर्वक बोला, "तू मुझे बेवकूफ समझती है? मैं अपने घरवालों के इच्छा के खिलाफ तुझे क्यों जाने दूँ? तू उस ट्रिप पर क्या करना चाहती है, इसकी जिम्मेदारी मैं अपने सिर पर क्यों लूँ? आखिर वहाँ लड़के भी तो होंगे तेरी क्लास के!" यह उसने संदेह जताते हुए कहा। "मेरे प्रैक्टिकल के नंबर उस ट्रिप पर निर्भर है, समझने की कोशिश करो, अंकित!" कल्पना रिरियाकर बोली।

"पढ़ाई तू करना चाहती है, तो तुझे जो करना है, कर!" अंकित ऐंठकर बोला।

"और हाँ, मैं बड़े पापा से भी इस बारे में कोई बात नहीं करूँगा।" इतना कहकर अंकित ने कल्पना को अपने पास से झटक दिया और खुद बिस्तर की दूसरी तरफ मुँह करके सो गया।

अंकित की बातों को सुनकर कल्पना बहुत हैरान नहीं हुई, क्योंकि कहीं-न-कहीं उसे पता था कि अंकित कल्पना से संबंधित किसी भी फैसले की जिम्मेदारी नहीं लेगा। वह यह सोचकर दुःखी हुई कि उसका ट्रिप पर जाने का यह मौका भी हाथ से छूट गया। वह इस बात से कुंठित हो रही थी कि जीवन की छोटी-से-छोटी चीजों, खुशियों और फैसलों के लिए उसे अपने ससुरालवालों के सामने गिड़गिड़ाना पड़ता है, उनके सहमति की जरूरत पड़ती है। वे लोग उसे लाचार लट्टू की तरह अपनी मनमरजी मनोरंजन के मुताबिक घुमाते जा रहे थे। शोषण का एक अनोखा एंगल घर में देखने को मिल रहा था।

अपनी विवशता पर रोते-रोते कल्पना को कब नींद आ गई, पता ही नहीं चला।

दूसरे दिन दीवाली थी। घर में सभी लोग खुश थे सिवाय कल्पना के। रोते-रोते उसकी आँखें लाल हो गई थीं और आँखों के नीचे सूजन आ गई थी। घर में सभी लोग ऐसे पेश आ रहे थे, जैसे कुछ हुआ ही नहीं।

राजलक्ष्मी ने कल्पना की तरफ सहानुभूति का दिखावा करने की कोशिश की, "बहू, अब जो हो गया, सो हो गया, आज त्योहार के दिन यह मनहूस सा चेहरा मत बनाओ, मेहमान आनेवाले है। जाओ जाकर तैयार हो जाओ। पति की बात मानना ही औरत का धर्म है।"

कल्पना कुछ नहीं बोली, चुपचाप वह अपने कमरे में तैयार होने चली गई।

शाम होते ही न जाने कल्पना को क्या सूझा कि निराशा में आकर वह राजलक्ष्मी से झूठ कह बैठी कि उसे ट्रिप पर जाने की इजाजत अंकित ने पहले ही दे दी थी। उसी की सहमति के कारण रामनाथ ने ट्रिप पर लगनेवाले दस हजार रुपए कॉलेज में जमा कर दिए है। अगर अब वह अपने कॉलेज के इस ट्रिप पर नहीं गई तो उसके नंबरों के साथ पूरे पैसे भी डूब जाएँगे।

कल्पना की बात सुनकर राजलक्ष्मी दंग रह गई।

"इतना ढीठ है ई लड़का, इतना सबकुछ हो रहा है, लेकिन क्या मजाल है कि एक शब्द भी उसके मुँह से फूटे! एकदम अपनी माँ पर गया है। उन्हें शाम को आने दो, तो बात करती हूँ," राजलक्ष्मी गुस्से से तिलमिलाकर बोली।

कल्पना ने मन में सोचा कि शायद अब उसके ट्रिप पर जाने की बात बन जाए! लेकिन उसका दिल यह सोचकर भी बैठा जा रहा था कि कहीं इस झूठ का कोई बुरा असर न हो!

कल्पना अपने ससुर और घर के बाकी वयस्क पुरुषों के सामने घूँघट करती थी। उनके सामने खुद जाकर बात करना बेशर्मी थी, इसलिए वह कुलभूषणचंद या मनसुखचंद से कभी खुद बात नहीं करती थी। हमेशा किसी तीसरे व्यक्ति के द्वारा ही उसकी बात या संदेश उन तक पहुँचता था।

कभी-कभी उसे लगता कि इस घर की औरतों से इस घर की गायें भली हैं। पहली रोटी उन्हें जाती है, उनका इतना तो सम्मान होता है। कल्पना जब नई-नई बहू बनकर आई थी तो उसने अनजाने में घूँघट से ही कुलभूषणचंद से अपने आगे पढ़ने की इच्छा जाहिर की थी। उस दिन घर की सभी औरतों ने उसकी खूब क्लास ली,

जैसे उसने कोई अनर्थ कर दिया हो! राजलक्ष्मी और प्रेमादेवी ने उसे बेशऊर और निर्लज्ज कहकर काफी दिनों तक परेशान किया। तब से कल्पना ने कभी भी अपनी बात घर के वयस्क पुरुषों के सामने खुद रखने की गलती नहीं की।

राजलक्ष्मी की बात सुनते ही कुलभूषणचंद ने अंकित पर गालियों की गर्जना शुरू कर दी। क्रोध से पैर पटकते हुए वे तेजी से घर के भीतर आए। मुँह में भरे पान को पीकदान में थूकते ही चिल्लाकर बोले, "हराम का जना, हमीं से झूठ बोलता है? जब खुद ही सारे फैसले करने थे, तब हमसे पूछने का यह ढोंग क्यों? कपटी औरत की औलाद आखिर कपटी होगी। निर्लज्ज, अपनी औरत तक को काबू नहीं कर सकता। जो करना है, करो! मेरे पास इस बात की चर्चा फिर नहीं होनी चाहिए!"

गुस्से में ललकारते हुए कुलभूषणचंद घर से बाहर निकल गए। अपने पति को इस कदर गुस्से में देख राजलक्ष्मी भी कल्पना पर अपनी भड़ास निकलने लगी, "त्योहार खराब कर दिया सबका, जा अब घूम!"

डर के मारे कल्पना चुपचाप अपने कमरे में जाकर बैठ गई। ऐसा नहीं था कि उसने पहली बार कुलभूषणचंद को ऐसी गाली-गलौच या औरतों को नीच दिखानेवाली बात सुनी थी।

कुलभूषणचंद उन कुल-बोरनों में से थे, जिनके लिए काम पर जानेवाली हर महिला दुश्चरित्र होती है। दीगर बात यह भी थी कि उनके अनुसार जिस औरत का पति उसे अपने काबू में न रख पाए, वह नामर्द ही हुआ। मुश्किल यह थी कि उनके ज्ञान की यह गंगा सुबह से अविरल बहा करती थी। घर के बेटे पिता के नक्शे-कदम पर खूब चला करते।

आज पहली बार कल्पना के झूठ के कारण अंकित को इतनी डाँट-फटकार पड़ी थी। वैसे तो आए दिन अंकित अपने निकम्मेपन और बेवकूफियों के लिए दो-चार दर्जन गालियाँ सुन ही लेता है, पर क्या मजाल कि उसके कान पर जूँ रेंगे! बस, अपनी खींस निकालकर हँस देता है। कल्पना के मन में धुकधुकी सी लगी थी।

"किसी की भलाई के लिए बोला झूठ, सच से बड़ा होता है।" यह लाइन उसे यह झूठ बोलने के लिए उकसा गई। उसने सोचा, आखिर यह झूठ भी तो उसने उस दूसरी लड़की की भलाई के लिए किया है, जो उसी के भीतर बसती है। कैसे हर बार उसका हक मार ले वह दूसरों को खुश करने के लिए?

'झूठ नहीं बोलना चाहिए था, लेकिन और कोई रास्ता भी नहीं था। कब तक

इन लोगों की ऐसी हरकत बरदाश्त करती रहूँगी? देख लूँगी, जो होगा।' ये बातें उसके दिमाग में लट्टू की तरह गोल-गोल घूम रही थीं।

डर भी लग रहा था। फिर भी मन-ही-मन खुद ही को ढाँढ़स देना मौके की माँग थी।

कल्पना भगवान् से मन ही में मनाए जा रही थी, 'काश, आज भी अंकित कुलभूषणचंद से मिली प्रताड़ना को अमूमन नजरअंदाज कर दे!'

शाम को अंकित जब कमरे में आया तो उसका चेहरा गुस्से से तमतमा रहा था। अंदर घुसते ही बड़ी तेजी से वह कल्पना पर झपटा और कल्पना का गला उसने अपने एक हाथ से दबोचा, जैसे कोई गिद्ध अपने शिकार को अपनी चोंच में दबोचता है। "झूठ क्यों बोली नीच?" गुस्से में उसने किलकार मारी।

इससे पहले कि कल्पना कुछ जवाब देती, उसने पूरी ताकत से उसके बाएँ गाल पर एक जोरदार तमाचा जड़ दिया, जिसके कारण कल्पना का बाईं तरफ का चेहरा सुन्न पड़ गया। बिना रुके उसने कल्पना के गाल पर कई चाँटे मारे। अपने आप को बचाने के लिए कल्पना ने अपना पूरा बल लगाकर अंकित को धक्का दिया। वह बोलने की कोशिश कर रही थी, लेकिन उसे उसकी बात सुनने में कोई भी दिलचस्पी नहीं थी, वह तो बस उसे मारना चाहता था।

कल्पना से प्रतिक्रिया पाकर अंकित और भी आगबबूला हो गया। अपने एक हाथ से उसने कल्पना के बालों को मुट्ठी में भर लिया और दूसरे हाथ से मुक्कों की धुआँधार बरसात करने लगा। दर्द के कारण कल्पना जोर-जोर से चिल्लाकर रोने लगी, पर घर में मौजूद लोगों में से कोई भी अंकित को रोकने नहीं आया। शायद वे यही चाहते थे।

"औरत है तो औरत की तरह रह! मेरे सिर बैठकर मूतने की कोशिश मत कर! हरामजादी, लात खाए बिना तू नहीं सुधरेगी!" हाँफते हुए बार-बार वह यही चिल्लाता रहा।

"बोल साली, और बोल तू!"

"छोड़ो मुझे···छोड़ो!"

अपने आप को बचाने के लिए कल्पना भी बल लगाकर उससे अपने आप को छुड़ाने की नाकामयाब कोशिश करती जा रही थी, लेकिन अंकित की पकड़ उसके बालों पर इतनी तेज थी कि उससे छूटना नामुमकिन सा हो गया था। कल्पना ने भी कुछ एक मुक्के अंकित पर बरसाए, जो अंकित को और उकसाए जा रहे थे।

उसकी प्रतिक्रिया पाकर वह कल्पना को और ताकत लगाकर मारता।

लात, घूँसों और चाँटों की बरसात करके अंकित का मन जब भर गया तो हाँफता हुआ सीना ताने वह कमरे से बाहर निकल गया। उसके चेहरे की चमक को देखकर ऐसा लग रहा था, जैसे सचमुच उसने किसी पिशाच को मार गिराया हो! उसकी मतवाली चाल दरशा रही थी कि इस विजय के लिए उसे इनाम में जरूर स्वर्ण पदक दिया जाएगा।

मार-पीट के दौरान हुए छीना-झपटी, जद्दोजहद और अपने आप को बचाने के उपक्रम में कल्पना की हाथ की काँच की लगभग सारी चूड़ियाँ टूट गई थीं। शाम का वक्त था, बाहर दीवाली के शुभ अवसर में बज रहे पटाखों और आतिशबाजियों का शोर उसे सुनाई दे रहा था। अपने कमरे में अर्ध-नग्न अवस्था में अपने आँसुओं को पोंछते हुए वह जमीन पर पड़ी चूड़ियों के टुकड़े और टूटे बालों के गुच्छों को बटोरने की कोशिश कर रही थी। शरीर पर कई जगह चूड़ियों के टूटने और अंकित के नाखूनों के लगने से खून निकल रहा था। चेहरे पर तमाचों और घूँसों की मार से लाल-नीले रंग की रंगोली से निशान छप गए थे।

देर तक वह अपनी टूटी चूड़ियों की तरह अपनी बिखरी किस्मत के टुकड़ों को मुट्ठी में समेटे दीवार का सहारा लेकर रोती रही और अपने मायके में बीते सुनहरे दीवाली के दिनों को याद करती रही।

बचपन से ही उसे घर के द्वार पर रंगोली बनाने का बहुत शौक था। दोपहर के तीन बजे से ही वह रंगोली लगाने बैठ जाती थी। शाम को तैयार होकर अपने दोस्तों और भाई-बहन के साथ बिल्डिंग की टैरेस पर जाकर पटाखे जलाती थी। न जाने क्यों वे सारी यादें उसे कोसों दूर और धुँधली नजर आ रही थीं। आज वह सुनहरी यादें भी खुशी की बजाय उसके आँखों में आँसुओं की लहर लेकर आ रही थीं।

उसका हाल पूछने के लिए कमरे में कोई नहीं आया। सभी दीवाली मनाने में व्यस्त थे। कुछ देर बाद खुद हिम्मत जुटाकर बिस्तर के एक कोने में चुपचाप एक फटे-पुराने कपड़े की ढेर की तरह सिकुड़कर बदहवास सी सो गई।

□

सफरनामा...

दीवाली के सात दिन बाद कल्पना अपने पापा के घर वापस चली गई। उसके शरीर पर लगे चोटों के निशान तो भर गए थे, लेकिन मन पर लगे घाव अब गहराते जा रहे थे। अंकित द्वारा खुद को जानवरों की तरह पीटे जाने के लिए कहीं-न-कहीं वह अपने आप ही को दोषी मान रही थी। वह मान बैठी थी कि उसी के झूठ ने अंकित को उसे पीटने के लिए उकसा दिया था। यह पहली बार नहीं था, जब अंकित ने कल्पना पर हाथ उठाया था; लेकिन इससे पहले कभी इतनी बुरी तरह नहीं पीटा था। कल्पना ने अपने मम्मी-पापा से अंकित के साथ हुई लड़ाई के बारे में कोई चर्चा नहीं की। डर था कि कहीं उलटे उसे ही झूठ बोलने पर डाँट न पड़े! चुपचाप सब भुलाकर वह अपने कॉलेज के ट्रिप पर जाने की तैयारी में जुट गई। न जाने क्या सोचकर इतने झगड़े और बवाल के बाद कुलभूषणचंद ने कल्पना को ट्रिप पर जाने की इजाजत दे दी।

दस दिनों के बाद नवंबर के महीने में कल्पना अपनी क्लास के करीब पचास बच्चों और तीन शिक्षकों के साथ कॉलेज के ट्रिप के लिए निकल गई। पहली बार कल्पना अपने मम्मी-पापा और ससुरालवालों की निगरानी से दूर किसी दूसरे शहर में जा रही थी। आज से पहले मुंबई और अपने गाँव के अलावा कभी भी किसी नए शहर में उसने कदम तक नहीं रखा था। यह उसके जीवन का सबसे अलग अनुभव होनेवाला था।

योजना के अनुसार सभी लोग पहले ट्रेन और फिर बस का सफर करते हुए जिमकॉर्बेट पार्क के करीब रिसोर्ट में पहुँचे।

रास्ते में बस में सभी बच्चे अलग-अलग गुट में मिलकर अंत्याक्षरी खेल रहे थे। कल्पना चुपचाप सबसे अलग विंडो सीट पर बैठी टकटकी लगाए बाहर देख रही थी। बीच-बीच में कभी-कभी वह अपनी गरदन को खिड़की से हलका सा

बाहर निकालकर, आँखें मूँदकर ठंडी हवा के झोंके अपने चेहरे पर महसूस करती। उसकी बगल में बैठी लड़की ने उसे कई बार टोका भी, "विंडो बंद कर ले यार, नहीं तो सर्दी लग जाएगी!" लेकिन उसने ध्यान नहीं दिया। बेफिक्र-आजाद खुली हवाओं को अपने सीने में भरकर वह खुद को भी धीरे-धीरे आजाद करने की कोशिश कर रही थी।

जिमकॉर्बेट नेशनल पार्क उत्तराखंड में रामनगर के पास बसा अपनी वाइल्डलाइफ सैंचुअरी के लिए बहुत प्रसिद्ध है। नवंबर के महीने में मौसम बहुत सुहाना हो गया था। रिसोर्ट की लोकेशन बड़ी ही मनोरंजक थी। रिसोर्ट के आस-पास घना जंगल था। सभी लोग रात के ग्यारह बजे पहुँचे। रात के सन्नाटे में केवल पास बह रही नदी की कलकल और छोटे-छोटे कीड़े-मकोड़ों का संगीत सुनाई दे रहा था। आस-पास और रिसोर्ट के लोगों ने शाम के बाद नदी के पास जाने से मना किया था, क्योंकि कई बार पानी की तलाश में जानवर अँधेरे का फायदा उठाकर नदी में पानी पीने आते थे।

यहाँ का दृश्य देखकर कल्पना को ऐसा लग रहा था, जैसे किसी किताब में पढ़ा एक पूरा दृश्य सचित्र हो उठा हो!

क्लास के बाकी बच्चों के लिए ट्रिप पर आना कोई बड़ी बात नहीं थी। वे तो हर साल गरमियों की छुट्टियों में कहीं-न-कहीं घूमकर आते और नए शहरों की मनोरंजक कहानियाँ बताते।

कल्पना के लिए उसके जीवन का यह पहला और शायद आखिरी मौका था, जिसे वह खुलकर जीना चाहती थी; बिना रोक-टोक अपने दोस्तों के साथ घूमना चाहती थी।

रिसोर्ट में कई कमरे बुक किए गए थे। हर कमरे में तीन बच्चे मिलकर रूम शेयर कर रहे थे। कल्पना को अपनी सखियों काव्या और आकांक्षा के साथ एक ही कमरा मिला था।

रोज़ सबेरे जंगल सफारी के लिए तड़के ६ बजे उठना पड़ता। लड़कियों के बीच तैयारी को लेकर खूब अफरा-तफरी मचती।

कल्पना सबसे पहले तैयार हो जाती, जब तक बाकी लड़कियाँ काजल और लिपस्टिक में उलझी हुई होतीं। वह अकेली नदी के किनारे बैठकर चुपचाप पानी की हलचल में घुलनेवाली चिड़ियों के चहचहाने के संगीत को सुनती; पत्तों पर तारों से बिखरी, टिमटिमाती ओस की बूँदों को देखती और सुबह की शांति में वह अपने

भीतर चल रही आवाज को सुनने की कोशिश करती। सूरज की ताजा-नरम रोशनी में उसे अपनी उलझी हुई जिंदगी भी सुलझती नजर आती। कुदरत की इस खूबसूरती को देखकर मन-ही-मन सोचती कि कितना कुछ था दुनिया में देखने को! क्या वह इस खूबसूरती को बिना देखे व महसूस किए एक नीरस जिंदगी जीती रहेगी? आखिर इस नदी ने भी तो अपना रास्ता खुद ही बनाया होगा, तभी तो आजाद होकर बह रही है। उसे भी अपनी आजादी का रास्ता खुद ही बनाना होगा, ठीक इस बहती नदी और गुनगुनाती चिड़ियों की तरह!

कैंप में विद्यार्थियों के ढंग अजब-गजब थे। तीन दिन तो सिर्फ इसमें बीते कि शेर-दर्शन कैसे हो···? हर सुबह लंबी-चौड़ी टोली जीप में भरकर जंगल सफारी को निकल जाती। दिन भर जंगलों और म्यूजियम की खाक छानकर वे सभी शाम को खाने के बाद सर्दी के मौसम होने के कारण कैंप में आग जलाकर उसके सामने नाचते-गाते। कल्पना भी सबकुछ भूलकर नाचती-गाती। देर रात तक लड़कियाँ सोने के बजाय जमा होकर घंटों बातें करतीं। ऐसा लगता कि न जाने वे किस जनम की बिछड़ी हैं, और अब जा के मिली हैं! उनकी बातें अलग-अलग विषयों पर होतीं—कभी कपड़े, मेकअप तो कभी अपने बॉयफ्रेंड के बारे में। कोई भविष्य में डॉक्टर तो कोई प्रोफेसर बनने की इच्छा जताती, तो कोई अपनी साइंस की पढ़ाई से हटकर फैशन डिजाइनर बनने के सपने बुनती। सब की आँखों में भविष्य को लेकर बड़ी उम्मीदें और आकांक्षाएँ थीं। उनकी जोश और उमंग को देखकर कल्पना के मन में भी अपने भविष्य को लेकर ख्वाहिशें जगतीं।

काव्या, आकांक्षा और कल्पना पहले से ही अच्छे दोस्त थे। पंद्रह दिन एक साथ रहने से वे और भी करीब आ गए। काव्या ने इसी साल फाइनल ईयर में कॉलेज में दाखिला लिया था। वह बहुत ही निडर और आजाद खयालवाली लड़की थी। उसकी खूबसूरती पर क्लास के काफी लड़के फिदा थे। आकांक्षा कल्पना के साथ तीन वर्षों से साथ पढ़ रही थी। वह स्वभाव से चुलबुली, मिलनसार और कभी जरूरत पड़ने पर मुँहफट भी थी।

एक दिन काव्या और आकांक्षा खाना खाने के बाद कमरे में बैठकर अपने बॉयफ्रेंड्स के बारे में गप्प लड़ा रही थीं। दोनों आपस में मजे लेकर बता रही थीं कि कैसे उनके बॉयफ्रैंड्स उनके गुस्सा होने या रूठने पर पर उन्हें चॉकलेट और फूल देकर मनाते हैं। उन्हें पिक्चर दिखाने ले जाते हैं। कल्पना चुपचाप एक कोने में बैठकर कपड़े समेटने का नाटक करते हुए उनकी बातें सुन रही थी। कल्पना को

यों शांत देखकर काव्या ने छेड़ते हुए कहा, “कल्पना, तू अपने बॉयफ्रेंड के बारे में हमें नहीं बताएगी?”

फिर आकांक्षा ने मसखरी लेते हुए कहा, “अरे, वह तो बस हमारी कहानियाँ सुनकर मजे ले रही है। उसे हमपर भरोसा थोड़े ही है!”

“नहीं, ऐसी बात नहीं है।”

“अच्छा, तो तू भी बता अपनेवाले के बारे में, हम भी तो सुनें!”

“मेरा कोई बॉयफ्रेंड नहीं है।” कल्पना ने बात को टालने के इरादे से बेपरवाही से कहा।

“अच्छा, एक्टिंग मत कर! अगर बॉयफ्रेंड नहीं है तो रोज कॉलेज खत्म होते ही तू भागी-भागी कहाँ जाती है?” आकांक्षा ने मजाकिया अंदाज में पूछा।

फिर दोनों कल्पना के करीब आकर बैठ गईं।

“कुछ भी हो, आज तो बताना ही होगा! आज अगर नहीं बोलेगी तो हम तुझे सोने नहीं देंगे।” इतना कहकर दोनों जोर-जोर से हँसने लगीं। काव्या शरारत से हँसते हुए बोली।

कुछ देर तक दोनों कल्पना से ठिठोली करती रहीं। फिर काव्या ने देखा कि कल्पना के आँखों में आँसू भर आए थे। कल्पना की आँखों से आँसू गिरते हुए देखकर काव्या ने कल्पना को अपने गले से लगा लिया और कहा, “क्या हुआ, ब्रेकअप हुआ है क्या?”

आकांक्षा भी चुप हो गई और कल्पना के पास बैठकर उसके आँसू पोंछते हुए बोली, “क्या हुआ कल्पना? मुझे माफ कर दे यार, मेरा इरादा तुझे दुःखी करने का नहीं था।”

थोड़ी देर के लिए कल्पना चुप हो गई और उसके बोलने की आस में वे दोनों लड़कियाँ भी चुप ही रहीं। उन्हें लग गया था कि कल्पना की आँखों की नमी को सूखने में वक्त लगेगा।

कुछ देर तक गहरी चुप्पी छाई रही। फिर कल्पना ने अपने आँसू पोंछते हुए सब हाल कह सुनाया। बचपन का ब्याह, बेगाना ससुराल और अकर्मण्य पति—कल्पना कुछ भी छुपा न सकी।

वे लड़कियाँ सन्न थीं। उन लड़कियों ने कभी सोचा भी नहीं था कि उनके साथ की किसी लड़की के साथ ऐसा हुआ होगा! ये कहानियाँ उनके लिए दूर-दराज के किसी गाँव की लड़की की कहानी थी।

उसकी बातें सुनकर उन दोनों के चेहरे का रंग ही उड़ गया। दोनों दंग रह गईं कल्पना की गाथा को सुनकर। हक्का-बक्का थी दोनों; आँखों की पुतलियाँ कल्पना के चेहरे पर जम सी गईं, मुँह खुले थे, लेकिन शब्द नहीं निकल पा रहे थे। कुछ देर तक वे स्थिर बैठी रहीं। उन्हें यकीन ही नहीं हो रहा था कि इतने सालों से एक ही साथ एक क्लास में पढ़ने के बावजूद भी उन्हें कैसे कल्पना की इस दोहरी जिंदगी के बारे में भनक तक न लगी!

कल्पना ने पहली बार अपने बारे में खुद किसी से बात की थी। गला सुखा जा रहा था उसका। आँखों से आँसुओं की बूँद गिरकर उसकी कमीज को गीला कर रही थी। जैसे-जैसे वह अपने मन की बात उनसे कहती गई, वैसे-वैसे मन हलका सा महसूस हुआ। जीवन के इस पहलू के प्रति उसकी शर्मिंदगी और झिझक कुछ कम हो गई।

आकांक्षा और काव्या भी आँखों से बहते आँसू रोक न पाईं। दोनों ने कल्पना को गले से लगा लिया। आज पता चला कि अपने मुसकराते चेहरे की आड़ में कितनी उदासी छुपाती आ रही थी वह। उसके सीधे-सादे पहनावे से उसकी दोहरी और पेचीदा जिंदगी का अनुमान लगाना आसान नहीं था। उसके संघर्ष के आगे उन्हें अपनी रोजमर्रा की परेशानियाँ बचकाना लग रही थीं।

"तुझे अंकित को तलाक दे देना चाहिए! अगर वह तुझे सम्मान या प्यार नहीं दे सकता तो वह साथ रहने के लायक नहीं है।" काव्या भावुक होकर बोली।

कल्पना कुछ न बोली।

"हाँ, तुझे उससे अलग हो जाना चाहिए।" आकांक्षा ने सहमति जताई।

"नहीं, ऐसा नहीं हो सकता! मैं अपने मम्मी-पापा को शर्मिंदा नहीं कर सकती।" कल्पना के मन की बेबसी शब्दों के रूप में सुनाई दे रही थी।

"क्यों नहीं हो सकता? अपने मम्मी-पापा और घरवालों के गलत फैसले का फल जिंदगी भर तू क्यों भोगेगी?" आकांक्षा ने झल्लाकर कहा।

"बचपन में शादी कराना गलत और गैर-कानूनी माना जाता है। ऐसी शादी को तोड़ने में कोई बुराई नहीं।" काव्या के स्वर में आक्रोश उभर आया था।

"इतना आसान नहीं है! मैं अपने पापा को दुःखी नहीं कर सकती। वे मुझसे बहुत प्यार करते हैं। उन्हीं की वजह से आज मैं आगे की पढ़ाई का रही हूँ।" ऐसा लग रहा था वह अपनी लाचारी अपनी सहेलियों से नहीं, बल्कि अपने आप से बयाँ कर रही हो!

“तो क्या तू सारी जिंदगी रेप होती रहेगी और उस इडियट की मार-पीट को झेलती रहेगी?” आकांक्षा तिलमिलाकर बोली।

“शांत हो जा आकांक्षा! प्लीज शांत हो जा! गिव हर सम टाइम…।” काव्या बोली।

“लेकिन ऐसा कैसे हो सकता है, कब तक वो यह सब…।” आकांक्षा ने गुस्से में हुई अपनी ऊँची आवाज को धीमे किया।

“जो भी हो यार, लेकिन ऐसे कैसे जीएगी तू?” काव्या सहानुभूति से कल्पना के सिर पर हाथ फेरने लगी।

कल्पना कुछ नहीं बोली, वह बस चुपचाप बैठी काव्या और आकांक्षा की शादी से छुटकारा पाने के तर्क-वितर्क को सुनती रही। दोनों की दलीलें बिना किसी अंतराल के अनवरत जारी थीं।

पूरी रात काव्या और आकांक्षा की कही बातें कल्पना के कानों में चर्च में लगे बेल की तरह टन्न-टन्न बजती रहीं। ‘छोड़ दे उसे तू! ही इज नॉट वर्थ इट। ऐसे कैसे जीएगी?’

जो बात कल्पना अपने मन में भी लाने से डरती थी, आज अपने दोस्तों के मुँह से सुनकर एक अजीब सा सुकून महसूस हो रहा था।

वह जानती थी कि इस बात को और करने के बीच एक लंबा फासला था। इस मकड़ी के जाल से निकलना इतना आसान नहीं था।

सात दिन उत्तराखंड में बिताने के बाद कल्पना और उसके बाकी सहपाठी नैनीताल पहुँचे। आकांक्षा और काव्या जुगाड़ कर कल्पना के साइज की जींस और टी-शर्ट ले आईं। सालों बाद कल्पना ने पहली बार जींस पहना था।

मुंबई जैसे महानगर में लड़कियों के लिए जींस पहनना उतनी ही आम बात है जितनी लड़कियों का स्कूल जाना। उसे सलवार-कमीज पहनने में कोई दिक्कत नहीं थी, लेकिन अपने मन के मुताबिक कपड़े पसंद करके पहनने का आनंद ही निराला था।

नैनीताल की सुंदर वादियों को छोड़कर कल्पना वापस नहीं जाना चाहती थी। इतनी खूबसूरत जगह उसने अब तक अपने जीवन में कभी नहीं देखी थी। अंतिम दिन मन बड़ा उदास था। सभी लोग फिर से घर वापसी को लेकर खुश थे, सिवाय कल्पना के। वह वहीं बस जाना चाहती थी।

उसने वह पंद्रह दिन ऐसे जिए, जैसे वे उसके जीवन के अंतिम बचे पल हों!

जिंदगी इतनी भी खूबसूरत हो सकती है, यह उसने अब जाना था।

सब सुंदर चीजों की एक मियाद होती है। वह सफर भी आखिर अपने मुकाम तक पहुँचा। पंद्रह दिनों के बाद कल्पना वापस अपने मम्मी-पापा के पास थी।

घर में सबको तसवीरें दिखाती हुई एक नई कल्पना मिली थी, जिसने आजाद चिड़िया की तरह जीना सीख लिया था।

सिर्फ जीना काफी नहीं था अब उसके लिए। उसे सूरज की रोशनी, फूलों की महक, चिड़ियों का संगीत, नदियों की कलकल, सबकुछ चाहिए था, जो उसे जिंदा रहने का एहसास दिलाते। आजादी चाहिए थी उसे उन लम्हों से, जिनमें वह जिंदा होकर भी एक बुत सी बनी रही।

□

आशाएँ...

वह ट्रिप बस एक ट्रिप भर नहीं था, बल्कि वह कुछ और भी था—संभवत: उस बदलाव की शुरुआत, जो कल्पना के इंतजार में न जाने कब से था। अचनाक ही कल्पना ने अपने मम्मी-पापा के घर और ससुराल के अलावा एक नई जिंदगी की झलक पा ली थी। वह भी आत्मनिर्भर होकर दुनिया घूमना चाहती थी, जिंदगी के अनोखे रंगों को अपनी पलकों के नीचे सहेजना चाहती थी। वह सिर्फ साँस लेकर जीवन नहीं बिताना चाहती थी, वह ख़ुशियों को अपने रगों में भी महसूस करना चाहती थी। वह अब आजाद होना चाहती थी उन सभी बंधनों से, जिसने उसे और उसके 'स्व' को दो पाटों में बाँट रखा था। उसे आत्मनिर्भर होने की एक नई प्रेरणा मिल गई थी। पहली बार उसे यह एहसास हो रहा था कि ख़ुशियों पर उसका भी हक है।

फाइनल परीक्षा में केवल तीन महीने बचे थे। रामनाथ से विनती कर उसने परीक्षा खत्म होने तक अपने रहने का बंदोबस्त अपने मायके में ही कर लिया। रामनाथ ने कल्पना के ससुरालवालों को किसी तरह समझा लिया। कल्पना पूरी लगन और मेहनत से अपनी परीक्षा की तैयारी में जुट गई। उन तीन महीनों में सबकुछ भूलकर उसने केवल अपनी पढ़ाई पर ही ध्यान दिया। उसकी मेहनत और लगन देखकर सावित्री उससे घर का एक काम न करवाती। यहाँ तक कि वह खुद उसके लिए भोजन परोसती और पानी का जग उसके बिस्तर के पास रख जाती। कल्पना के इस मेहनत संघर्ष को देखकर रामनाथ को मन-ही-मन गर्व महसूस हो रहा था। वह उसे अच्छे नंबर लाने के लिए प्रेरित करते। रामनाथ और सावित्री अपने तरीके से कल्पना के साथ चल रहे थे।

परीक्षा समाप्त होने के तीन दिन बाद कल्पना अपने ससुराल चली गई। वह पाँच महीने बाद ससुराल लौट रही थी, मगर ससुरालवालों के चेहरे के भाव अब

भी वैसे ही थे, जैसा वह छोड़कर गई थी। सभी लोग अपने तरीके से अपना गुस्सा और नाराजगी जाहिर कर रहे थे। ऐसा लग रहा था, जैसे वह एक अनचाही सदस्य है, जिसका निरादर करने में घर के लोग कोई कमी नहीं छोड़ना चाहते थे। अंकित ने इन पाँच महीनों में कल्पना को एक बार भी फोन नहीं किया। अब कल्पना को भी अंकित की ऐसी उदासीनता और बेपरवाही की आदत हो गई थी। इस बार उसने भी अंकित से फोन न करने की शिकायत नहीं की।

रात को अंकित कमरे में आया और कल्पना के पास जाकर लेट गया और बिना एक शब्द बोले बड़े हक से उसकी साड़ी हटाने लगा। कल्पना ने जब उसे रोकने की कोशिश की तो उसने जबरन अपने दोनों हाथों से उसे जकड़ लिया।

"यह क्या कर रहे हो, मुझे दर्द हो रही है!"

"तू सुधरेगी नहीं, हर बार इतना नखरे और आनाकानी करने की क्या जरूरत है? बीवी होने का कम-से-कम एक सुख तो दे! बच्चा तुझसे पैदा नहीं हो रहा है। अपनी पढ़ाई के घमंड में तूने मेरे पूरे परिवार की बेइज्जती करने की ठान ली है।" यह कहकर उसने कल्पना का हाथ जोर से मरोड़ दिया।

"पत्नी हूँ, इसका मतलब यह तो नहीं कि तुम मुझसे जबरदस्ती करोगे!" उसने अंकित का हाथ झटककर दूसरी तरफ कर दिया।

"अगर तू अपने आप ही मेरी बात मान ले, तो जबरदस्ती करने की नौबत ही न आए! तुझे अपनी खूबसूरती का इतना घमंड क्यों है?"

"आखिर क्या किया है मैंने? क्यों करते हो इतनी नफरत मुझसे तुम?"

"यह भी मैं बताऊँ? इतनी सीधी बनने की कोशिश मत कर, तेरी वजह से इज्जत नहीं करते लोग मेरी! किस्मत फूट गई, जो तुझसे मेरी शादी हो गई!"

"तुम्हारी किस्मत फूटी है या मेरी?" गुस्से से कल्पना का मुँह लाल हो गया था।

"बहुत बोलने लगी है! दीवाली की रात की मार को भूल गई है तू शायद, तभी तेरी जबान इतनी चल रही है।" कहते हुए अंकित के अंदर का खलनायक उभरकर सामने आ गया था। उसके चेहरे पर पछतावे या ग्लानि की एक रेखा तक नहीं थी। कुछ देर तक दोनों के बीच बात-विवाद चलता रहा। अंत में हमेशा की तरह अपनी बात न बनने पर अंकित गुस्से में पैर पटकता हुआ कमरे का दरवाजा जोर से धमाके से बंद करता हुआ बाहर चला गया।

करीब दो महीने की छुट्टियों को अपने ससुराल—कुछ समय गाँव और मुंबई

में बिताने के बाद रिजल्ट लेने के बहाने कल्पना जब अपने मम्मी-पापा के घर पहुँची तो उसे राहत की साँस मिली।

रिजल्ट आने में केवल दो दिन बचे थे। कल्पना के घर आते ही सावित्री ने उसे प्यार से गले लगाया। उसके दुर्बल शरीर को अपने ममता भरे हाथों से सहलाते हुए उन्होंने जब उसकी दुर्बलता और शारीरिक कमजोरी का कारण पूछा, तब वह कुछ नहीं बोली।

"घर में काम बहुत करना पड़ता है।" यह बोलकर उसने बात को टाल दिया। सच तो यह था कि घर के कामों से ज्यादा अंकित का रूखापन और उसका खोखला रिश्ता उसे दीमक की तरह भीतर से खाए जा रहा था।

उसी दिन शाम को कल्पना जब अपने दाहिने हाथ से खाना खा रही थी, तब सावित्री का ध्यान उसके हाथ पर गया। कल्पना बचपन से अपने सभी काम बाएँ हाथ से करती थी, इस वजह से उसे कई बार घर के बड़े-बूढ़ों से डाँट भी पड़ती थी। कल्पना की दादी विमला देवी ने पूरी कोशिश की थी कि वह बाएँ हाथ से काम करना छोड़ दे। बाएँ हाथ का मौलिक रूप से उपयोग करना अशुभ माना जाता था। खासकर औरतों के लिए तो बाएँ हाथ से काम करना मनहूस माना जाता था।

लाख कोशिशों के बावजूद भी कल्पना बाएँ हाथ के उपयोग को नहीं छोड़ पाई; इसी वजह से कई बार ससुराल में औरतों ने डाँटा-फटकारा भी था। चचिया सास राजलक्ष्मी ने तो बाएँ हाथ का उपयोग करने के कारण कल्पना के हाथ से पूजा करवाना ही बंद कर दिया था।

अचानक से दाएँ हाथ से कल्पना को खाना खाते देख सावित्री ने बड़े आश्चर्य से पूछा, "बेटा, तुम दाहिने हाथ से क्यों खा रही हो? बाएँ हाथ में कुछ हुआ है क्या?"

"कुछ नहीं माँ, वो एक दिन नारियल छिलते वक्त छुरी लग गई थी।" कल्पना ने दाहिना बायाँ दिखाते हुए कहा।

"कब हुआ यह?"

"दस दिन हो गए माँ! चिंता मत करो, ठीक हो जाएगा!"

"ठीक कैसे हो जाएगा? घाव तो अब भी ताजा है और हाथ में अब भी सूजन है। देखकर तो ऐसा लगता है कि छुरी बहुत अंदर तक लगी थी। दवाई ली थी तुमने?"

"दरअसल माँ, घर में सभी लोग व्यस्त थे, तो किसी को डॉक्टर के पास ले

जाने का समय नहीं मिला!" कल्पना सकुचाते हुए बोली।

"क्या अंकित तुम्हें डॉक्टर के पास दवाई लेने नहीं ले गया? न जाने इनकी रईसी किस काम की कि इतनी गहरी चोट लग जाने पर भी डॉक्टर के पास नहीं ले गए। खून बहने से पूरी हथेली नीली पड़ गई है। अपना खाना खत्म करो, हम अभी डॉक्टर के पास जाएँगे। भगवान् न करे कोई बड़ी परेशानी हो जाए!" सावित्री का गुस्सा खूब बढ़ गया था।

खाना खत्म करने के बाद कल्पना सावित्री के साथ डॉक्टर के पास गई। पूरे रास्ते सावित्री रोष से कल्पना के ससुरालवालों को भला-बुरा कहती रही। सावित्री को इतना व्याकुल और क्रोधित देखकर कल्पना ने उन्हें यह नहीं बताया कि चोट लग जाने के बाद भी उसे घर के काम करने से एक दिन भी रियायत नहीं मिली थी। अपने खून बहते हाथों से ही वह घर के बरतन माँज रही थी और सफाई कर रही थी। जब उसने राजलक्ष्मी को बताया था तो उन्होंने मुँह बिचकाते हुए कहा था, "तीन साल हो गए ससुराल आए, अब यह सुकुमार बनना छोड़ दो! ऐसे रोओगी तो बच्चे कैसे पैदा होंगे?"

इस दौरान न जाने कल्पना को किस चीज ने रोक रखा था। वह कभी अपनी माँ से अपने और अंकित के मध्य के रिश्ते की सच्चाई बता नहीं पाई थी।

बताती भी तो किस मुँह से! वह स्वंय भी तो खुद को आदर्श पत्नी नहीं मानती थी।

रिजल्ट वाले दिन कल्पना बड़ी व्याकुल थी। बार-बार वह एक कमरे से दूसरे कमरे में चक्कर काटे जा रही थी। अपने मन को शांत करने लिए वह रामायण की चौपाइयाँ और गायत्री मंत्र मन में पढ़ती जा रही थी। उसकी सहेली काव्या ने उसे फोन करके बताया की कुछ देर में ही रिजल्ट यूनिवर्सिटी की वेबसाइट पर डिस्प्ले हो जाएगा। घर में इंटरनेट न होने के कारण रिजल्ट देखना मुश्किल था, इसलिए हर पंद्रह मिनट बाद कल्पना अपने दोस्तों को फोन कर उनसे अपने नंबर जानने की कोशिश कर रही थी। रामनाथ भी बहुत बेचैन थे। तबीयत ठीक न होने का बहाना बनाकर वे भी ऑफिस नहीं गए थे। कुछ देर बाद जब लैंडलाइन के फोन की घंटी बजी तो कल्पना ने बड़ी अधीरता से फोन उठाया। फोन की दूसरी तरफ से काव्या चीखती हुई बड़े उत्साह से बोली, "तू कॉलेज में फर्स्ट पोजिशन से पास हो गई है। तेरे अस्सी प्रतिशत नंबर आए हैं।"

इतना सुनने के बाद कल्पना के कान कुछ देर के लिए सुन्न पड़ गए। बाद में

काव्या ने क्या-क्या कहा, कुछ भी उसके जेहन में नहीं आया।

फोन रखते ही खुशी के मारे उछलकर कल्पना ने रामनाथ के पैर छूते हुए कहा, "पापा, मेरे अस्सी प्रतिशत नंबर आए हैं। क्लास में मेरे सबसे ज्यादा नंबर आए हैं! मैं फर्स्ट आई हूँ, पापा!"

"पता था मुझे, तू एक दिन जरूर कमाल करेगी!" इतना कहते-कहते रामनाथ की आँखें भर आईं।

कल्पना को गले लगाकर रामनाथ ने बड़े गर्व से कहा, "बेटा, तुमने फिर से मेरा विश्वास कायम कर दिया!"

रामनाथ बहुत खुश थे। कल्पना के रिजल्ट की खबर देने लिए उन्होंने जब उसके ससुराल फोन किया, तब कुलभूषणचंद और मनसुखचंद की नकारात्मक प्रतिक्रिया पाकर वे बहुत आहत और हतोत्साह हुए।

कुलभूषणचंद ने रामनाथ को हिदायत देते हुए कहा, "देखिए, नंबर तो अच्छे हैं, लेकिन अब उसके आगे पढ़ने का सिलसिला आप लोग शुरू मत कर देना!"

"क्यों महराज? इतने अच्छे नंबर आए है, आगे पढ़ना कोई खराब बात तो नहीं!"

"खराब है! हमारे परिवार में लड़कियों के ज्यादा पढ़ने या घर से बाहर जाकर नौकरी करने का चलन नहीं है। आप ही की जिद के चलते, कल्पना ने अंकित से ज्यादा पढ़ाई कर ली। उसे आगे और पढ़ाकर या नौकरी कराकर हम समाज में अपनी बदनामी नहीं करवा सकते। अगर शादी में हमने आपसे वादा न किया होता तो विदाई के बाद कब का उसकी पढ़ाई छुड़वा दिए होते, इसलिए सही यही होगा कि आप खुद कल्पना को समझाकर उसकी पढ़ाई बंद करवा दें।"

रामनाथ कुलभूषणचंद की कल्पना की पढ़ाई छुड़वाने की बात से बिल्कुल सहमत नहीं थे। उन्होंने इतने सालों में पहली बार बड़ी कड़ाई से कुलभूषणचंद को स्पष्ट कह दिया, "देखिए महराज, हम कल्पना की पढ़ाई नहीं रुकवाएँगे। इतने अच्छे नंबर से पास होने के बाद हम उसकी मेहनत को अनदेखा नहीं कर सकते। अगर आपको उसके अंकित से ज्यादा पढ़ने से इतना ही एतराज है तो क्यों नहीं आप लोग अंकित को और पढ़ाने की कोशिश करते हैं? हमें भी कहाँ पता था कि शादी के बाद लड़का पढ़ाई छोड़कर बैठ जाएगा!"

रामनाथ अपनी सिधाई और नम्र स्वभाव के लिए जाने जाते थे, पर उनके मुँह, से ऐसा कड़वा जवाब सुनकर कुलभूषणचंद क्रोध से तिलमिला उठे और आवेश

में आकर फोन पर अपना गुस्सा उतारते हुए फोन को जोर से पटककर रख दिया।

रामनाथ जानते थे कि कल्पना के ससुरालवालों को नाराज करने का असर उसके शादीशुदा जीवन पर जरूर पड़ेगा, लेकिन ससुरालवालों की खुशी की खातिर वे कल्पना से जीवन में कुछ करने और आगे बढ़ने का मौका छीनना नहीं चाहते थे। रामनाथ पुराने विचारों के व्यक्ति थे। पारिवारिक दबाव और कल्पना के सुनहरे भविष्य के लालच में आकर उन्होंने बचपन में उसकी शादी तो कर दी थी, लेकिन उसके मन की उदासी से वे अनजान नहीं थे। वे जानते थे कि कल्पना अपने वैवाहिक जीवन में खुश नहीं थी। जो हो चुका था, वे उसे बदल नहीं सकते थे, इसलिए उसका समर्थन कर उसे काबिल बनाकर वे अपने मन का बोझ हलका करना चाहते थे।

बेटी के बाप के मन की उम्मीदें नदी के बहाव सी अविरल होती हैं। रामनाथ अब भी इसी उम्मीद में थे कि संभवत: कल्पना के आत्मनिर्भर हो जाने पर उसका महत्त्व अंकित के जीवन और उसके ससुरालवालों की नजरों में बढ़ जाएगा।

कल्पना ने अपने आजादी की लड़ाई में एक छोटी सी फतह हासिल कर ली थी। इस फतह ने उसे आशाओं के नए पंख दिए। एक बार फिर से बुझती उम्मीद की लौ रास्ते के मुश्किलों से लड़ने के लिए ललक उठी थी।

□

यह हौसला कैसे झुके

रिजल्ट आए एक सप्ताह हो गया था। कल्पना के कॉलेज के दोस्त भविष्य की तैयारियों में जुट गए थे। काव्या ने अपना दाखिला फैशन डिजाइनिंग कोर्स में करा लिया। उसका सपना था कि वह फैशन डिजाइनर बने। आकांक्षा अब तक तय नहीं कर पाई थी कि वह आगे क्या करना चाहती है, इसलिए अधिकतर बच्चों की तरह उसने भी एम.एस-सी. करने का फैसला लिया। कल्पना के बचपन की दोस्त करुणा ने परिवार की आर्थिक रूप से मदद करने के लिए नौकरी करने का फैसला लिया। सभी बच्चे रिजल्ट के बाद भविष्य में कुछ-न-कुछ करने की तैयारियाँ कर रहे थे। बस कल्पना अब तक फैसला नहीं कर पाई थी कि वह क्या करे! आस-पड़ोस के लोगों, रिश्तेदारों और दोस्तों ने उसे अनेक सुझाव दिए।

काश कोई ऐसा कोर्स होता, जिसे करने पर उसे अपनी बंधुआ जिंदगी से आजादी मिल जाती! जिंदगी के फैसलों को खुद लेने का हक मिल जाए, बस इतना ही उसका ख्वाब था।

डिग्री कॉलेज के अच्छे नंबर ने कल्पना का आत्मविश्वास एक बार फिर कायम कर दिया। उसपर रामनाथ के समर्थन ने उसके मन में अनोखी ऊर्जा भर दी थी और कुछ करने की अभिलाषा फिर से उसके मन में जग गई थी।

रामनाथ से तीखा जवाब पाकर झल्लाहट से कुलभूषणचंद ने फोन करना बंद कर दिया था। फिर न जाने क्या सोचकर कुछ दिनों बाद मनसुखचंद ने स्वयं गाँव से रामनाथ को फोन किया और कल्पना को बी.एड. करने का सुझाव देने लगे। उनका मानना था कि बी.एड. करने के बाद भविष्य में चाहे तो कल्पना टीचर की नौकरी कर सकती है। शादीशुदा औरतों के लिए शिक्षिका होना बहुत सम्मानित माना जाता है। उनका यह भी तर्क था कि टीचरी से इतना समय तो मिल ही जाएगा कि वह परिवार की सेवा कर पाएगी।

लेकिन कल्पना को बी.एड. करना कतई मंजूर नहीं था। उसे टीचर नहीं बनना था। हाल ही में उसके किसी दोस्त ने उसे एम.बी.ए. करने का सुझाव दिया था। उस समय एम.बी.ए. कोर्स की कंपनियों में बड़ी माँग थी। अच्छी नौकरी मिलना भी आसान था, इसलिए उस उम्र के बच्चों में एम.बी.ए. करने की होड़ सी लगी थी।

कोर्स के बारे में सबकुछ जान लेने के बाद कल्पना का भी मन एम.बी.ए. करने का था। वह आर्थिक रूप से आत्मनिर्भर होना चाहती थी। यही एक राह थी जो उसे अपने सपनों के करीब ले जा सकती थी। हर तरह के विकल्प नाप तौलने के बाद कल्पना ने रामनाथ को जब एम.बी.ए. करने की इच्छा के बारे में बताया तो कुछ देर की लिए वे चौंके जरूर।

"तुम कर लोगी, बेटा? सुना है बहुत मुश्किल होता है एडमिशन मिलना। हमारे सिंह साहब का बेटा भी कर रहा है!"

"पापा, मैं एक बार कोशिश करना चाहती हूँ।"

"फीस भी बड़ी तगड़ी लगती है।"

"पापा, पहले एंट्रेंस तो क्लियर करूँ, सेलेक्शन तो हो किसी कॉलेज में!"

"तुम खूब मेहनत करो बेटा। जिंदगी ने तुम्हें मौका दिया है, इसे जाया मत होने दो। जानती हो, मैं भी पढ़ना चाहता था, लेकिन आठवीं कक्षा के बाद पढ़ाई छोड़नी पड़ी।" इतना कहते ही रामनाथ जैसे अतीत की यादों में खो गए। "काश, कोई माँ को आठ रुपए उधार दे देता, तो मास्टरजी मुझे स्कूल से न निकालते! शायद मैं भी पढ़···बहुत रोया था मैं! कुछ महीने तो दोस्तों से किताबें उधार लेकर पढ़ने की कोशिश की, लेकिन जब भूख से पेट बिलबिलाने लगा तो पढ़ाई का जोश अपने आप ही ठंडा पड़ गया। कोई और चारा ही नहीं था मेरे पास। मजबूरी और गरीबी से हारकर यहाँ आकर नौकरी कर ली। तभी से मन में ठान ली थी कि अपने बच्चों की पढ़ाई में मैं कोई आँच नहीं आने दूँगा।" यह कहते-कहते उन की आँखों से आँसुओं की धार बहने लगी। कल्पना की आँखें भी नम हो गईं।

मनसुखचंद और उनके परिवार के लोगों को जब कल्पना के एम.बी.ए. करने के इच्छा के बारे में पता चला तो उन्होंने उसकी खिल्ली उड़ाई।

वैभवचंद ने, जो कि घर के ऐसे मामलों से दूर ही रहते थे, रामनाथ को फोन करके कल्पना से बात करने की इच्छा जताई। असमंजस से कल्पना ने सकुचाते हुए फोन हाथ में लिया।

"बहुरिया, यह तुमने अनायास मूर्खता करने की क्या ठान ली है? डिग्री में

अच्छे नंबर आए हैं, इसका मतलब यह तो नहीं कि अगर तुम्हारी इच्छा होगी तो तुम आई.ए.एस. भी बन जाओगी! अपना मन शांत करके चुपचाप टीचरी कर लो। एम.बी.ए. करना इतना आसान नहीं होता; कई साल तो उसकी एंट्रेस एग्जाम में अच्छे नंबर लाने में लग जाते हैं। हमारे पड़ोस के बच्चे भी दो वर्ष से कोशिश कर रहे हैं।"

"पापा, मैं कोशिश करना चाहती हूँ!" कल्पना ने सहमते हुए कहा।

यह सुनते ही वैभवचंद की दिखावटी विनम्र भाषा एकाएक गुस्से में रूपांतरित हो गई।

"कोशिश, काहे की कोशिश! यह सब खेल है तुम्हारे लिए! बेवकूफ मत बनो!"

उनकी आवाज इतनी ऊँची हो गई, जैसे बगल में खड़े होकर ही चिल्ला रहे हों!

"एम.बी.ए. तुम्हारे वश की बात नहीं है। अगर तुममें इतनी क्षमता होती तो तुम बारहवीं क्लास के बाद डॉक्टरी की पढ़ाई कर रही होतीं। बे-फिजूल अपना और पूरे परिवार का समय बरबाद कर रही हो। जीवन में महत्त्वाकांक्षा ही सबकुछ नहीं होती।"

कल्पना ने चुपचाप बिना कुछ और बोले फोन रख दिया।

अपने ससुरालवालों की लाख कोशिशों और दबाव के बावजूद भी कल्पना ने अपना फैसला नहीं बदला। उसने मन बना लिया था कि उसे एम.बी.ए. ही करना है। रामनाथ ने भी उसके इस अडिग आत्मविश्वास और फैसले को अपना पूरा समर्थन दिया।

पैसे की तंगी होने के बावजूद एम.बी.ए. की प्रवेश परीक्षा की तैयारी करने के लिए रामनाथ ने उसका एडमिशन एक कोचिंग इंस्टीट्यूट में करवा दिया।

कल्पना के इस फैसले से उसके ससुरालवाले बहुत नाराज हो गए। अंकित तो पहले भी कभी फोन नहीं करता था, अब घर के बाकी सदस्यों ने भी फोन करना और हाल-चाल लेना बंद कर दिया था। एक तरह से कल्पना को इससे राहत ही मिली थी, लेकिन रामनाथ और सावित्री कभी-कभी चिंतित हो जाते। प्रवेश परीक्षा की तैयारी के साथ कल्पना ने पार्ट-टाइम टेली कॉलिंग की कुछ महीने नौकरी भी कर ली थी। जी-जान लगाकर वह अपनी प्रवेश परीक्षा की तैयारी कर रही थी।

प्रवेश परीक्षा में अंग्रेजी की बहुत अहमियत थी, कल्पना के लिए प्रवेश परीक्षा में अच्छे नंबर लाना आसान नहीं था। लेकिन वह हार मानने को तैयार नहीं थी। वह

बखूबी जानती थी कि अगर प्रवेश परीक्षा में उसके नंबर अच्छे नहीं आए तो उसे दुबारा तैयारी करने का मौका नहीं मिलेगा। रामनाथ भी उसका साथ नहीं दे पाएँगे। फिर उसे वापस जाकर जीवन भर के लिए अपने ससुरालवालों और अंकित की गुलामी करनी पड़ेगी। वह अपनी आजादी का एकमात्र मौका अपने हाथों से खोना नहीं चाहती थी। उसके लिए यह 'करो या मरो' वाला हाल था।

ग्यारह महीने की लगातार मेहनत के बाद प्रवेश परीक्षा का परिणाम भी आ गया। कल्पना का चुनाव दो इंस्टीट्यूट में हो गया था। एक, जो कि हैदराबाद स्टेट में जाना-माना इंस्टीट्यूट था और दूसरा, जिससे कल्पना ने अपनी डिग्री की पढ़ाई पूरी की थी। कल्पना का बहुत मन था कि वह हैदराबाद जाकर अपनी एम.बी.ए. की पढ़ाई करे।

अपनी नाराजगी जताने के लिए कुलभूषणचंद ने पिछले ग्यारह महीनों में एक फोन तक नहीं किया था। दीपावली की छुट्टियों में भी उन्होंने कल्पना को घर नहीं बुलाया। वे लोग कल्पना और उसके परिवार से ऐसे पेश आ रहे थे, जैसे उन्हें उससे कोई मतलब ही नहीं।

लड़की के पिता होने के नाते अंत में रामनाथ ने ही मन मारकर कुलभूषणचंद को कल्पना के एम.बी.ए. इंस्टीट्यूट में सेलेक्शन की खबर बताने के लिए फोन किया। रामनाथ यह जानते थे कि वे इस खबर से खुश तो नहीं होंगे, पर रिश्तेदारी होने के नाते उन्हें बताना उनका फर्ज बनता था। वे नहीं चाहते थे कि मनमुटाव के कारण भविष्य में कोई ऊँच-नीच हो जाए।

कल्पना के एम.बी.ए. इंस्टीट्यूट में सेलेक्शन की खबर सुनकर एक पल के लिए कुलभूषणचंद दंग रह गए। उन्होंने वे कभी नहीं सोचा था कि विदाई के बाद भी कल्पना अपनी पढ़ाई जारी रखेगी। उसपर अनेक दखलंदाजी और षड्यंत्रों के बावजूद भी वह आज इस मुकाम पर पहुँच जाएगी। 'बहुत ढीठ लड़की है' उन्होंने मन-ही-मन सोचा। अपने आहत अभिमान की रक्षा करने के आशय से कल्पना की पढ़ाई जबरन न रुकवाने में ही उन्होंने अपनी मर्यादा समझी। वे लोगों की नजरों में बुरा नहीं बनना चाहते थे, इसलिए उन्होंने इस पूरे मामले से अपना पल्ला झाड़ लिया, यह कहकर कि उनका अब इन सब बातों से कोई सरोकार नहीं।

दो दिन बाद अंकित ने कल्पना के घर लैंडलाइन पर फोन किया। उसने आज तक भूल से भी कभी कल्पना को फोन नहीं किया था। उसका फोन मीरा ने उठाया, बिना कोई हाल-चाल पूछे अंकित ने फोन पर बड़े आवेश में सावित्री से बात करने

की इच्छा जताई। मीरा ने झट फोन सावित्री को दे दिया।

"माताजी अंकित बोल रहा हूँ। आप लोग क्या चाहते हैं?" उसके आवाज में एक अजीब सी धौंस थी।

"कैसे याद किया बेटा, कभी फोन भी नहीं करते। इतने नाराज क्यों हो?" सावित्री ने विनम्रता से पूछा।

"आप लोगों को मेरी नाराजगी की क्या चिंता! आपकी बेटी तो अपनी मन की मालिक है। मेरे परिवार ने उसे पढ़ने की छूट क्या दे दी, वह हमारी इज्जत को मिट्टी-पलीत करने पर तूली है।" अंकित ऊँची आवाज में तिलमिलाकर बोला।

"आखिर हुआ क्या है?"

"माताजी, एक बात सुन लीजिए, अगर आपकी बेटी ने पढ़ाई के जुनून में मुंबई से बाहर कदम भी रखा तो उसका मुझसे और मेरे परिवार से कोई रिश्ता नहीं होगा! ठीक से सोच-समझ लीजिए; पूरे समाज में आपकी थू-थू होगी।" इतना कहकर अंकित ने जोर से फोन पटककर रख दिया।

अंकित के मुँह से ऐसी तीखी बातें सुनकर सावित्री बहुत दुःखी हुई। उसके धमकी भरे आश्वासन से भयभीत होकर उन्होंने कल्पना को हैदराबाद जाकर पढ़ाई करने का खयाल मन से निकालने की सलाह दी। सावित्री और रामनाथ की इच्छा कल्पना को पढ़ाने की जरूर थी। लेकिन आत्मनिर्भर और सक्षम बनाने की चाह में वे उसकी विवाहित जीवन को दाँव पर नहीं लगाना चाहते थे। वे चाहते थे कि कल्पना पढ़-लिखकर स्वयं आर्थिक रूप से आत्मनिर्भर हो जाए, ताकि समय आने पर उसे मजबूरी में किसी और की दया एवं आस पर न जीना पड़े। पर इस कोशिश में वे उसका शादीशुदा जीवन खराब नहीं करना चाहते थे। आखिरकार उनका अंतिम मकसद कल्पना का विवाहित जीवन सुखी बनाना था। अंकित को नाराज करके संभव नहीं था।

भारत के कई क्षेत्रों में बेटी का कन्यादान कर देने पर उसका पति उसके माता-पिता लिए भगवान् से कम नहीं होता। दामाद का निरादर करना किसी पाप से कम नहीं। चाहे वह नालायक दामाद उनकी बेटी को मारे-पीटे ही क्यों न या उसका शारीरिक, मानसिक शोषण ही क्यों न करता रहे! शादी का प्रमाण-पत्र पाने के बाद आदमियों को औरतों पर अपनी मनमानी करने की पूरी छूट मिल जाती है।

अंकित के इस तरह धमकी भरे फोन के बाद रामनाथ और सावित्री ने कल्पना को बहुत समझाया। अंत में कल्पना ने भी समझौता करके मुंबई में ही एडमिशन

लेने का फैसला ले लिया। एम.बी.ए. की फीस बाकी कोर्स से बहुत अधिक थी। एम.बी.ए. की माँग बहुत ज्यादा थी, पर कोर्स करानेवाले कॉलेज कम थे। इसलिए जब भी किसी का नंबर मेरिट लिस्ट में लग जाए तो जल्द-से-जल्द एडमिशन लेना जरूरी हो जाता था, अन्यथा वह सीट किसी और बच्चे को दे दी जाती थी।

रामनाथ ने कल्पना के कोचिंग के पैसों का इंतजाम तो जैसे-तैसे कर दिया था, लेकिन एम.बी.ए. के लिए तीन लाख रुपए फीस का इंतजाम करना उनके वश में नहीं था। उन्होंने अपनी अधिकतर जमापूँजी कल्पना के शादी के समय दहेज में खर्च कर दी थी। उस समय उन्होंने काफी कर्जा भी लिया था, जो कि उन्होंने हाल ही में चुकाया था। आर्थिक रूप से संपन्न परिवार में अपनी बेटी की शादी करते समय उन्होंने यह उम्मीद लगाई थी कि उसकी पढ़ाई में वे लोग आर्थिक रूप से जरूर मदद करेंगे; लेकिन ऐसा कुछ नहीं हुआ।

कल्पना ने सोचा कि शादी में मिले सोने के गहनों पर तो उसी का हक है, तो क्यों न वह उन्हें बेचकर अपनी फीस भर दे! इस समय सारे गहने हिफाजत के तौर पर प्रेमादेवी के पास गाँव में पड़े थे। हिम्मत जुटाकर झिझकते हुए कल्पना ने खुद मनसुखचंद को फोन किया। संयोगवश उन्होंने ही फोन उठाया।

"पापा, मैं कल्पना बोल रही हूँ। मुझे आपसे एक जरूरी बात करनी है।"

"हाँ जरूर, बोलो कैसे याद किया अपने पापा को?" मनसुखचंद ने कटाक्ष किया।

"दरअसल एम.बी.ए. की फीस भरने के लिए मुझे कुछ पैसों की जरूरत है, तो कुछ मदद चाहिए थी।"

"मदद, कैसी मदद? क्यों, तुम्हारे बाप के पास फीस भरने के पैसे नहीं हैं? उस दिन बड़ा दहाड़कर बोल रहा था कि वह तुम्हारी पढ़ाई में तुम्हारा साथ देगा।"

कल्पना ने मनसुखचंद के तानों को अनसुना कर दिया।

"फीस की रकम करीब तीन लाख है, इसलिए थोड़ी मुश्किल है, अगर आप अनुमति दें तो मैं अपने गहनों को बेचकर अपनी फीस भर दूँ।"

यह सुनते ही मनसुखचंद के तानों ने प्रचंड गुस्से का रूप ले लिया।

"तुम्हारी मति मारी गई है! तुम पर पढ़ने का भूत इतना सवार है कि तुम अपने सोने के गहने बेच दोगी! इतना पढ़कर क्या कर लोगी? तुम्हारे बाप ने तुम्हारा दिमाग खराब कर दिया है। जब फीस भरने की हिम्मत ही नहीं थी तो यह महँगी पढ़ाई पढ़ने का कारोबार क्यों लगा रखा है, चुपचाप टीचरी करती।"

कुछ देर तक कल्पना फोन की दूसरी तरफ मनसुखचंद की भली-बुरी बातों को सुनती रही, फिर बिना कुछ बोले, उसने चुपचाप फोन रख दिया। देर तक मन-ही-मन वह अपने आपको कोसती रही, 'न जाने क्या सोचकर उसने मदद के लिए मनसुखचंद को फोन किया था!' वे लोग चाहते ही हैं कि वह किसी-न-किसी कारण से पढ़ाई छोड़ दे।

बचपन में एक कहावत सुनी थी— 'जहाँ चाह है, वहाँ राह है।' आखिर वह कहावत कल्पना के जीवन में रंग गई। उसे बैंक से एजुकेशन लोन लेने का विकल्प मिल गया। इतनी बड़ी रकम का लोन पाने के लिए बंधक के तौर पर रामनाथ ने अपना घर गिरवी रख दिया।

जैसे स्प्रिंग पर दबाव डालने पर वह और तेजी से ऊपर उछलता है, ठीक उसी तरह कल्पना के इरादे भी ससुरालवालों के दबाव और विरोध से और ऊपर उठते जा रहे थे।

उनके वैर-भाव को घी के समान वह अपने मन के हवन कुंड में झोंक देती, जिसमें उनका प्रतिरोध जलकर उसे और ऊष्मा देता जाता तथा यही ऊष्मा उसे राह में आगे बढ़ने के लिए प्रेरित करती।

□

सपनों से भरे नैना···

कोर्स का पहला दिन था, जिसे आम तौर पर ओरिएंटेशन और इंट्रोडक्शन सेशन के तौर पर जाना जाता है। कल्पना के हृदय में भावों का समावेश हो रहा था। खुशी, उत्सुकता, घबराहट और बेचैनी, जैसे सब मिलकर एक हो गए थे। एम.बी.ए. का यह कॉलेज डिग्री कॉलेज जैसा नहीं था। यह एक प्रोफेशनल कोर्स था, जिसके आधार पर भविष्य में उसे किस तरह की नौकरी मिलेगी, यह नियत होनेवाला था।

ओरिएंटेशन बहुत बड़े हॉल में संचालित किया जा रहा था। कल्पना जब वहाँ पहुँची तो उसने देखा कि सौ से भी अधिक छात्र-छात्राएँ हॉल में मौजूद हैं। उसके लिए सभी चेहरे बिल्कुल नए थे; यहाँ पर उसका कोई भी पुराना दोस्त नहीं था। सब-के-सब बड़े ही आधुनिक तरीके से सज-सँवरकर आए थे। कुछेक ने पैंट-शर्ट के ऊपर ब्लेजर भी पहन रखा था। कल्पना ने हमेशा की तरह पूरी बाँहोंवाली कमीज और चूड़ीदार पजामी पहना था। वैसे तो नीले रंग की कमीज उसपर बहुत फब रही थी, पर उसमें और वहाँ मौजूद बाकी लोगों में फर्क साफ दिख रहा था। इंट्रोडक्शन शुरू होने के बाद सभी विद्यार्थी एक के बाद एक हाथ में माइक लेकर अपना नाम और उन्होंने किस क्षेत्र या विषय में डिग्री की है, अंत में वे एम.बी.ए. क्यों करना चाहते हैं, अपने प्रोफाइल का विवरण दे रहे थे। कई लोग तो बड़ी आसानी से कई मिनट तक अंग्रेजी में बोले जा रहे थे, और कुछ कल्पना की तरह घबराए थे। इतने सारे लोगों के सामने अंग्रेजी में माइक पर एक भी लाइन बोलना कल्पना के लिए एवरेस्ट की चढ़ाई जितना कठिन था। अपना नंबर आने तक वह मन-ही-मन अपने उत्तर का रट्टा मार रही थी। जैसे ही माइक उसके हाथ में आई, उसका चेहरा घबराहट से लाल हो गया और पसीने छूटने लगे। कुछ सेकेंड के विलंब के बाद जैसे-तैसे लड़खड़ाती हुई आवाज में उसने अपना इंट्रोडक्शन दिया।

इंट्रोडक्शन के बाद झट से माइक बगल में ब्लेजर पहनकर बैठी लंबी साँवली लड़की के हाथों में दे दिया। कल्पना ने माइक उसके हाथों में ऐसे झटककर दे मारा, जैसे उसने कोई साँप अपने हाथों में पकड़ रखा था।

कल्पना की अंग्रेजी पहले से कमजोर थी। जैसे-तैसे दिन-रात मेहनत कर, रटकर उसने अपने एम.बी.ए. की लिखित एंट्रेंस एग्जाम तो पास कर ली थी, पर अब भी बोलने का साहस उसमें बहुत कम था। अपनी डिग्री की पढ़ाई साइंस से करने के कारण उसे अंग्रेजी भाषा की कमजोरी बहुत महसूस नहीं हुई थी, पर पूरा ओरिएंटेशन और इंट्रोडक्शन अंग्रेजी भाषा में हुआ। प्रोफेसर की कही गई कई बातें उसे समझ नहीं आईं, पर लज्जावश वह कुछ नहीं बोली। सेशन के अंत में सभी के हाथ में को एक परचा थमा दिया गया, जिसमें अगले हफ्ते से होनेवाली लैक्चर का शिड्यूल और प्रेजेंटेशन में पहने जानेवाले ड्रेस-कोड का वृत्तांत था। घर लौटते समय बस में बैठकर कल्पना आराम से परचा पढ़ने लगी, आखिर तक पढ़ते-पढ़ते वह रुँआसा सी हो गई थी।

घर जाने से पहले वह पास ही में बने छोटे से पार्क की एक बेंच पर जाकर बैठ गई। जब भी वह बहुत दुःखी या हताश होती तो इसी बेंच पर बैठकर जी भरकर रो लेती। यह बेंच उसकी ऐसी सहेली थी, जो बिना कुछ कहे उसकी बात समझ लेती थी। बेंच पर बैठकर दोनों हाथों से अपना मुँह ढककर वह रोने लगी। आँखें बंद थी, फिर भी उसके सामने चकरी की तरह एक ही सवाल घूमे जा रहा था कि क्यों उसने एम.बी.ए. करने का फैसला लिया? कैसे कर पाएगी वह यह कोर्स पूरा? उसे खेल शुरू होने से पहले ही हार मान लेनेवाले खिलाड़ी की तरह पछतावा महसूस हो रहा था।

आज हॉल में बैठे इतने लोगों के बीच वह अपने आपको बेहद कमतर महसूस कर रही थी। सभी लोग उससे ज्यादा स्मार्ट, बुद्धिमान और चतुर थे। न जाने कैसे वह अपनी पढ़ाई खत्म करेगी? कैसे अच्छी नौकरी करके वह अपना एजुकेशन लोन चुकाएगी? आखिर क्यों उसने इस सपने के लिए इतने लोगों से लड़ाई की, पर सच तो यह था कि वह स्वयं इसके लायक नहीं थी! अगर वह अपना भविष्य खुद नहीं लिख पाई तो अंत में उसे समाज के निश्चित किए गए जीवन को ही चुनना होगा। वह इन्हीं बातों को सोचकर काफी देर तक रोती रही, फिर हमेशा की तरह अपने भीतर एक नई उम्मीद और हिम्मत जुटाकर वह बेंच से उठकर आँसू पोंछती हुई घर की तरफ चल पड़ी।

शाम को रामनाथ जब घर आए तो उत्साहित होकर उन्होंने कल्पना से उसके एम.बी.ए. क्लास के पहले अनुभव के बारे में पूछा। कल्पना ने अपने तनाव को छिपाते हुए कहा, "बहुत अच्छा लगा, पापा! खूब मेहनत करनी होगी।"

"ये हुई न बात! खूब मन लगाकर पढ़ना!"

फिर कुछ देर तक दोनों क्लास में हुए कार्यावली के बारे में बातें करते रहे। रामनाथ के चेहरे पर संतोष और गर्व झलक रहा था। फिर मौका देखते ही कल्पना ने रामनाथ को अपने प्रेजेंटेशन के वेस्टर्न ड्रेस-कोड के बारे में बताया, जिसमें उसे सप्ताह में दो बार ट्रॉउजर पैंट, फॉर्मल शर्ट और ब्लेजर पहनकर जाना था। रामनाथ कुछ देर तक कल्पना की बात सुनते रहे। जवाब न मिलने पर कल्पना ने कॉलेज से मिला परचा रामनाथ के हाथों में दे दिया। रामनाथ को अंग्रेजी पढ़ने नहीं आती थी। बस कुछ रोजमर्रा के शब्द समझ लेते थे। इसलिए कल्पना ने खुद उन्हें एक सिरे से पूरा परचा पढ़ सुनाया। परचा सुनकर रामनाथ कुछ नहीं बोले, वे चुपचाप खाना खाकर अपने कमरे में सोने चले गए।

कल्पना रामनाथ से इस ड्रेस-कोड को लेकर विवाद नहीं करना चाहती थी। वह जानती थी कि कपड़ों को लेकर रामनाथ बहुत सख्त थे। आज तक उन्हीं के चलते वह अपनी शादी के बाद अपने मम्मी-पापा के घर चाहकर भी कभी जींस नहीं पहन पाई। यहाँ तक कि उससे उम्र में कई साल छोटी बहनों गरिमा और मीरा को भी जिंस पहनने की अनुमति नहीं थी, इसलिए उनसे इतने बड़े बदलाव की उम्मीद करना एक भ्रम था।

दूसरे दिन कल्पना जब अपने ओरिएंटेशन की दूसरी सेशन खत्म करके घर वापस आ रही थी तो उसने देखा कि उसके मोबाइल फोन पर रामनाथ ने कई बार फोन किया था। दो महीने पहले ही रामनाथ ने कल्पना को एक मोबाइल फोन दिलवाया था। वैसे तो उसके कई दोस्तों के पास डिग्री कॉलेज से ही मोबाइल फोन था। मोबाइल फोन का अब भी ज्यादातर उपयोग फोन करने, मेसेज भेजने में किया जा रहा था। मोबाइल फोन के द्वारा फैलनेवाली सोशल मीडिया के उपयोग की महामारी आने में अभी कुछ साल बाकी थे।

बस में बैठते ही कल्पना ने रामनाथ के फोन का जवाब देने के लिए उन्हें फोन किया। फोन उठाते ही रामनाथ ने उसे अपने ऑफिस के पास बुलाया। कल्पना समझ नहीं पाई कि आखिर वे अचानक से उसे ऑफिस क्यों बुला रहे हैं! एक घंटे बाद कल्पना जब उनके ऑफिस पहुँची तो रामनाथ उसे सीधे हाल ही में बने पास

के शॉपिंग सेंटर के भीतर ले गए। आश्चर्यचकित होकर कल्पना रामनाथ से पूछने लगी, "पापा, आखिर हम कहाँ जा रहे हैं?"

एक कपड़ों के दुकान के भीतर जाकर रामनाथ स्नेह से कल्पना की तरफ देखते हुए बोले, "मैंने पता लगाया है, यहाँ पर तुम्हें कॉलेज में अपनी पढ़ाई के लिए लगनेवाले कपड़े मिलेंगे। यह दुकानदार मेरा दोस्त है। तुम्हें जो पसंद हो, वह खरीद लो।"

भावुक होकर कल्पना रुआँसी आवाज में बोली, "पापा, आप मान गए! मुझे लगा कि आप नहीं मानोगे।"

"कैसे नहीं मानता! तुम हमारे खानदान की पहली लड़की हो, जो आज अपने मेहनत और लगन से जीवन में कुछ करने जा रही है, तो क्या तुम्हारा साथ देने के लिए मैं अपना एक नियम नहीं बदल सकता?"

कल्पना के आँखों से आँसू गिर गए। उसने झट से रामनाथ को गले से लगा लिया, "पापा, मैं आपको कभी शर्मिंदा नहीं करूँगी।"

"मैं तो इतने साल नौकरी करने के बाद भी अशिक्षित होने के कारण अब तक मैनेजर नहीं बन पाया, पर तुम जरूर बनना और लोगों को अंग्रेजी में ऑर्डर देना।" कल्पना के आँसू पोंछते हुए रामनाथ मजाकिया स्वर में बोले।

यह सुनकर कल्पना जोर-जोर से हँसने लगी।

अगले हफ्ते कल्पना अपने फॉर्मल कपड़े पहनकर कॉलेज पहुँची। उन कपड़ों को पहनकर अपने भीतर वह एक अजीब सा आत्मविश्वास महसूस कर रही थी। वैसे तो कपड़ों से कभी किसी का चरित्र या उसकी बुद्धिमत्ता को नहीं बदला जा सकता, लेकिन कभी-कभी कपड़े मनोबल बढ़ाने का काम जरूर कर जाते हैं।

कल्पना के एम.बी.ए. क्लास में ज्यादातर बच्चों ने एम.बी.ए. कोर्स से ही संबंधित क्षेत्र से (कॉमर्स, एम.बी.ए.) डिग्री की थी। हालाँकि वहाँ पर कुछ इंजीनियर भी थे। पर बाकी बच्चों के मुकाबले में कल्पना के लिए एम.बी.ए. की पढ़ाई करना जीवन का बहुत बड़ा पड़ाव था। लगभग सभी बच्चे उच्च वर्गीय परिवार से संबंध रखते थे। कइयों के मम्मी-पापा तो स्वयं किसी-न-किसी बड़ी कंपनी में ऊँचे ओहदे पर नौकरी करते थे। कुछ बच्चे तो खुद अपनी गाड़ी चलाकर कॉलेज आते थे।

पहले दिन से सभी बच्चे अपनी प्रतिभाशाली छवि बनाने की कोशिश में लगे थे। सभी को अपनी कर्मठता और योग्यता साबित करनी थी, ताकि जब दो वर्षों

बाद कैंपस सेलेक्शन के दौरान नौकरी लेने की बात आए तो कॉलेज द्वारा उन्हें प्राथमिकता दी जाए। एम.बी.ए. का माहौल डिग्री कॉलेज से बिल्कुल अलग था। यहाँ पर आए सभी बच्चे अपने भविष्य के प्रति गंभीर थे। क्लास में सभी बच्चे चुपचाप बैठकर एक के बाद एक लेक्चर सुनते। सबका बस एक ही लक्ष्य था कि इंस्टीट्यूट के कैंपस में आनेवाली सबसे श्रेष्ठ कंपनी में उन्हें नौकरी मिल जाए। इसी कोशिश में सभी बच्चे एक-दूसरे के सहपाठी के अलावा एक-दूसरे के प्रतिद्वंद्वी भी थे। एम.बी.ए. कोर्स में उसका एडमिशन किसी चमत्कार से कम नहीं था। उसकी क्लास के लगभग सभी बच्चे इस दौड़ में उससे कई कदम आगे थे। बाकी के सभी बच्चे जब अपने आप को कॉरपोरेट की कंपेटिटिव दुनिया की तैयार कर रहे थे, तब कल्पना अपने आप को एम.बी.ए. की पढ़ाई के लिए तैयार कर रही थी। कॉलेज शुरू होने के कुछ दिनों बाद प्रोग्राम के नियमानुसार सभी बच्चों के हाथों में लैपटॉप थमा दिया गया था। सबके चेहरे पर खुशी और जोश झलक रही थी। कल्पना भी खुश थी, पर मन-ही-मन डरी हुई थी।

उसने तो आज तक कभी कंप्यूटर ठीक से नहीं चलाया था, लैपटॉप तो दूर की बात थी। डिग्री कॉलेज में वह ज्यादातर अपना समय प्रयोगशाला में बिताती थी। कभी-कभी कॉलेज खत्म होने के बाद जब उसके बाकी के दोस्त साइबर कैफे जाकर इंटरनेट पर सर्फिंग करते, अलग शहरों और देशों में रहनेवाले लोगों से दोस्ती करते, चैटिंग करते तथा इ-मेल भेजते, तब कल्पना अपने ससुराल में स्वयं को घर के अलग-अलग कामों से परिचित करवाती। उसने कभी सोचा भी नहीं था कि जीवन में एक दिन ऐसा भी आएगा, जब उसके हाथ में चकले और बेलन की जगह लैपटॉप होगा!

स्टडी हॉल में सभी बच्चे बैठकर बड़ी उत्सुकता से अपना लैपटॉप चलाने करने की कोशिश कर रहे थे। उस समय कल्पना को देखकर ऐसा लग रहा था, मानो देहाती फोक नृत्य करनेवाले व्यक्ति को अंग्रेजी बॉल डांस करने का न्योता मिला हो! वह समझ नहीं पा रही थी कि कौन सा बटन दबाए कि उसे भयभीत करनेवाली मशीन बस चल पड़े। किसी से पूछकर वह अपना मजाक भी नहीं बनवाना चाहती थी। तभी उसने अपनी आँख की कनखियों से बगल में बैठे लड़के को लैपटॉप शुरू करते देखा और उसी की नकल करते हुए उसने अपना लैपटॉप खुद शुरू किया। कुछ समय जरूर लगा पर कल्पना इस जादुई मशीन को चलाना सीख गई और भविष्य में आगे चलकर वही मशीन उसका अच्छा मित्र बन गई।

लैक्चर्स खत्म होने के बाद कल्पना कॉलेज की लाइब्रेरी में देर तक बैठकर मैनेजमेंट और लीडरशिप की किताबों को खँगालती। वह रात में कुछ ही घंटे सोती। सवेरे जल्दी उठकर वह फिर पढ़ने लगती। कल्पना ने विरासत में अपने पापा से मेहनत करने का पाठ खूब अच्छी तरह से सीख लिया था। रामनाथ हमेशा कहते थे कि अगर इनसान चाहे तो अपनी कड़ी मेहनत और लगन से मुश्किल-से-मुश्किल रास्ते पार कर सकता है। इसी बात को ध्यान रखते हुए कल्पना बस मेहनत किए जा रही थी।

तीन सप्ताह बाद कल्पना को अपने जीवन का पहले प्रेजेंटेशन का असाइनमेंट मिला। वह एक ग्रुप प्रेजेंटेशन था। उसके ग्रुप में पाँच बच्चे थे, जो उससे ज्यादा स्मार्ट थे और फर्राटेदार अंग्रेजी बोल लेते थे। सभी विद्यार्थियों को दो से तीन मिनट बोलने का समय दिया गया था। कल्पना ने खूब मेहनत की। आईने के सामने खड़े होकर उसने कई घंटों तक अपने पार्ट की तैयारी की थी। बोलने में कल्पना का नंबर सबसे अंत में था। उसके प्रेजेंटेशन ग्रुप के एक-के-बाद एक सदस्य आते गए। क्लास में बैठे सौ लोगों की भीड़ देखकर स्मार्ट माने जानेवाले स्टूडेंट्स भी शायद घबरा गए थे। एक-के-बाद एक प्रेजेंटेशन का परफॉरमेंस गिरता गया। जब इतने स्मार्ट बच्चे स्टेज पर डर गए तो क्लास में चुपचाप बैठनेवाली लड़की से लोगों को कम ही उम्मीद थी। कल्पना स्टेज पर आई, इतने सारे लोगों के सामने अपने डर को अपनी मुसकराहट के पीछे छिपाते हुए वह प्रेजेंटेशन को एक कहानी की तरह बोलती गई। उसकी अंग्रेजी भले बाकी बच्चों से कमजोर थी लेकिन उसके इतनी सरलता से बोलने की कला से अध्यापिका बहुत प्रसन्न हुईं और पूरी क्लास अंत में ताली बजाने लगी। वह दिन कल्पना अपने जीवन में कभी नहीं भूली। उस दिन उसे एहसास हुआ कि कोशिश करने से मुश्किलें गायब भले न हों, लेकिन उन्हें सुलझाना आसान जरूर हो जाता है।

कुछ ही दिनों में कल्पना के कुछ अच्छे दोस्त भी बन गए थे। एक ही शहर में रहने के बावजूद पिछले कई महीनों में अंकित ने कभी उसे एक फोन तक नहीं किया था। कल्पना के पास तो अब मोबाइल फोन भी था, पर अंकित का कभी फोन नहीं आया। न जाने वह क्या सोच रहा था, या क्या साबित करना चाहता था! कई महीनों तक कल्पना और रामनाथ से नाराज अंकित के परिवार के किसी भी सदस्य ने कोई खबर न ली। कल्पना तो वैसे भी अपनी शादी को 'भूतकाल' की तरह भूलना चाहती थी, पर उसका बाल-विवाह उसका भूतकाल ही नहीं, उसका वर्तमान

और आनेवाला भविष्य था। न चाहते हुए भी रामनाथ स्वयं कल्पना के ससुराल फोन कर कुलभूषणचंद और बाकी लोगों से हाल-चाल लेते थे।

कल्पना ने अपने एम.बी.ए. के करीब डेढ़ वर्ष बिता दिए। इन डेढ़ वर्षों में उसने मैनेजमेंट, लीडरशिप और कॉरपोरेटर के अलावा बहुत कुछ सीख। उसनें कई प्रेजेंटेशन दिए, असाइनमेंट के तौर पर कॉलेज द्वारा आयोजित कई पार्ट टाइम नौकरियाँ भी कीं। इस बदलाव, शिक्षा और अवसर के चलते वह पहले से कहीं ज्यादा निर्भय हो गई थी। उसके केवल कपड़ों में ही नहीं, उसके व्यक्तित्व में भी बहुत परिवर्तन आ गया था। उसका आत्मविश्वास भी पहले से कहीं ज्यादा बढ़ गया था। वह बस अपना पूरा ध्यान अच्छी नौकरी पाने पर केंद्रित कर रही थी।

अच्छी नौकरी और आत्मनिर्भता कल्पना के लिए केवल एक कॅरियर मूव नहीं था, बल्कि यह एकमात्र तरीका था जिंदगी अपने मुताबिक जीने का। एम.बी.ए. की पढ़ाई खत्म करके उसे लग रहा था, मानो उसने अपनी आजादी की पहली सीढ़ी पार कर ली हो।

एक पढ़ाई ही ऐसी सीढ़ी थी, जो उसे उसके मुकाम तक पहुँचा सकती थी; सही मायने में आजादी दिला सकती थी। लेकिन आजादी मिलना कभी भी आसान नहीं रहा है, उसे पाने के लिए कई बलिदान करने पड़ते हैं। ऐसे न जाने कितने बलिदान कल्पना को देने थे।

□

साँस अलबेली–
कौन सी डोर खींचे कौन सी काटे रे…

साल 2008 और 2009 के दौरान अमेरिका में हुए आर्थिक मंदी का गहरा असर भारत पर भी पड़ा था। हजारों लोगों ने इस दौरान अपनी नौकरियाँ गवाँ दीं। देखते-ही-देखते कई व्यापार ठप्प हो गए। सेंसेक्स बाजार अपनी ऊँचाई से कुछ ही समय में बुरी तरह लड़खड़ाकर नीचे आ गिरा था। कर्जे के दबाव और आर्थिक क्षति के कारण लोग आत्महत्या करने लगे थे। इस आर्थिक मंदी का प्रभाव किसी-न-किसी रूप में सभी लोगों पर पड़ा।

एम.बी.ए. की पढ़ाई खत्म होते ही जब नौकरी लेने का समय आया, तब तक मंदी का प्रभाव भारत की अर्थव्यवस्था में जहर की तरफ फैल गया था। ढेर सारी बड़ी कंपनियों ने नए लोगों की भरती पर रोक लगा दी थी। सभी बच्चे अपने भविष्य को लेकर चिंतित थे, लेकिन सबसे अधिक चिंता कल्पना को थी। उसके सिर पर तीन लाख से भी ज्यादा रकम के लोन की तलवार लटक रही थी। तिस पर नौकरी न मिलने की हालत में फिर से अपने ससुराल जाकर उनके बनाए कायदे-कानून के हिसाब से जिंदगी बिताने का डर उसे दिन-रात दीमक की तरह खाए जा रहा था। एम.बी.ए. करते समय उसने न जाने कितनी उम्मीदें सँजो रखी थीं। उसे लगा था कि एक अच्छी नौकरी पाकर वह अपने मुताबिक अपनी जिंदगी जी पाएगी।

दिन-रात उसे यही डर सताता कि अगर उसे नौकरी नहीं मिली तो कर्जे के अलावा वह अपने ससुरालवालों के मजाक का पात्र बन जाएगी। वह अपने आप को दिन में कई दफा कोसती—'न जाने ईश्वर उससे कैसी परीक्षा लेना चाहता है, जो एक कठिनाई का हल निकालने के बाद उसके सामने एक नई कठिनाई खड़ी कर देता है!' उसका दिमाग मकड़ी के जालों की तरह सवाल बुनता और फिर

अपने ही बुने सवालों के इस जाले में जवाब ढूँढ़ते–ढूँढ़ते उसका मन दम तोड़ देता था।

कॉलेज में पिछले साल की तुलना में इक्का–दुक्का कंपनियाँ ही आई थीं। उनके भरोसे पूरी तरह निर्भर न होकर कल्पना ने नौकरी की तलाश खुद भी शुरू कर दी थी। उसने अपना रेज्यूम नौकरी दिलाने वाली कई वेबसाइटों पर डाल दिया था। बेरोजगारी बढ़ने के कारण एक ही नौकरी के लिए कई कैंडिडेट उपस्थित थे। एक वेकेंसी के लिए कई लोग और कई बार तो आवश्यकता से ज्यादा योग्य उम्मीदवार निवेदन (अप्लाई) कर रहे थे। प्रतियोगिता पहले से कहीं ज्यादा बढ़ गई थी। अच्छी नौकरी मिलना बहुत मुश्किल हो गया था। कंपनियाँ भी इस बात का फायदा उठाकर कम पैसे में योग्य–से–योग्य उम्मीदवार भरती कर रही थीं।

कल्पना भी रोज इंटरव्यू देकर और रिजेक्ट होकर थकने लगी थी। वह बहुत बेचैन हो गई थी। उसकी आँखों से नींद ही गायब हो गई थी। दिन भर वह लैपटॉप के सामने बैठकर नौकरी तलाशती रहती, फोन पर बीसियों लोगों से इंटरव्यू के लिए बात करती। गरमी के मौसम में लोकल ट्रेनों में भीड़ के धक्के खाकर मुंबई के अलग–अलग हिस्सों में जाकर इंटरव्यू देती। तीन महीनों में लगातार करीब बीस इंटरव्यू देने के बाद भी जब कल्पना को नौकरी नहीं मिली तो हताशा और थकान उसके आत्मविश्वास पर हावी होने लगी थी। अपना भविष्य खुद बनाने का उसका जोश फीका सा होने लगा था। तनाव के कारण उसका शरीर कमजोर हो गया था। उसका गेहुंआ रंग अब सूखी घास की तरह पीला पड़ने लगा था। उसकी आँखें नींद की कमी और थकान से लाल होने लगी थीं। उसके तनाव को देखकर रामनाथ व सावित्री उसे धीरज देने की कोशिश करते। एक दिन इंटरव्यू देकर एक बार फिर से खारिज (रिजेक्ट) होकर जब वह घर वापस आ रही थी, तब अपने हालत से थककर वह सड़क पर ही फूट–फूटकर रोने लगी। आस–पास आते–जाते लोग उसे रोता हुआ देख रहे थे। एक हाथ में अपने सर्टिफिकेट की फाइल समेटे, दूसरे हाथ से अपने आँसू पोंछने की कोशिश कर रही थी, लेकिन आँसू रुकने का नाम ही नहीं ले रहे थे। मन में इतनी सारी बातें चल रही थीं कि सबकुछ धुँधला सा नजर आ रहा था। उसे लग रहा था, मानो उसके जीने की उम्मीद ही खत्म हो रही थी। रोते हुए सड़क को पारकर जब वह लोकल ट्रेन की प्लेटफॉर्म पर पहुँची तो उसके मन में आया कि क्यों न वह अपनी जिंदगी ही खत्म करके सारे दुःखों से मुक्ति पा ले! आखिर कब तक वह यों ही घुट–घुटकर जीती रहेगी?

रेल की पटरी पर आती धड़-धड़ की आवाज में उसकी सिसकियाँ दब गई थी। उसकी निर्बलता उसके कानों में जोर-जोर से उसे उस पटरी पर आती हुई ट्रेन के सामने कूदने के लिए बढ़ावा दे रही थी। उसके सामने उसकी ही अपनी परछाइयाँ अलग-अलग रूप लिये उसे घेरकर पटरी पर कूद जाने के लिए उकसा रही थीं। उम्र के दौर और हालात से गुजरे यह सब उसी के रूप थे। एक परछाईं, जिसमें वह साड़ी पहनकर घूँघट के भीतर से कहे जा रही थी, 'क्या करेगी तू जीकर, कब तक लड़ती रहेगी! घूँघट में घुटकर जीने से अच्छा तो मर जाना है! कर दे आज इस बेकार जिंदगी को स्वाहा!' दूसरी परछाईं उसका बचपन, जिसमें वह बारह साल की मासूम लड़की थी। फ्रॉक पहनकर आँखों में उदासी का मातम भरे गुहार लगा रही थी, 'मुझे तो तूने खो ही दिया है, अब अपना बाकी का जीवन क्यों इस झूठे संघर्ष में जला रही है? कर दे अपने इस संघर्ष का अंतिम संस्कार!" तीसरी, जिसमें वह दुलहन सी सजकर तैयार है, लेकिन आँखों से आँसू गिरते जा रहे हैं, 'प्यार तो तुझे इस दुनिया में मिलनेवाला नहीं, जिसे तुझे अपनी बाँहों में सँजो के रखना चाहिए था, उसने तो कभी प्यार से तुझे देखा या तेरे शरीर को छूआ तक नहीं! तो क्या फायदा इस दिन-रात की जलन का, कूद जा अभी और ले-ले मुक्ति इन सब झंझटों से! अगर यह जीवन ही न रहा तो यह संघर्ष अपने आप खत्म हो जाएगा। एक ही पल में रोज की जद्दोजहद से निजात मिल जाएगी!'

अपनी ही परछाइयों का आह्वान उसके कानों में मौत के संगीत की तरह गूँज रहा था। उनकी गुहार के अलावा उसे कुछ सुनाई या दिखाई नहीं दे रहा था। धीरे-धीरे वह रेल की पटरी की तरफ टकटकी लगाए आगे बढ़ रही थी। लोगों की भीड़ आनेवाली ट्रेन से उतरती और कुछ ही सेकेंड में स्टेशन पर जमा लोगों की भीड़ चींटियों की तरह ट्रेन में चढ़ती। अपनी ही व्यथा में मग्न लोगों को कल्पना के इस डरावने सोच का बिल्कुल अंदाजा नहीं था। एक-एक कदम उठाती वह स्टेशन से पटरी की तरफ बढ़ती जा रही थी। पटरी पर दूर से आती ट्रेन की धड़-धड़ आवाज में जैसे सबकुछ दब सा गया था।

कल्पना की मंशा से बेखबर न जाने कहाँ से एक अपाहिज भिखारी उसके नजदीक आया और उसके पैरों को छूकर उससे कुछ छुट्टे रुपए माँगने लगा। उसके छूते ही जैसे वह मौत की दुनिया से गुजरती सुरंग से बाहर निकलकर पलभर में उस प्लेटफॉर्म पर आ पहुँची। उसने देखा कि एक भिखारी, जिसके दोनों पैर कटे हुए थे, एक पहिएवाली लकड़ी के तख्ते पर बैठा उसे झकझोरता जा रहा था— "ऐ

दीदी, कुछ खाने को दो!" शायद यही कह रहा होगा! कल्पना कुछ ठीक से सुन नहीं पाई।

दूसरे ही सेकेंड अपने हाथों के सहारे से उस तख्ते को घसीटता हुआ वह ट्रेन के डिब्बे के दरवाजे के सामने आया और हाथों के सहारे से ही बड़ी कुशलता से ट्रेन के भीतर चढ़ गया। कल्पना भी न जाने क्यों बस उसी डिब्बे में चढ़ गई, ठीक उस भिखारी के पीछे। कई औरतें उस अपंग भिखारी के ट्रेन में चढ़ने पर नाक सिकोड़ने लगीं। ट्रेन के चलते ही धीरे से उसने अपने जेब से दो घंटियाँ निकलीं और उन्हें बजाकर वह अपनी आवाज में फिल्मी गाना गाने लगा और तख्ते के सहारे अपने आप को घसीटता हुआ सबके पास जाकर पैसे माँगने लगा।

कल्पना चुपचाप एक कोने में खड़े होकर कुछ देर तक उसे एकटक देखती रही। उसने सोचा इतनी कठिनाइयों के बावजूद भी अगर वह भिखारी जीने के लिए इतनी मेहनत–मशक्कत कर सकता है तो वह क्यों नहीं कर सकती? क्या उसके जीवन का कोई मोल नहीं, जो आज कठिनाइयों से डरकर वह अपने आप को मौत के हवाले करना चाहती थी?

उस दिन घर जाकर, खाना खाकर वह पहली बार महीनों के बाद चैन की नींद सोई थी।

दूसरे दिन फिर वह इंटरव्यू देने के लिए घर से इसी आस में निकली कि एक दिन उसे नौकरी जरूर मिलेगी।

कुछ सप्ताह बाद कल्पना का सेलेक्शन एक मार्केट रिसर्च कंपनी में हो गया। वैसे तो अपने एम.बी.ए. डिग्री के आधार पर उसकी उम्मीद रिसर्चर के ओहदे की थी, पर रिक्त स्थान न होने के कारण कल्पना को फील्ड डिपार्टमेंट में नौकरी मिल गई। ऐसे समय में उसके पास कोई और विकल्प नहीं था, इसलिए अवसर को सही मानकर उसने नौकरी करने का फैसला कर लिया।

फील्ड डिपार्टमेंट में ज्यादातर लोग डिग्री करके ही नौकरी कर रहे थे, कल्पना इस नौकरी के लिए अपनी डिग्री के हिसाब से थोड़ी ज्यादा योग्य थी, पर घर बैठकर समय बरबाद करने से अच्छा ऐसे समय में उसने अपने कॅरियर की शुरुआत करना सही समझा।

कल्पना ने नौकरी शुरू कर दी। फील्ड जॉब होने के कारण उसे अपने काम के लिए सप्ताह में तीन से चार दिन ऑफिस के बाहर मुंबई के विभिन्न इलाकों में जाकर रिसर्च करना पड़ता था। गरमी के मौसम में पसीने और कड़कती धूप में वह

कभी अकेले या कभी अपने सहकर्मियों के साथ रिसर्च के लिए तथ्य जमा करती। बाद में उन्हीं तथ्यों को रिसर्च डिपार्टमेंट को दे दिया जाता और वह उस आधार पर क्लाइंट की समस्याओं का समाधान करते।

कल्पना दिन-रात अपना काम बड़ी मेहनत और लगन से कर रही थी। कुछ ही महीनों में उसने कंपनी में अपनी एक नई जगह बना ली थी। उसके सीनियर और बॉस उसके काम की बड़ी सराहना करते थे। जरूरत के हिसाब से कल्पना को इस नौकरी से कम पैसे मिलते थे। अपनी फिजूल खर्च न करने की आदत से पैसे बचाकर वह हर महीने अपना लोन का कर्जा उतारने में लगा देती।

रामनाथ और सावित्री उसकी आत्मनिर्भरता से बहुत खुश थे। उन्हें अब दिन-रात केवल एक ही चिंता थी कि किसी तरह उसकी शादीशुदा जिंदगी भी सुधर जाए। मायके में इतने लंबे समय से रहने के कारण अब आस-पास के लोग कल्पना के बारे में बातें बनाने लगे थे। कुछ औरतें तो जान-बूझकर सावित्री से पूछतीं, "कल्पना ससुराल कब जाएगी? शादी को इतने बरस हो गए पर एक बच्चा नहीं हुआ?" इस तरह के न जाने कितने सवाल। आस-पड़ोस के लोगों की कानाफूसी से तंग आकर सावित्री ने भी उनसे बात करना और मिलना-जुलना लगभग छोड़ दिया था। अब जबकि कल्पना नौकरी करने लगी थी तो उसका घर बसाने की चिंता रामनाथ और सावित्री को ज्यादा होने लगी।

कल्पना की नौकरी की खबर देने लिए जब रामनाथ ने मनसुखचंद को फोन किया तो मन-ही-मन वे जानते थे कि उसके ससुरालवाले खुश नहीं होंगे, पर बताना जरूरी था।

कल्पना की नौकरी की खबर और उसकी तनख्वाह के बारे में सुनकर मनसुखचंद खुशी से उछल पड़े। उन्होंने खुद ही कल्पना और अंकित के साथ रहने की बात चलाई। रामनाथ भी ऐसी प्रतिक्रिया पाकर हैरान थे।

हालाँकि कुलभूषणचंद ने कल्पना के ससुराल से नौकरी करने को साफ मना कर दिया। उनके मुताबिक उनके घर से बहू अगर नौकरी करने जाएगी तो इससे उनकी बदनामी होगी, परंतु मनसुखचंद चाहते थे कि कल्पना नौकरी करे और अंकित के साथ अलग घर लेकर कहीं रहे।

मनसुखचंद के स्वभाव में इतने बड़े परिवर्तन के पीछे उनका अपना कपट और स्वार्थ छुपा हुआ था।

पिछले तीन वर्षों में कुलभूषणचंद के परिवार में बड़ा बदलाव आ गया था।

उनके संयुक्त परिवार की नींव आर्थिक मंदी के कारण डगमगा गई थी। आमदनी ठीक से न होने के कारण उनकी एक पान की दुकान और ट्रांसपोर्टेशन का व्यापार बंद हो गया था। इस मुश्किल घड़ी में एकता और आदर्शों की खोखली पिपड़ी बजानेवाला परिवार अब इस डूबती हुई जहाज से अलग होकर अपने लिए सुरक्षित इंतजाम करने में लगा था।

दुकान बिक जाने के कारण अब अंकित ने भी एक बड़े से मॉल में सेल्स की नौकरी शुरू कर दी थी। मनसुखचंद जान गए थे कि कल्पना अंकित से ज्यादा कमा रही थी। यदि वह दोनों साथ में रहने लगे तो उसकी कमाई से उन्हें और उनके परिवार को आर्थिक रूप से सहारा मिल जाएगा। इसी चतुराई ने मनसुखचंद के स्वभाव में एक अनोखी मिठास भर दी थी।

रामनाथ ने जब कल्पना को बताया कि मनसुखचंद खुद चाहते हैं कि वह और अंकित अलग रहें तो वह भी स्तब्ध रह गई। पिछले तीन वर्षों में तो मानो वह जैसे भूल ही गई थी कि वह शादीशुदा है। वह तो अब तक लोगों से अपनी पहचान छिपाती फिर रही थी। यहाँ तक कि ऑफिस में इंटरव्यू के समय जब उसे पूछा गया कि वह शादीशुदा है या नहीं? उसने बिना हिचकिचाए इनकार कर दिया था।

अब जब फिर से उसके और अंकित के साथ रहने की बात चलने लगी तो उसका भ्रम जैसे टूट गया।

उसे अंकित की सारी यातनाएँ याद आने लगीं। उसका वह रूखापन, उसकी बात-बात पर गालियाँ बरसाने की कला और वह दीवाली की रात जब उसने कल्पना को जानवरों की तरह पीटकर बेसुध कर दिया था, कुछ भी तो नहीं भूली थी वह भरे-पूरे परिवार में रहकर भी उसका अकेलापन एक पत्थर के बूत की तरह ऐसे आदमी के साथ रात बिताना, जिसने पाँच वर्षों में उसके मन में एक बार झाँकने की कोशिश तक नहीं की थी। सिर्फ अपनी धुन में उसका जरूरत पड़ने पर इस्तेमाल करना जानता था। ये सारे जख्म उसके आँखों के सामने भूत बनकर उसके चारों तरफ नाचने लगे। क्या इतनी मेहनत करने के बाद फिर से उसे उसी नर्क में जीना पड़ेगा?

मन तो किया कि वह अपने मम्मी-पापा से कह दे कि वह अंकित से अलग होना चाहती है। पर कैसे? वह उसकी बात कभी नहीं मानेंगे। पढ़ना-लिखना अलग बात है, लेकिन तलाक। नहीं! भारत के मध्यम वर्गीय परिवार में 'तलाक' शब्द मुँह से बोलना अब भी वर्जित था। नए दौर में केवल अमीरों और विशिष्ट वर्ग के लोग

ही बड़े शान से तलाक ले रहे थे। भारतीय मध्यमवर्गीय अब भी अपने ही बनाए समाज के नियमों का गुलाम था। रही कल्पना के मन की बात, तो उसका अंकित से हार्दिक विच्छेद न जाने कब का हो गया था।

हर बार जब-जब उसने उसे बुरी तरह पीटा था, हर उस मौके पर जब वह उसके शरीर को जबरन अपनी इच्छाओं का जरिया बनाता था, तब भी जब मन भर जाने पर आधी रात को छत पर घोर सन्नाटे में उसे अकेला रोता-बिलखता छोड़कर चला जाता था। हर उस वक्त जब वह अपने परिवार के सामने उस पर गालियाँ बरसाता था, ऐसी न जाने कितनी बार वह उससे अलग हो चुकी थी। लेकिन कल्पना में भी इतनी हिम्मत न थी कि वह अपने मम्मी-पापा से यह सब बता पाए। आखिर कैसे वह उन्हें उनके समर्थन और भरोसे के बदले समाज में कलंकित कर सकती है ? उनके साथ इतना बड़ा विश्वासघात वह कैसे कर सकती है ? आज वह जो कुछ भी है, वह उन्हीं की बदौलत है। इस तरह उनके इच्छाओं का गला घोंटकर मिलनेवाली मुक्ति से वह कभी चैन से जी नहीं पाएगी। चाहे मन मारकर ही क्यों सही, पर वह फिर से एक बार अंकित के साथ अपना घर बसाने का प्रयास जरूर करेगी। और नहीं करेगी तो वह अपराध-बोध के बोझ तले दबकर जी नहीं पाएगी।

□

बेटियाँ जो ब्याही जाएँ...
मुड़ के न देखो दिलबरो

काफी सोच-विचार और चर्चा के बाद रामनाथ और मनसुखचंद ने तय किया कि कल्पना और अंकित के लिए एक किराए का घर लिया जाएगा। उनका घर रामनाथ के घर के आस-पास ही लिया जाए, ताकि जरूरत पड़ने पर वे उनकी मदद कर सकें। मनसुखचंद इस समय गाँव में ही थे। खेती का समय था, इसलिए वह अपना काम छोड़कर नहीं आ सके। घर से संबंधित ज्यादातर फैसले रामनाथ को ही लेने पड़े। घर के किराए के लिए जानेवाली अमानत (डिपोजिट) की रकम रामनाथ और कल्पना ने मिलकर दी।

सावित्री बड़े लगन से कल्पना की गृहस्थी बसाने में जुट गई। उन्होंने खुद अपनी सूझ-बूझ और मेहनत से रसोई व घर में रोजमर्रा की जरूरतों में लगने वाले सभी सामान का इंतजाम किया। मीरा और गरिमा ने घर के कोने-कोने की सफाई की। सावित्री बहुत खुश थी। वे चाहती थीं कि एक बार कल्पना बस सेटल हो जाए, ताकि वे भी लोगों के बेतुके सवालों पर अपने तीखे जवाबों का थप्पड़ मार सकें। अपने परिवार की इतनी मेहनत और उम्मीदों को देखकर कल्पना को अपने स्वार्थी मन में स्वयं पर घृणा आ रही थी कि आखिर क्यों नहीं वह भी बाकी लड़कियों की तरह अपने मन से समझौता कर अपने परिवार की खुशी के लिए उनकी खुशी में शामिल हो जाती? क्यों वह पुराने जख्मों को अपने दिमाग में कुरेदती रहती है?

उसे यह खयाल आता कि 'न जाने कैसे अंकित इस बंदोबस्त के लिए मान गया? हो सकता है कि वह बदल गया हो? अगर वह अपना अभिमान त्याग कर अपने परिवार के लिए यह सब कर सकता है तो मैं क्यों नहीं?' इसी तरह की कशमकश घड़ी की सूई की तरह कल्पना के मन में चलती रहती।

घर के किराए के पेपरों पर हस्ताक्षर करने के लिए रामनाथ ने फोन करके अंकित को अपने घर बुलाया। इससे पहले अंकित कभी भी कल्पना के घर नहीं आया था। कल्पना को ऑफिस से निकलते देर हो गई थी। वह जानती थी कि अंकित आज उसके घर आया है, फिर भी आज उसने अपने आप को रोजाना से ज्यादा ही व्यस्त कर लिया था। जो काम कल हो सकते थे, वह उन्हें आज करने लगी थी। कई बार सावित्री और रामनाथ ने फोन करके उसे याद भी दिलाया, पर जब तक वह घर पहुँची, अंकित जा चुका था। कल्पना के देर से आने पर सावित्री और रामनाथ दोनों उसपर नाराज हुए। वे दोनों कल्पना की अंकित के साथ रहने की अरुचि और नाराजगी को समझ सकते थे, लेकिन उन्हें उम्मीद थी कि जब वह एक साथ रहने लगेंगे, तो उनके बीच की दूरियाँ व मतभेद खत्म हो जाएँगे। वे दोनों पूरी कोशिश कर रहे थे कि कल्पना और अंकित जल्द-से-जल्द एक साथ रहने लगें। ग्यारह महीने के लिए घर को किराए पर लिया गया था। कल्पना ने जब एग्रीमेंट पर अपने नाम के बाद अंकित का नाम जुड़ा देखा तो उसका मन किया कि वह एग्रीमेंट को फाड़कर इस सुखी वैवाहिक जीवन के झूठे प्रसंग को वहीं खत्म कर दे, पर उसने ऐसा कुछ नहीं किया।

एक सप्ताह बाद दोनों के गृह-प्रवेश का दिन तय हुआ। उस दिन सावित्री ने खाना अपने घर ही बनाया था। पूरे तीन वर्षों के बाद अंकित को साक्षत अपने सामने बैठा देखकर कल्पना समझ ही नहीं पा रही थी कि वह उससे क्या बात करे! घर का दामाद होने के कारण उसकी पिछली बदतमीजी को नजरअंदाज कर सावित्री उसकी जमकर खातिरदारी कर रही थी। मीरा और गरिमा भी अपने जीजाजी से खूब हँसी-ठिठोली कर रही थीं। कल्पना चुपचाप बुत बनी उनकी बातें सुन रही थी। अपने ही परिवार के बीच उसे अकेलापन सा महसूस हो रहा था।

उधर अंकित खाते हुए बीच-बीच में मुसकराकर कल्पना की तरफ देखे जा रहा था, जैसे सबकुछ बहुत ही सामान्य हो। अंकित की नजर उसे नागफनी के काँटों सी पूरे शरीर में चुभती हुई महसूस हो रही थी।

ऐसा लग रहा था, जैसे उसके चेहरे पर फैली मुसकान कल्पना को ताने मार रही हो, कह रही हो, "आखिर कितना भी उड़ने की कोशिश कर लो, आना तो तुम्हें इसी जमीन पर है।"

खाने के बाद कल्पना और अंकित दोनों अपने नए घर में आ गए। काफी देर तक दोनों के बीच कोई बात न हुई, बस एक गहरी खामोशी थी, जो कल्पना के

भीतर तक पसरी हुई थी। कपड़े बदलकर कल्पना अपना बिस्तर ठीक करते हुए सोने की तैयारी करने लगी।

"सलवार, कमीज में तुम बड़ी कड़क लगती हो। हमेशा मैंने तुझे साड़ी में ही देखा। पहले से बहुत ज्यादा सुंदर हो गई हो।" अंकित ने दोनों के बीच की लंबी चुप्पी को तोड़ा।

कल्पना ने अंकित की बात का कोई जवाब नहीं दिया। बिना कुछ बोले वह अपनी चीजें समेटे जा रही थी। तभी अंकित ने अचानक पीछे से आकर कल्पना को जोर से पकड़ लिया। वैसे ही, जैसे ताक में बैठा कोई शांत भेड़िया मौका देखकर हिरन को दबोचता है।

"छोड़ो मुझे...!" कल्पना ने बरबस अपने आपको उसकी जकड़न से छुड़ाते हुए कहा?

"क्यों छोड़ूँ?"

"छोड़ दो मुझे! तुम्हें क्या लगता है कि एक घर में एक साथ रहने पर हमारे बीच एक ही पल में सब ठीक हो गया! तुम जब चाहोगे अपनी मनमरजी के मुताबिक मेरे शरीर का अपने मजे के लिए इस्तेमाल करते रहोगे!"

"साला, फिर से नौटंकी चालू हो गया, अब तक तेरा घमंड उतरा नहीं!"

"तीन साल हो गए हमें अलग रहते। इस बीच कभी कोशिश भी की तुमने मुझसे मिलने की?"

"कोशिश? तुझे पढ़ने-लिखने का जुनून सवार था। लगता है पढ़ने-लिखने के बाद तेरा दिमाग और भी खिसक गया है।"

"नहीं, दिमाग ठिकाने आ गया है। पहले जैसी तुम्हारी मनमानी अब नहीं चलेगी! एक पति का अधिकार जताने से पहले अपनी जिम्मेदारी और पति-पत्नी के रिश्ते की गहराई को समझो।"

"अब प्रवचन भी देने लगी है! सही कहते थे सब कि पढ़ने के बाद तू और भी हवा में उड़ने लगेगी। एहसान मान कि तुम्हें पढ़ने की छूट दे दी थी मैंने। अब चुपचाप मेरी बात मानकर अपना कर्जा उतार।" इतना कहकर उसने कल्पना को फिर से पकड़ लिया।

"तुम बिल्कुल नहीं बदले!"

"लेकिन तू खूब उड़ने की कोशिश कर रही हो, आखिर कब तक कुँआरी लड़कियों की तरह नखरे करेगी? उम्र बीती जा रही है!"

“दूर रहो मुझसे! मैंने तुम्हारा बिस्तर दूसरे कमरे में लगा दिया है। जब तक हमारे बीच सब ठीक नहीं होता, हम अलग-अलग कमरे में सोएँगे!”

“ऐसा ही था तो तेरे बाप ने यह सब यानी एक साथ रहने का नाटक क्यों रचा? जब तू मेरे साथ सोना ही नहीं चाहती तो एक घर में क्यों रहें?” अंकित ने खीझते हुए कहा।

“तमीज से बात करो! अगर इतनी परेशानी है तो अपने पापाजी से जाकर इस बारे में बात करो!” कल्पना ने गुस्से से लाल होकर कहा।

“क्यों करुँ, ताकि मैं बुरा बन जाऊँ!, यह तो तू भूल ही जा!”

“ठीक है, तो धीरज रखो और मेरे मन के बदलने का इंतजार करो। मुझे इस रिश्ते को आगे बढ़ाने के लिए समय चाहिए। और हाँ, अब तुम्हारी जोर-जबरदस्ती नहीं चलेगी!” कल्पना ने अपने गुस्से को शांत करते हुए कहा।

“देखता हूँ, यह अकड़ कब तक रहती है!”

अंकित कल्पना के इस नए अवतार को देखकर हक्का-बक्का रह गया था। वह समझ गया था कि अगर उसने ज्यादा जोर-जबरदस्ती की तो मामला बिगड़ जाएगा, इसलिए वह चुपचाप दूसरे कमरे में सोने चला गया।

अंकित और कल्पना की जोड़ी तो पहले से बेढंगी थी। दोनों की सोच, रुचि और आकांक्षाओं में पहले ही बहुत अंतर था। ज्यादा पढ़ने और नौकरी करने के कारण कल्पना के दुनिया को देखने का नजरिया बहुत बदल चुका था, लेकिन समय के बहाव का अंकित के स्वभाव में कोई बदलाव नहीं आया था। अब भी वह वैसा ही था, जब कल्पना उससे पहली बार मिली थी।

इस वजह से उसके और अंकित के बीच का अंतर और भी बढ़ गया था। उन दोनों के पास बात करने के लिए कोई समान मुद्दा ही न था। दोनों का व्यक्तित्व बिल्कुल ही विपरीत दिशा में विकसित हो गया था। अंकित के मन में अब भी जीवन में कुछ कर दिखाने की कोई इच्छा न थी। वह बस आरामपरस्त जीवन बिताना चाहता था। उसे अब भी कल्पना की भावनाओं की कोई चिंता नहीं थी। वह केवल अपनी इच्छा-पूर्ति के तरीके ढूँढ़ता रहता था।

सवेरे जल्दी उठकर कल्पना ने तैयार होकर अपने लिए एक गिलास सेब का जूस बनाया और जल्दी-जल्दी में वह अपने ऑफिस के लिए निकल गई। अंकित रिटेल स्टोर में सेल्स की नौकरी करता था, जिसमें अलग-अलग शिफ्ट के मुताबिक उसे काम करना पड़ता था। रात में कल्पना देर से घर पहुँची। अंकित घर पर आ

चुका था और दूसरे कमरे में बैठकर टी.वी. देख रहा था। कल्पना ने थकान और भूख से चूर हुए हाल में ही जल्दी से दाल, सब्जी और चावल पका दिए। खाने के समय अंकित ने जब दाल-चावल देखा तो वह गुस्से से तिलमिला उठा।

"यह क्या बनाया है? रोटी नहीं पकाई? मैं रात को चावल नहीं खाता और सवेरे भी तू बिना कोई नाश्ता बनाए चली गई।"

"अंकित मैं थक गई हूँ, इसलिए रोटी नहीं बनाई। तुम घर पर मुझसे पहले आए थे। तुमने रोटी क्यों नहीं बनाई?"

"अगर रोटी बनाकर भी ठीक से नहीं खिलानी थी तो यह साथ रहने का स्वाँग क्यों? ऐसा खाना खाने से तो अच्छा है कि मैं भूखे ही सो जाऊँ।"

"अंकित, मैं तुमसे पहले ऑफिस गई थी, और तुमसे बाद में काम करके घर लौटी हूँ।"

"हाँ, तो किसने कहा है तुझे मर्दों की तरह पतलून पहनकर बैग टाँगे ऑफिस जाने के लिए? अपने लिए काम करती हो, मेरे लिए नहीं।"

कल्पना ने आक्रोशित होकर कहा, "इस घर का इंतजाम करने में पूरी तरह मेरी ही कमाई के पैसे लगे हैं और किराया भी मुझे ही देना होगा।"

यह सुनते ही अंकित के अभिमान को करारी चोट लगी। वह गुस्से में आग-बबूला हो गया।

"अब तू मुझे अपने पैसे कमाने का रोब दिखाएगी?"

"पैसे का रोब नहीं, जो तुम कह रहे हो, उसका जवाब दे रही हूँ!"

इसी तरह दोनों के बीच हर रोज खाना बनाने को लेकर, घर को लेकर, अलग-अलग बातों को लेकर झगड़े होते रहते। कल्पना अपनी तनख्वाह से घर किराया देती, बिजली और पानी का बिल भी वही चुकाती। कभी-कभार अंकित न जाने क्या सोचकर घर में खाने की चीजें ले आता। जब कभी कल्पना उससे घर का किराया देने की बात कहती तो वह बिगड़कर कहता, "मैं क्यों किराया दूँ? मुझे क्या मिल रहा है तुम्हारे साथ यहाँ रहकर? खाने को ठीक से रोटी तो मिल ही नहीं रही, ऊपर से तुम्हारा यह दूसरे कमरे में सोने का स्वाँग! अगर तू मेरे साथ मेरे घर पर रहे तो किराया देने की जरूरत ही न हो।"

कल्पना के रोटी न बनाने को लेकर अंकित ने कई बार बवाल किए। कुछ दिनों के बाद अंकित ने सावित्री से भी कह दिया कि वह रोटी नहीं बनाती और वह ऐसे ही भूखे सो जाता है। इस बात से सावित्री भी बहुत गुस्सा हुई, इसलिए हर रोज

शाम के छह बजे के बाद कल्पना को बार-बार फोन करके घर पर जल्दी जाकर उसे खाना बनाने के लिए दबाव डालती। नई नौकरी की वजह से कल्पना भी जो बनता, वह घर पर करने की कोशिश करती, पर अंकित से कोई मदद न पाकर कोशिश करना बंद कर देती। अंकित भी मजे लेकर सोफे पर बैठकर टी.वी. देखता। कभी-कभी वह बाहर से ही खाना खाकर आता तो खाना अच्छा न बनने का बहाना बनाकर उससे लड़ने लगता।

तंग आकर कल्पना ने जब अंकित से घर पर रसोइया लगवाने की बात चलाई तो अंकित अपनी जिद पर अड़ गया और कहने लगा, "मैं किसी रसोइए के हाथ से बना खाना खाने के लिए नहीं आया हूँ।"

पूरे दो महीने बीत गए, अंकित और कल्पना अलग-अलग कमरों में सो रहे थे। एक दिन सावित्री जब कल्पना की गैरहाजिरी में घर आई तो अलग-अलग बिस्तर देखकर हैरान हो गई। उस दिन वह वहीं रहकर कल्पना के आने का इंतजार करने लगी।

जब कल्पना घर आई तो सावित्री की गुस्से से हुई लाल आँखें देखकर वह समझ गई कि जरूर कोई गड़बड़ हो गई है।

"आ गई तुम? आज तो टाइम पर आ गई हो!"

"हाँ, वो काम कम था आज।"

"क्या चाहती हो तुम, आज साफ-साफ बता ही दो?"

"क्या हुआ?" कल्पना ने अपना ऑफिस का बैग रखते हुए कहा।

"क्या हुआ! अलग-अलग बिस्तर का क्या मतलब है?

"क्या कह रही हो माँ?" कल्पना ने नजरें चुराते हुए कहा।

"माँ हूँ तुम्हारी, पूरी जिंदगी बीत गई! मुझे बेवकूफ समझती हो?"

"दो महीने हो गए हैं। सोचा था कि एक साथ रहोगे तो तुम दोनों के बीच का मनमुटाव खत्म हो जाएँगा; लेकिन तुम्हारे मन में तो कोई और ही खिचड़ी पक रही है।"

"माँ, इतनी जल्दी सब कैसे ठीक हो जाएगा? तुम तो देख ही रही हो कि कैसे वह खाना बनाने को लेकर इतना बवाल कर रहा है।"

"ये कैसे तू-तड़ाक करके बात कर रही हो? तुम्हारा पति है वह, तमीज से बात करो उनके बारे में। आखिर कितने समय लगेगा तुम्हें दूरियाँ खत्म करने में? वह तो अपनी तरफ से कोशिश करने के लिए अपना घर छोड़कर तुम्हारे सहूलियत

के लिए यहाँ रहने लगा है।"

"तो क्या करूँ? चुपचाप उसकी सारी बातें मान लूँ। मैं जो अपना घर छोड़कर उसके साथ इतने साल साथ रही थी?"

"आखिर क्या बात है? कहीं तुम्हारे जीवन में कोई और तो नहीं?"

"यह क्या बोल रही हो माँ? ऐसा कुछ नहीं है?"

"तो फिर क्या बात है? लोग तो यही सोचेंगे न कि पढ़ने-लिखने के बाद लड़की ने पति की इज्जत करना ही छोड़ दिया। कितनी मेहनत से तुम्हें पढ़ाया-लिखाया है, उसका सिला तुम हमें ऐसे दोगी?" सावित्री ने रुँधे स्वर में कहा।

सावित्री ने फिर समझाते हुए कहा, "एक बच्चा हो जाए तो सब ठीक हो जाएगा!"

"माँ, मुझे अभी बच्चा नहीं चाहिए। अभी मुझे समय चाहिए।"

"क्यों नहीं चाहिए बच्चा? तुम्हारी उम्र की कितनी लड़कियों को बच्चे हो गए हैं। शादी के इतने साल हो गए हैं।"

"माँ, अभी नौकरी शुरू किए मुझे एक साल भी नहीं हुआ है। इतनी जल्दी बच्चे के बारे में मैं नहीं सोच सकती। अभी तो मुझे एजुकेशन लोन भी चुकाना है!"

"अच्छा, एजुकेशन लोन चुकाना है या अपनी मनमानी करनी है! आखिर क्या कमी है अंकित में? समाज में हमारी बदनामी हो रही है। अब तुम पढ़-लिखकर अपने आप पर निर्भर हो गई हो तो क्या सिर्फ अपने बारे में ही सोचोगी? तुम्हारी और भी दो बहने हैं, कभी सोचा है कि तुम्हारे ऐसे फैसलों का उनके जीवन पर क्या असर होगा?"

"उन्हीं के बारे में तो सोचते आई हूँ आज तक।"

"वाह रे वाह! सोचती तो ऐसा न करती। इतनी ही परिवार की चिंता है तो तुम अपनी शादीशुदा जिंदगी को सँवारने की कोशिश करती, लेकिन नहीं। न जाने तुम पर कौन सा धुन सवार है! इतना महत्त्वाकांक्षी होने की क्या जरूरत है?"

"एक बात समझ लो! कोई गलत कदम उठाकर अपने पापा का दिल मत दुखाना। सबसे ज्यादा प्यार किया है उन्होंने तुम्हें!" इतना कहकर रोते हुए वह घर से चली गई।

अपनी माँ को यों बिलखता हुआ देखकर कल्पना भी देर रात तक रोती रही। उसने ऑफिस के कपड़े भी नहीं बदले। रोते-रोते कब नींद आ गई, उसे पता भी नहीं चला।

कल्पना के देर से घर आने, अंकित के लिए उसका मनचाहा खाना न बनाने और उसके साथ आपसी कलह न सुलझाने की वजह से सावित्री और रामनाथ उससे नाराज रहने लगे। उन्हें ऐसा लगने लगा था कि शायद उसके ससुरालवाले सच ही कहते थे कि अपनी पढ़ाई के घमंड में आकर वह अंकित की इज्जत करना भूल गई है।

उसे अपने कॅरियर के अलावा किसी की कोई परवाह नहीं। वह जान-बूझकर अंकित को प्रताड़ित कर रही है। उन्हें लगा था कि एक बार जब कल्पना आत्मनिर्भर हो जाएगी तो वह अपना पारिवारिक जीवन खुद सुधार लेगी, पर अभी जो हो रहा था, उनमें कुछ भी वैसा नहीं था, जैसा उन्होंने सोचा था। कल्पना के इतने करीब होने के बावजूद भी वे उसकी मनोदशा समझने में असफल थे। वे उसके हठी स्वभाव के पीछे छिपे सालों से पीड़ित हृदय को देख नहीं पा रहे थे, या फिर समाज में होनेवाली बेइज्जती और बदनामी के डर से उसके घावों को अनदेखा कर रहे थे। उन घावों पर मरहम लगाने की बजाय वे खुद अपने तरीके से इलाज कर उसे जल्द-से-जल्द ठीक करने में लगे थे, ताकि ठीक होकर वह फिर से नए ताजे घावों को झेलने के लिए तैयार हो जाए।

कल्पना अपनी हालात की कुछ हद तक खुद ही जिम्मेदार थी। उसने कभी भी अपने मम्मी-पापा से अंकित की हरकतों की खुलकर चर्चा ही नहीं की थी, अगर उसने पहले उन्हें बताया होता तो शायद आज उसके मम्मी-पापा उससे इतने नाराज नहीं होते। भारतीय समाज में पति-पत्नी के बीच का रिश्ता बहुत व्यक्तिगत विषय होता है। उसपर भी उनके बीच शारीरिक संबंध की चर्चा को तो वर्जित माना जाता है। ऐसी हजारों-लाखों औरतें अपनी पूरी जिंदगी अपने ही पति के शारीरिक शोषण का शिकार होते हुए बिता देती हैं। उन्हें अपने अधिकारों और इच्छाओं का मूलभूत ज्ञान तक नहीं होता। शोषण सहते-सहते सही और गलत, सुख और दुःख के बीच का अंतर कब धुँधला हो जाता है, पता ही नहीं चलता।

कल्पना अब अपने हालात बदलना चाहती थी। उसे अपने मम्मी-पापा की बेरुखी से दुःख तो था, पर उसके दबाव में आकर वह अंकित के प्रति अपना रवैया नहीं बदलना चाहती थी। अब वह अपने मन को मारकर ऐसा कुछ भी नहीं करना चाहती थी, जिससे वह अपने आप पर ही शर्मिंदा हो।

अंकित का भी बनावटी धीरज टूट रहा था। कुछ दिनों बाद कल्पना से एक ही बिस्तर पर सोने की जिद करने लगा, लेकिन कल्पना अपनी बात से टस-से-मस न हुई।

कल्पना के स्वभाव की कठोरता से झल्लाकर वह गालियाँ भी देने लगता और फिर असहाय होकर खुद ही शांत हो जाता। कई सालों तक अंकित ने जैसा चाहा, कल्पना के साथ वैसा ही व्यवहार किया, लेकिन अब वह समझ चुका था कि वह सब करना उसके लिए मुश्किल था।

एक शाम को कल्पना ऑफिस से जल्दी आकर, खाना खाकर जल्दी सो गई। न जाने कितनी रात के बाद अंकित घर आया और कल्पना को बेसुध सोता देखकर उसे मौके का फायदा उठाने की सूझी।

उसने अपनी पूरी ताकत लगाकर अपने पैरों से कल्पना के पैर और दोनों हाथों से उसके हाथों को जकड़ लिया और धीरे-धीरे उसकी नाइटी उसके शरीर पर से हटाने की कोशिश करने लगा। अंकित की छुअन से अचानक ही कल्पना की नींद टूट गई। इतनी गहरी नींद में कल्पना को समझ नहीं आया कि क्या हो रहा है? ठीक से आँख खुलने पर उसने देखा कि उसका नाईट गाउन उसकी कमर तक आ पहुँचा है और अंकित का चेहरा बिल्कुल उसके चेहरे के पास था, इतने पास कि वह उसके आँखों में भरी हवस को महसूस कर सकती थी। डर के मारे कल्पना के पूरे शरीर में सिरहन सी दौड़ गई, उसे ठीक वैसा ही लग रहा था, जैसा अंकित ने उसके साथ पहली बार किया था।

हड़बड़ी में कल्पना ने पूरी ताकत लगाकर अपने आप को छुड़ाने की कोशिश करने लगी। कुछ देर तक दोनों के बीच हाथापाई चलती रही। ऐसा लग रहा था कि अंकित की जकड़न में ही उसका दम घुट जाएगा।

हदस के मारे जोर-जोर से उसके सीने पर हाथों से मारते हुए वह चिल्लाने लगी, "अंकित, यह क्या कर रहे हो? छोड़ो, मैं साँस नहीं ले पा रही हूँ।"

"नहीं छोड़ूँगा आज!" अंकित हाँफते हुए बोला।

"छोड़ो मुझे, मेरा दम घुट रहा है।"

"एक बार मेरी बात मान लो, सब ठीक हो जाएगा प्लीज! बस एक बार!" वह जोर-जोर से हाँफे जा रहा था।

"छोड़ो, वरना मैं शोर मचाऊँगी!"

"नहीं, सिर्फ एक बार मेरी बात मान लो। बस चुपचाप ऐसे ही लेटी रहो। कसम से कुछ नहीं होगा तुम्हें। बरदाश्त नहीं होता मुझसे, प्लीज!" अंकित गिड़गिड़ाने लगा।

"तुम पागल हो चुके हो! तुम्हारा दिमाग खराब है। गेट ऑफ मी!"

"सब तुम्हारी वजह से! मेरे सामने तुम मुझे ठेंगा दिखाकर अपने इशारों पर नचा रही हो!"

"गेट ऑफ मी, अंकित। आई एम गिविंग यू वार्निंग!" इतना कहकर कल्पना गुस्से से चिल्लाने और रोने लगी।

कुछ देर तक की छीना-झपटी और द्वंद्व के बाद आखिरकार कल्पना ने अपने आपको अंकित की पकड़ से छुड़ा लिया।

उसके बाल बिखर गए थे, शरीर पर कई जगह नाखून लगने से खून आने लगा था। उसका चेहरा आँसुओं से सना हुआ था, उसका गाउन कई जगह से फट गए थे। गुस्से से वह तिलमिला रही थी—"तुम्हारी हिम्मत कैसे हुई ऐसी हरकत करने की? निकल जाओ मेरे कमरे से, गेट आउट, निकल जाओ! तुम्हारी जागीर नहीं हूँ मैं!" एक ही साँस में वह चीखकर बोली।

"क्या कर लोगी तुम? क्या कर लोगी?"

"तुम्हारी वजह से आज दुनिया को लगता है कि मैं नामर्द हूँ। तुम अपने घमंड में चूर हो। एक ही घर में रहकर मैं तुम्हें छू तक नहीं सकता!"

इतना कहकर वह जोर-जोर से दीवार पर अपना सिर पटकने लगा।

"यह क्या कर रहे हो? रुक जाओ!" उसे इस तरह दीवार पर सिर पटकता देख कल्पना डर गई कि कहीं उसे कुछ हो न जाए!

"एक बार मेरी बात मान लो, प्लीज…!" वह गिड़गिड़ाकर कहने लगा।

उसे इस तरह गिड़गिड़ाता देखकर न जाने क्यों कल्पना को अपने आप से ही घृणा होने लगी, आखिर क्या कर रही थी वह…? अगर उसने अपने साथ कुछ कर लिया।

"शांत हो जाओ अंकित! सब ठीक हो जाएगा! धीरज रखो!"

देर रात तक कल्पना चिंता के कारण सो नहीं पाई। उसे समझ नहीं आ रहा था कि आखिर वह क्या करे? चाहकर भी वह अपने मन में अंकित के लिए स्नेह नहीं जगा पा रही थी। वह अंकित के प्रति लगभग तमाम भाव—घृणा, दया और क्रोध, सबकुछ महसूस कर सकती थी, लेकिन प्यार नहीं।

धीरे-धीरे महीने बीत गए। कल्पना की जिंदगी पहले से भी ज्यादा उलझने लगी। अंकित भी कल्पना के मन में जगह बनाने की बजाय, बस अपनी धुन में किसी-न-किसी तरह कल्पना के साथ शारीरिक संबंध बनाने की कोशिश में लगा था। इस रिश्ते में अंकित का लक्ष्य बस इतना था कि उसे कल्पना के शरीर पर काबिज होना था।

मना करने पर वह कल्पना के सामने गिड़गिड़ाता, चिल्लाता, रोता, दीवार पर अपन सिर पटकता, ऐसा लगता, मानो उसपर कोई भूत सवार है। कई बार तो उसने कल्पना को डराने के लिए आत्महत्या की धमकी भी दी। अंकित के इस पागलपन से कल्पना को उससे और भी नफरत होने लगी थी। उसे डर लगा रहता कि कहीं वह कुछ कर न ले! अंकित उसे ब्लैकमेल करता और उससे शारीरिक संबंध बनाने की जुगत में रहता।

दूसरी तरफ अंकित की हरकतों से बेखबर कल्पना से नाराज उसके मम्मी-पापा ने भी उससे दूरी बना ली थी। उन्हें सिर्फ कल्पना का हठ दिखाई दे रहा था। उन्हें लगने लगा था कि वह जान-बूझकर अंकित के साथ बुरा बरताव कर रही है और इस रिश्ते को बचाने की कोशिश तक न नहीं कर रही है। सालों से भुगत रही कल्पना की पीड़ा को उसके माता-पिता समझ ही नहीं पा रहे थे।

हर तरफ से दबाव के कारण कल्पना की मानसिक और शारीरिक स्थिति दिन-ब-दिन खराब होती जा रही थी। उसकी बिगड़ती हालत अब ऑफिस में उसके सहकर्मी भी भाँपने लगे थे, लेकिन किसी को बिल्कुल भी अंदाज नहीं था कि वह अपने जीवन में किस तरह की मुश्किलों से गुजर रही थी। कभी-कभी यों ही ऑफिस की मीटिंग में या कंप्यूटर पर मेल टाइप करते-करते कल्पना के आँखों से आँसू गिर जाते। कई बार वह ऑफिस के बाथरूम में जाकर देर तक रोती, फिर चुपचाप वापस आकर अपना काम करने लगती। कल्पना इन सभी हालातों की जिम्मेदार स्वयं को ही मानने लगी थी। उसके पास इस मुश्किल से निकलने का रास्ता था, पर वह अपने भीतर इतनी हिम्मत नहीं जुटा पा रही थी कि वह कोई फैसला ले।

एक दिन बिना बताए अंकित घर से कहीं चला गया।

□

हमसफर था कि…

कुछ दिन कल्पना ने अंकित का इंतजार किया। उसके ऑफिस में पता लगाने पर भी जब उसकी खबर न मिली तो सात दिन बाद कल्पना ने उसके गाँव फोन किया। अंकित की छोटी बहन करिश्मा ने फोन उठाया। उसने बताया कि चार दिन पहले ही अंकित वहाँ पहुँचा था। इससे पहले कि वह अंकित के बारे में कुछ पूछ पाती, करिश्मा ने फोन झटकते हुए प्रेमा देवी को दे दिया। उनकी आवाज सुनते ही कल्पना हड़बड़ा गई। प्रेमा देवी बहुत गुस्से में थीं। हाथ में फोन लेते ही बिना कुछ पूछे उन्होंने कल्पना पर गालियों की बरसात शुरू कर दी। कल्पना कुछ नहीं बोली, चुपचाप सुनती रही।

"तू औरत हो कि कुलक्ष्नी? कैसन दसा बना दी रे तूने? पढ़-लिखकर तू कलक्टर का बन गई, अपने औरत होने का फरजय भूल गई है तू। अरे, जो औरत अपने आदमी के लिए रोटी तक न बना सके, उसका जीवन तो व्यरथय समझो। कहो तू दो बेला उसको रोटी नहीं बना के खिला सकी? धुआँ लगे तेरी ऐसी पढ़ाई और कमाई को!"

"लेकिन अम्माँ…!" कल्पना ने सहमी आवाज में कुछ कहने की कोशिश की।

"हमारे बेटे के सिधाई का खूब फायदा उठाए रही है तू! इतने साल हो गए शादी को, एक बच्चा तो तुझसे हुआ नहीं! कलट्टर बनती फिर रही है!"

कल्पना न जाने क्यों चुपचाप एक अपराधी की भाँति सबकुछ सुनती जा रही थी। उनकी बातों का जवाब देने या उनसे वाद-विवाद करने की उसकी बिल्कुल हिम्मत नहीं हुई। आखिर कैसे हो, जब उसके अपने माँ-बाप ही उसके खिलाफ हो गए थे।

"अरे, कुछ बोलती क्यों नहीं? बुत हो गई तेरी बोली!" ऐसी न जाने कितनी

अनगिनत तीखी बातें कुछ देर तक वे कल्पना को सुनाती रहीं।

उनके सवालों और इल्जामों का जवाब कल्पना शब्दों से नहीं, अपने गालों से ढलकते आँसुओं से देती रही। कुछ देर उसने फोन को अपने आसुँओं से भिगोया, फिर चुपचाप बिना कुछ बोले फोन रख दिया।

अंकित के यों अचानक गायब हो जाने की बात जब रामनाथ और सावित्री को पता चली तो वह भी उसकी हरकत से नाराज हुए, लेकिन अपनी नाराजगी जाहिर करके वह कल्पना को और बढ़ावा नहीं देना चाहते थे। उन्होंने कल्पना के सामने कुछ नहीं जताया। उन्हें लगता था कि इन सारी परेशानियों की जड़ कल्पना के भीतर आया बदलाव था। यदि वे उससे थोड़ी कड़ाई से पेश आएँ तो शायद वह अपनी जिद छोड़कर अंकित से सुलह कर ले।

एक महीने बाद कल्पना रोज-रोज की कलह से तंग आकर बात करने के इरादे से अपने मम्मी-पापा के घर गई। कुछ महीने पहले रामनाथ ने कल्पना को घर आने से बिल्कुल मना कर दिया था। इसलिए वह रामनाथ से छुपकर घर जाती। जब भी रामनाथ घर होते तो मीरा या गरिमा उसे इशारा करके वापस भेज देते थे, इस डर से कि कहीं वे उसे देखकर गुस्सा न हो जाएँ। कल्पना हमेशा से ही रामनाथ की लाड़ली थी। न जाने कैसे वह इतने कठोर हो गए थे कि उसका त्याग करने में भी हिचकिचा नहीं रहे थे। इधर कल्पना अपने मम्मी-पापा से दूर हो रही थी, वहीं दूसरी तरफ अंकित पीड़ित बनकर अपने घरवालों की नजरों में अपनी अहमियत बढ़ा रहा था।

कितना अजीब लगता है न सब! इसी भारतीय समाज में जब कोई औरत अपने पति से मार खाए, शारीरिक और मानसिक शोषण का शिकार बने तो लोग उसे अबला, कमजोर कहकर उसपर दया दिखाते हैं, और उसे दबाते हैं। जब वही औरत हिम्मत जुटाकर विद्रोह करती है, पुराने घिसे-पीटे कुरीतियों को चुनौती देती है तो उसे चरित्रहीन, बेहया और चुड़ैल कहते हैं?

कल्पना जब घर पहुँची तो सहमे हुए सावित्री से कहा, "माँ, मैं आपसे और पापा से बात करना चाहती हूँ।"

"तुम जानती हो कि वे तुमसे बात नहीं करेंगे! क्यों उन्हें दु:खी करना चाहती हो? उनका डायबिटीज भी बढ़ गया है! जाओ, अपने घर जाओ!"

"माँ, मुझे जरूरी बात करनी है! प्लीज, पापा से कहो कि एक बार मेरी बात सुन लें! प्लीज माँ!"

"कितनी जिद्दी हो गई हो! मैं बुलाने जा रही हूँ, अगर वे नहीं आए तो तुम जानो!"

रामनाथ दूसरे कमरे में अँधेरा करके लेटे थे और वहीं से कल्पना की बात सुन सकते थे। सावित्री उनके पास आई और कमरे में लाइट जलाकर बोली, "कल्पना आई है, कुछ बात करनी है उसे।"

"मुझे कोई बात नहीं करनी! अंदर कैसे आई वो, मना किया था न आने से!"

"बात कर लीजिए, परेशान है!" सावित्री के कई बार बोलने पर रामनाथ बाहर आए और सिर झुकाकर कल्पना के सामने चुपचाप बैठ गए। कई दिनों बाद कल्पना ने रामनाथ को देखा था। शरीर से कमजोर नजर आ रहे थे। चेहरे पर उदासी का पहरा साफ नजर आ रहा था। आँखें चिंता में डूबी हुई थीं। कुछ ही दिनों में बुढ़ापे का असर उनपर गहरा हो गया था।

"पापा, आप कैसे है?"

"तुम्हें इससे कोई फर्क पड़ता है! तुम जो कहना चाहती हो कहो और अपने घर जाओ।"

"क्या यह मेरा घर नहीं है, पापा?"

"नहीं है!"

"पापा, मैं कहना चाहती थी कि···।" फिर कुछ मिनट वह रुकी, डर के मारे चढ़ती साँस को काबू में लाने की कोशिश करने लगी! "कहना चाहती थी कि मैंने बहुत कोशिश की, लेकिन मुझसे अब यह खोखला रिश्ता निभाया नहीं जा रहा है।" लंबी साँस लेते हुए उसने कह दिया।

"क्या मतलब, निभाया नहीं जाता? और क्या कोशिश की तुमने?"

"मैं बहुत दुःखी हूँ, पापा! मेरा इरादा आप लोगों के मान-सम्मान को ठेस पहुँचाने का बिल्कुल नहीं है, पर मुझसे यह नहीं होगा। मुझे देर लगी है आपसे इस बारे में बात करने में, पर अब मेरे पास इसके अलावा कोई और रास्ता नहीं है।"

"क्या मतलब, कोई रास्ता नहीं है?"

"पापा, मैं अंकित से अलग होना चाहती हूँ। मैं उससे तलाक चाहती हूँ!"

"देख रही हो क्या कह रही है यह लड़की?" रामनाथ एक साँस में चीखते हुए बोले।

"तुम्हारा दिमाग खराब हो गया है! जो मन में आया, बोल देती हो।" सावित्री भी उसपर बरस पड़ी।

"पापा, प्लीज!"

"क्या पापा-पापा लगा रखा है! खत्म कर दो पापा को! अब तुम्हें पापा की क्या जरूरत! कर लो जो तुम्हें करना है! अब तुम कमाने जो लगी हो!"

"ऐसे मत कहो, पापा!"

"खूब सिला चुका रही हो मेरे प्यार और भरोसे का···। वाह बेटा! आखिर तुम ने मुझे गलत साबित कर ही दिया!"

"निकलो यहाँ से! उनकी तबीयत ठीक नहीं है!" सावित्री ने उसका हाथ पकड़कर दरवाजे की तरफ कर दिया। "लेकिन माँ, मेरी बात तो सुनो!"

"क्या बचा है सुनने को? उन्होंने तुम्हारी पढ़ाई के लिए लोगों से कर्ज लिया, तुम्हारे ससुरालवालों और न जाने कितने लोगों से बैर लिया। उसके बदले तुम उन्हें शर्मिंदगी और दु:ख दे रही हो? अच्छा फर्ज निभा रही हो!" इतना कहकर सावित्री देवी रोने लगीं।

"कितनी मतलबी हो गई हो तुम!" यह कहकर रामनाथ बच्चों की तरह फूट-फूटकर रोने लगे।

"चली जाओ! क्यों खड़ी हो, जान लेकर रहोगी हमारी!" सावित्री ने रामनाथ को चुप कराते हुए कल्पना से कहा।

रामनाथ को हिचककर बच्चों की तरह रोता देखकर कल्पना भी रोने लगी। ऐसा लग रहा था कि जैसे उनके आँसुओं और दर्द से उसका सीना फट जाएगा।

"मैंने हर कदम पर तुम्हारा साथ दिया, क्या कमी रह गई?" रोते हुए रामनाथ के शब्द भी बिलख रहे थे।

"पापा, मत रोइए! चुप हो जाइए!" कल्पना ने आगे बढ़कर रामनाथ के आसूँ पोंछने की कोशिश की, लेकिन गुस्से से उन्होंने उसे दूर झटक दिया।

"आपकी इजाजत के बिना मैं कुछ नहीं करूँगी, पापा!"

"दुबारा इस घर में कदम मत रखना। जी लो अपनी जिंदगी अपने ढंग से।"

रामनाथ को दु:खी देखकर उसके दिल के टुकड़े हुए जा रहे थे। उस वक्त वह अपनी तकलीफ भूल ही गई थी। सिर्फ इतना दिखाई दे रहा था कि उसकी वजह से उसके पापा टूट चुके थे, हार गए थे अपनी बेटी के सामने। धोखा मिला था उन्हें अपनी बेटी से, जिसे उन्होंने अपनी जान से भी ज्यादा प्यार किया। बाहरवालों की तरह उसने भी अपने पापा के सिधाई का इस्तेमाल किया। सबकुछ झेल जाती वह, दुनिया का सारा दर्द, लेकिन रामनाथ का दर्द उससे बरदाश्त नहीं हो रहा था!

"दीदी, आप जाओ! प्लीज दीदी, चली जाओ!" गरिमा अपने आँसू पोंछते

हुए बोली।

कल्पना रोते-रोते घर से निकल गई! घर का दरवाजा उसके लिए बंद हो चुका था। उसे अब भी रामनाथ और सावित्री के सिसकने की आवाज सुनाई दे रही थी। कुछ देर तक वह आँसू बहाते हुए दरवाजे के सामने खड़ी रही, इस उम्मीद में कि शायद उसके घर का दरवाजा खुलेगा तथा उसके पापा उसे सीने से लगा लेंगे और सबकुछ ठीक हो जाएगा।

जब घर का दरवाजा नहीं खुला तो आँसुओं से भरी आँखें और खाली मन लिये शरीर के भारी बोझ को घसीटते हुए एक हारे हुए सिपाही की तरह अपने फ्लैट में पहुँची। बिल्कुल अकेली, उसके पास इस वक्त सिवाय उसकी चीखों, सिसकियों, और न रुकनेवाले आँसुओं के अलावा कोई नहीं था।

चार दीवारों वाले इस ढाँचे में, जिसे सब उसका घर कहते थे, उसकी साँसें घुट रही थीं। यहाँ कोई नहीं था, जो उसका दर्द दूर कर सके। रह-रहकर सीने में उठ रही दर्द की टीस उसका सीना चीरे जा रही थी। गुस्से का उबाल उसके मन में लावा की तरह दहकता। घिन आ रही थी अपनी इच्छाओं पर, अपने मतलबी मन पर। न जाने कैसे लोग अपने घर-परिवार के लिए अपनी खुशियों की बलि चढ़ा देते हैं, अपनी जान दे देते हैं! क्या वह इतनी स्वार्थी हो गई है कि उसने अपने ही पापा को दु:ख के सागर में डूबा दिया, ऐसा तो जानवर भी नहीं करते हैं।

कितने सपने देखे थे उसने! सोचा था कि पापा को अपनी तनख्वाह से एक फोर व्हीलर खरीद कर देगी, ताकि बस से उन्हें ऑफिस न जाना पड़े। फ्लाइट से अलग-अलग देशों की सैर करवाएगी, क्योंकि आज तक वे कभी फ्लाइट में नहीं बैठे थे। न जाने ऐसी कितने सपने थे, जो आज आँसुओं के सैलाब में डूबते नजर आ रहे थे।

उस रात और ऐसी कई रातों व दिनों को उसने अपने आँसुओं में डूबा दिया। वह इतना रोई कि जैसे उसके आँसुओं में घुलकर दर्द सीने से बाहर निकलकर बह जाएगा। कई दिनों तक कल्पना ऑफिस नहीं गई।

धीरे-धीरे वह डिप्रेशन की अँधेरी गलियों में खोने लगी थी। उसने तो जैसे हँसना ही छोड़ दिया था। रोना भी उसे अब कम ही आता था। हर समय एक खालीपन उसके भीतर समाया रहता, जो उसके चेहरे पर साफ दिखाई देता। दोस्तों से भी मिलना-जुलना छोड़ दिया था। घर से ऑफिस और ऑफिस से घर, बस यही जिंदगी हो गई थी उसकी।

छह महीने बाद बड़े शान से अंकित वापस आया। गाँव से अंकित अकेला

नहीं आया था, उसके साथ उसके पापा मनसुखचंद भी आए थे। इन छह महीनों में कल्पना अपने घरवालों से अलग अकेले रह रही थी। उसने कई बार फोन करके सावित्री से बात करने की कोशिश की, पर वे लोग बिना उसकी बात सुने फोन काटकर रख देते। कई बार जब वह घर जाकर उनसे मिलने की कोशिश करती तो वे लोग उसे दरवाजे की छेद से देखकर दरवाजा ही नहीं खोलते। ऑफिस आते-जाते रास्ते में जब कभी रामनाथ, कल्पना को रास्ते में मिल जाते तो अनदेखा कर अपने रास्ते चले जाते। रामनाथ और सावित्री कल्पना से बहुत नाराज और दुःखी थे। वे उससे ऐसा बरताव कर रहे थे, मानो उनका कल्पना से कोई रिश्ता ही न हो! कल्पना बहुत अकेली हो गई थी। उसके मन की व्यथा और पीड़ा को सुनने-समझने वाला कोई नहीं था। दुःख, अकेलापन और पश्चात्ताप उसे भीतर-ही-भीतर खाए जा रहा था।

कभी-कभार उसके कॉलेज के दोस्त उसका हाल-खबर लेने के लिए फोन करते तो उसे यही सलाह देते कि उसे अंकित से अलग हो जाना चाहिए। पढ़ाई-लिखाई करके वह अपने आप पर निर्भर तो हो गई थी, पर अब भी वह अपने जीवन का फैसला अपने मन के मुताबिक नहीं ले पा रही थी।

मनसुखचंद अंकित और कल्पना के बीच चल रहे कलह को सुलझाने के इरादे से आए थे। वे चाहते थे कि कुछ महीने कल्पना और अंकित के साथ रहकर उनके बीच के मतभेद को मिटाकर गाँव वापस चले जाएँगे। अपने पापा की उपस्थिति में अंकित का स्वभाव बिल्कुल ही बदल गया था। दूसरे कमरे में बीछे अंकित के बिस्तर पर अब मनसुखचंद ने अपना डेरा जमा लिया था। अंकित बड़े रोब से कल्पना के साथ उसके बिस्तर पर सोता। ऐसा लग रहा था, मानो दोनों बाप-बेटे मिलकर कल्पना की जिद को तोड़ने आए हैं। भीतर से लगभग टूटी हुई कल्पना कुछ नहीं कह पाती। इस लगातार हो रहे वार ने उसे दिल और दिमाग, दोनों से सुन्न कर दिया था।

थकान के बावजूद भी दबाव में आकर कल्पना सुबह-शाम, दोनों वक्त खाना बनाती, देर रात तक घर की सफाई करती। नींद पूरी करने के लिए उसने मुंबई के भीड़ से ठसाठस भरी ट्रेन में खड़े होकर सोने का हुनर भी सीख लिया था। नौकरी नहीं होने के कारण अंकित घर पर बैठकर दिनभर टी.वी. देखा करता और रात में कल्पना पर शारीरिक संबंध बनाने के लिए दबाव डालता। जब वह उसे मना करती तो अपने पापा और उसके घरवालों को जाकर बता देने की धमकी देता। दूसरे कमरे में

मनसुखचंद के होने के संकोच के कारण कल्पना अंकित का विरोध नहीं कर पा रही थी। एक बार फिर कल्पना के डर और शर्म ने अंकित की मनमानियों के आगे घुटने टेक दिए थे। एक बार फिर अंकित अपनी इच्छापूर्ती में विजयी हो गया था। बहुत खुश था, अंकित, आखिर अपने मनसूबों में उसे कामयाबी जो मिल गई थी। आखिर मान गई न! यही पहले कर देती तो क्या जाता तेरा?" अंकित अपनी फतह पर मंत्रमुग्ध था। फिर से उसने कल्पना के शरीर पर मनमानी करने का मौका जो मिल गया था।

इस तरह कुछ महीने बीत गए। कल्पना अपने ही घर में एक कैदी की जिंदगी जी रही थी। दहशत में जी रही थी वह अंकित और उसके पापा के साथ।

दिन-रात मनसुखचंद उसे अच्छी बहू और पत्नी होने का पाठ पढ़ाते। एक पोते की माँग को वे तोते की तरह रटते रहते। कल्पना का सब्र टूट रहा था, पर अपने नाराज मम्मी-पापा की वजह से वह कोई भी फैसला लेने से डर रही थी।

एक दिन शाम को ऑफिस से घर लौटने के बाद रामनाथ और सावित्री बैठकर शाम की चाय पी रहे थे। तभी कल्पना के ऑफिस से फोन आया। कल्पना के किसी सहकर्मी ने उन्हें जल्दी से अस्पताल आने के लिए कहा। अस्पताल का नाम सुनते ही सावित्री और रामनाथ के होश उड़ गए। बिना समय गँवाए घबाराते हुए दोनों अस्पताल पहुँचे। अस्पताल जाकर उन्हें पता चला कि कल्पना मीटिंग के दौरान अचानक चक्कर खाकर बेसुध हो गई। कल्पना के बॉस ने परेशान होकर यह भी बताया कि पिछले कुछ महीनों से उन्हें कल्पना की मानसिक स्थिति ठीक नहीं लग रही थी। वह हमेशा तनाव में रहती थी। किसी से कोई बातचीत नहीं और ठीक से लंच भी नहीं खाती थी। कई बार उन्होंने जानने की कोशिश की, पर उसने कुछ नहीं बताया। ऑफिस के रूटीन मेडिकल चेकअप के रिजल्ट से पता चला कि वह एनेमिक है। धीरे-धीरे वह डिप्रेशन में जा रही थी। हमने उसे कुछ दिन छुट्टी लेने के लिए भी कहा, लेकिन वह बात को टाल देती थी। जब ऑफिस ज्वॉइन किया था तो खुश थी, पर पता नहीं अचानक क्या हुआ? वैसे भी वह अपनी पर्सनल लाइफ किसी से डिसकस नहीं करती है। इस उम्र में क्या तकलीफ हो सकती है। आप लोग प्लीज उसपर ध्यान दीजिए। जब ठीक से रिकवर हो जाए तो ही ऑफिस भेजिए, कोई जल्दी नहीं है।"

सावित्री और रामनाथ भारी मन से उसके बॉस की बातें सुनते जा रहे थे, हालात इतने बिगड़ गए थे, उन्हें खुद ही इसकी खबर नहीं थी।

हड्डी के ढाँचे में लिपटे कल्पना के पतले शरीर को अस्पताल के बिस्तर पर

देखकर रामनाथ और सावित्री के आँखों में आँसू आ गए। उसका गेहुआँ रंग पीला पड़ गया था। आँखों के नीचे काले गड्ढे बन गए थे। उसके आँखों की पुतलियाँ लाल हो गई थीं। न जाने कितने रातों से वह ठीक से सोई नहीं थी। उसके होंठ सूखकर पपड़ी हो गए थे, जैसे बहुत दिनों से पानी ही नहीं पिया हो।

मन-ही-मन रामनाथ को अपने ऊपर पछतावा होने लगा, न जाने क्यों उन्होंने कल्पना के साथ इतना बड़ा अन्याय कर दिया? ऐसा तो नहीं करना चाहते थे वे उसके साथ! किस बात की सजा दे रहे थे, वे अपनी बेटी को?

चार दिन बाद कल्पना को अस्पताल से छुट्टी मिल गई। रामनाथ कल्पना को अस्पताल से सीधे अपने घर ले गए। कुछ दिन कल्पना अपने मम्मी-पापा के घर रही। इन दिनों में अंकित एक बार भी कल्पना से मिलने उसके घर तक नहीं गया। उलटे अंकित और मनसुखचंद ने उसके मम्मी-पापा पर कल्पना की शादीशुदा जिंदगी में दखलअंदाजी करने का आरोप लगाया और कहा कि सभी परेशानियों की जड़ वे लोग ही थे।

आराम करने और दवाइयों के असर से कल्पना की तबीयत ठीक होने लगी थी। छोटे बच्चे की तरह सावित्री उसके खाने-पीने का खयाल रखतीं। एक दिन कल्पना जब घर से ही अपने लैपटॉप पर ऑफिस के काम निपटाने की कोशिश कर रही थी और हेडफोन पर अपना फेवरेट गाना सुन रही थी, तभी सावित्री उसके पास आकर बैठ गईं।

"एक बात पूछूँ, बेटा?"

"क्या माँ?"

"आखिर क्या बात है, जो तुम अंकित से सुलह करने को तैयार नहीं? कब तक यह सब चलता रहेगा?"

"किस बात के लिए सुलह करूँ, माँ? सुलझाने वाली कोई बात ही नहीं है!"

"मतलब?"

"माँ, आपको याद है, कुछ साल पहले जब मैं ससुराल जानेवाली थी, तब आपने मुझे अपने और पापा की शादी के बारे में बताया था। आपने कहा था कि वक्त के साथ आप दोनों में कैसे प्यार हो गया! उस दिन मुझे ऐसा लगा था कि मेरी जिंदगी में भी सबकुछ ठीक हो जाएगा। लेकिन ऐसा नहीं हुआ, माँ। वो दिन कभी नहीं आया। मेरी गलती है कि मैंने कभी आपसे बताया ही नहीं, पर मैं इस रिश्ते में कभी खुश नहीं थी, और न ही रह पाऊँगी।"

"एक बार कोशिश तो करती बताने की, इतना भी भरोसा नहीं था?"

"क्या बताती, माँ और कैसे? मुझे खुद इस बात का एहसास धीरे-धीरे हुआ! पापा की तबीयत और घर के हालत भी तो ठीक नहीं थे। मैं भी एडजस्ट करने की कोशिश कर रही थी, सोचा था कि वक्त के साथ अंकित भी बदल जाएगा, लेकिन कुछ नहीं बदला!"

"लेकिन कुछ तो कहा होता!"

"मुझे डर था कि अगर मैं आप लोगों से इस बारे में बात करुँगी तो कहीं आप लोग मेरी पढ़ाई न रुकवा दें, जैसे आभा दीदी की रुकवा दी थी! मुझे आगे पढ़ना था, कुछ करना था!"

"न जाने क्या-क्या बातें अपने मन में दबाकर बैठी थीं, जरूर हममें ही कोई कमी होगी!" यह कहते हुए सावित्री अपने आँखों के आँसू साड़ी के पल्ले से पोंछने लगीं।

"ऐसा मत कहो, माँ!" यह कहकर कल्पना ने कस के सावित्री को गले लगा लिया।

उस दिन पहली बार कल्पना ने खुलकर सावित्री को अंकित और अपने रिश्ते के बारे में बताया। उसके किए गए शारीरिक शोषण और मानसिक यातना के बारे बताया।

सावित्री कल्पना की बातों को सुनकर हैरान थी। उन्हें यकीन ही नहीं हो रहा था कि उनकी बेटी के साथ ये सब होता रहा और उन्हें खबर तक नहीं थी।

"तुम्हारे और अंकित के बीच में कभी भी कोई प्यार का रिश्ता नहीं बना?" सावित्री ने पछतावे की लंबी साँस लेकर कहा।

"आज तक हम ये सोचते रहे कि अंकित की तुमसे बेरुखी का कारण तुम्हारी पढ़ाई है। न जाने हमें क्यों लगा कि सबकुछ ठीक हो जाएगा! शुतुरमुर्ग की तरह मिट्टी में अपना सर गड़ाए मुसीबत के चले जाने का इंतजार करते रहे।"

"अंकित के साथ मैं अपनी जिंदगी खुशी से नहीं बिता पाऊँगी! प्लीज माँ, पापा को समझाओ! रिहा कर दो मुझे इस बंधन से! प्लीज माँ!"

कल्पना को इस तरह असहाय और गिड़गिड़ाता देखकर सावित्री का मन और भी दु:खी हो गया, उन्होंने उसे अपने सीने से लगा लिया।

"एक बात पूछूँ माँ, आपको शुतुरमुर्ग के बारे में किसने बताया?" कल्पना ने रोती हुई आवाज में पूछा।

"अरे, किताब में नहीं पढ़ा तो क्या हुआ, टी.वी. तो देखती ही हूँ!"

यह सुनते ही लंबे समय से गायब मुसकान दोनों के चेहरे पर सूरज के किरणों सी फैल गई।

यह कहकर सावित्री किचन में काम करने चली गईं और कल्पना ने फिर से हैडफोन लगाकर गाना सुनने लगी।

"काय पोचे" फिल्म का यह गाना उसकी मन:स्थिति बयान करने के लिए बिल्कुल सटीक था—

"रूठे खाबों को मना लेंगे।
कटी पतंगों को थामेंगे
है जज्बा, है जज्बा
सुलझा लेंगे उलझे रिश्तों का माँझा।
रिश्ते पंखों को हवा देंगे
रिश्ते दर्द को दवा देंगे
रिश्ते दहलीजें भी लाँघेगे
रिश्ते लहू भी तो माँगेगे
सुलझा लेंगे उलझे रिश्तों का माँझा।"

□

जिंदगी न मिलेगी दोबारा

"सबसे बुरा अपराध एक अनर्जित अपराध को स्वीकार करना है।" एनं रेंड की कही इस बात को समझने में कल्पना को कुछ वक्त लगा।

न जाने कितने लंबे समय से वह अनर्जित अपराध को अपना मानकर खुद ही को सजा दिए जा रही थी! लेकिन अब गलतफहमी के बादल छँटने लगे थे। सबकुछ साफ नजर आने लगा था। देर लगी, लेकिन उसने फिर अपने जीने का रास्ता ढूँढ़ लिया।

कल्पना ने अंकित से अलग होने का फैसला ले लिया था। पूरी बात जानने के बाद रामनाथ और सावित्री ने भी सालों पहले की गई गलती को सुधारने की ठान ली। उन्होंने भी डटकर कल्पना का साथ देने का फैसला कर लिया। कल्पना के फैसले से अंकित और उसके घरवाले बौखला गए। उन्हें कतई अंदाजा नहीं था कि कल्पना और उसके परिवार में इतना बड़ा कदम उठाने की हिम्मत आ जाएगी। तलाक से समाज में होनेवाली बदनामी के डर ने मनसुखचंद के परिवार में कोलाहल मचा दिया। उनकी हालत देखकर ऐसा लग रहा था, मानो तलाक नहीं, कोढ़ की बीमारी हो, इसलिए इस कोढ़ की बीमारी से निजात पाने की फिराक में अंकित का परिवार अनेक जुगाड़ लगाने लगा।

अंकित और कल्पना के बीच सुलह करवाने के लिए रामनाथ के परिवार और मनसुखचंद के परिवार के बीच कई पंचायत कराई गईं। हर बार पंचायत के बाद एक जैसा ही नतीजा निकलता—लोग कल्पना को ही दोषी ठहराते। उसे महत्त्वाकांक्षी बताकर उसकी गलतियाँ सबके सामने गिनाई जातीं। उसे हिदायत दी जाती कि उसे सबसे माफी माँगकर समझौता करके बात को वहीं रफा-दफा कर देना चाहिए।

कुछ लोगों ने तो यह भी कहा कि उसे नौकरी छोड़ देनी चाहिए और ससुराल जाकर अंकित के साथ रहना चाहिए, ताकि समस्या की जड़ ही खत्म हो जाए।

अंकित के जिन रिश्तेदारों ने कल्पना से कभी ठीक से बात तक नहीं की थी, वे भी उसे फोन करके तलाक के बाद होनेवाली बदनामी, मानहानि, बेइज्जती की कहानियाँ बताकर उसे आतंकित करते। ऐसे ही अंकित की दूर की बुआ ने कल्पना को जब फोन किया तो दस मिनट की बातचीत के दौरान बीस बार उन्होंने यही कहा, "अरे बहू, छोड़ी हुई लड़की को कोई नहीं पूछता, बिना आदमी के औरत की समाज में कोई इज्जत नहीं होती!"

उसकी बड़ी ननद ने फोन करके उसका मन टटोलने की कोशिश की, "कहीं ऑफिस में उसका किसी के साथ चक्कर तो नहीं चल रहा!"

आस-पास और दूर तक न जाने कितनी ही बेढंगी अफवाहें कल्पना के बारे में गंध की तरह फैलने लगीं। कोई कहता कि उसे पैसे का घमंड हो गया, तभी तो मौका मिलते ही कम कमानेवाले पति से अलग होना चाहती थी। कहीं से यह भी सुनने को मिला कि उसका चक्कर ऑफिस में किसी के साथ चला रहा था। कहीं से यह भी सुनने को मिला कि वह बच्चा पैदा नहीं कर सकती थी। कुछ लोगों ने यहाँ तक कह दिया था कि उसमें औरतों वाली भावनाएँ ही नहीं थीं।

लेकिन कभी किसी ने खुद उसके मन की बात जानने की कोशिश तक नहीं की। न जाने ऐसी कितनी अफवाहें कल्पना को और उसके घरवालों को सुनने को मिलतीं, लेकिन इन सबसे हारकर कल्पना अपना फैसला बदलनेवाली नहीं थी। वह अडिग थी, वह अब किसी के भी दबाव में आकर अपना फैसला बदलने को तैयार नहीं थी।

मौके का फायदा उठाकर कुलभूषणचंद बड़े रुआब से लोगों से कहते, "हम तो जानते थे कि यह लड़की पढ़-लिखकर कुछ-न-कुछ प्रकोप पैदा करेगी! पढ़ाओ, और पढ़ाओ, आज तक इस खानदान में तलाक का नाम तक नहीं लिया गया! अब ई लड़की के चक्कर में ई भी नौबत आ गई, भुगतो अब!"

रामनाथ के बाकी के घरवाले भी कल्पना के इस फैसले के खिलाफ थे। उनके भाई काशीनाथ, जिन्होंने कल्पना के शादी के लिए बढ़-चढ़कर अगवाई की थी, वे भी रामनाथ के इस फैसले से नाराज थे।

"भइया, यह क्या कर रहे हो, पूरे समाज में बेइज्जती होगी! तलाक के

बाद कल्पना को कोई पूछेगा तक नहीं! रह जाएगी ऐसे ही अकेली! उसे कहो कि अपनी जिद छोड़े और एडजस्ट करे! उसकी इस हरकत का असर हमारी बेटियों पर भी पड़ेगा!"

काशीनाथ की बात सुनकर रामनाथ दुःखी हुए। जिसके भरोसे उन्होंने कल्पना की शादी करवाई थी, जरूरत के समय वे भी अपना पल्ला झटक चुके थे।

किसी को यह बात हजम नहीं हो रही थी कि एक लड़की एक लड़के को तलाक दे सकती है!

आखिरकार औरत को छोड़ने और उसे समाज में बेइज्जत करने की सारी ठेकेदारी तो पुरुषों की होती है। औरतों में इतनी हिम्मत कहाँ से आई?

अपनी निजी जिंदगी की जद्दोजहद में उलझी कल्पना अपने कॅरियर और पहचान की एक और लड़ाई लड़ रही थी। सात-आठ महीने तक लगातार एक के बाद एक बीसियों इंटरव्यू देने के बाद कल्पना को जानी-मानी इंटरनेशनल रिसर्च कंपनी में नौकरी मिल गई थी। करीब ढाई पर्षों की लगातार मेहनत और संघर्ष के बाद उसका कॅरियर सही ट्रैक पर चल पड़ा था। इतनी बड़ी रिसर्च कंपनी में नौकरी मिलने से कल्पना बहुत खुश थी।

पुरानी नौकरी छोड़ने के करीब दो महीने बाद कल्पना के मोबाइल पर अनुराग का फोन आया। अनुराग! पुरानी कंपनी का क्लाइंट···।

कल्पना ने जब अनुराग का नंबर देखा तो वह हैरान हो गई कि नौकरी छोड़े तो उसे दो महीने हो गए। आखिर अब क्या काम हो सकता है, जो वह फोन कर रहा है।

"हेलो!" फोन उठाते ही कल्पना ने बड़ी फॉर्मलिटी से कहा।

"हेलो, मैं अनुराग बोल रहा हूँ। कैसी हो तुम?"

"मैं ठीक हूँ? आप कैसे हो?"

"अच्छा हूँ। मुझे तुमसे कुछ काम है।"

"मुझसे···! काम? आपको शायद पता नहीं होगा, लेकिन मैंने दो महीने पहले नौकरी छोड़ दी है। आपके अकाउंट पर शायद अनुराधा काम कर रही है।"

"मुझे पता है!"

"अच्छा, क्या काम है, बताइए?" 'हे भगवान्, कंपनी छोड़ने के बाद भी यह खड़ूस पीछा नहीं छोड़ेगा!' कल्पना ने मन-हीं-मन में सोचा।)

"दो दिन बाद मैं किसी काम से मुंबई आ रहा हूँ। तुम्हारे पास अगर वक्त हो तो हम मिलकर बात कर सकते हैं।"

"मिलकर…!"

"क्यों, कोई प्रॉब्लम है क्या?"

"नहीं, ऐसी बात नहीं है!" उसने मन-ही-मन सोचा, 'पुराने क्लाइंट से नेटवर्किंग और अच्छे संबंध बनाना उसके लिए अच्छा ही होगा! देखते हैं क्या काम है!'

"ठीक है, कोशिश करती हूँ!"

फोन रखने के बाद कल्पना तरह-तरह के अनुमान लगाने लगी। न जाने अनुराग उससे क्यों मिलना चाहता है!

'कहीं पिछला प्रोजेक्ट जो किया था, उसमें कोई गड़बड़ी तो नहीं हो गई? लेकिन अब तो नौकरी छोड़ दी है, अब मुझसे कोई मतलब नहीं! लेकिन क्या भरोसा, नौकरी छोड़ने के बाद भी यह खड़ूस काम करवाने लगे!' ऐसे ही न जाने कितनी बातें वह सोचती रही।

पहली कंपनी छोड़ने से करीब तीन महीने पहले कल्पना की मुलाकात अनुराग से हुई थी। अनुराग कल्पना की पुरानी कंपनी के क्लाइंट कंपनी में मार्केटिंग डिपार्टमेंट में काम करता था। पहली बार कल्पना जब अनुराग से काम के सिलसिले में एक मीटिंग में उससे मिली थी तो अनुराग के गंभीर और कड़क स्वभाव से उसे अनुराग की खड़ूसियत का अंदाजा लग गया था। पूरे मीटिंग के दौरान वह एक बार भी मुसकराया नहीं था। उसे देखकर ऐसा लगता था, मानो अपनी मुसकान वह ऑफिस के बाहर कहीं भूल आया हो।

नौकरी छोड़ते समय कल्पना को इस बात की भी खुशी थी कि अब फिर से उसे अनुराग के साथ काम नहीं करना पड़ेगा।

अनुराग के साथ कल्पना ने ज्यादा काम तो नहीं किया था, पर तीन या चार जितनी भी बार उनकी मुलाकात हुई थी, वह अनुराग के सख्त प्रोफेशनल मिजाज और चेहरे पर ओढ़ी हुई गंभीरता से थोड़ी असहज हो जाती थी। अनुराग अपने काम को लेकर बहुत गंभीर रहता था। लोग तो उसे छेड़ने के लिए उसे परफेक्शनिस्ट भी कहते थे। शायद यही कारण था कि कई लोग उसके साथ काम करने से हिचकिचाते भी थे।

ऊँचा-लंबा कद, फिरंगियों सा गोरा-चिट्टा रंग और तीखे नयन-नक्श, आँखों पर मोटा चश्मा, उसकी पूरे छवि को गंभीर रूप देता था। एक ही बार मिलने पर सदैव याद रहनेवाला अनोखा व्यक्तित्व था अनुराग का।

दो दिन बाद कल्पना अनुराग से उसी के बताए बैंडस्टैंड के सामने कैफे में मिली। कैफे के बाहर रखी कुरसी पर बैठकर वह समुद्र के पानी में हो रही हलचल को निहारती जा रही थी। थोड़ी देर बाद अनुराग उसके सामनेवाली कुरसी पर आकर बैठ गया।

"क्या तुम्हें समुद्र पसंद है?"

"आप कब आए?" कल्पना का ध्यान अचानक से टूट गया।

"बस, अभी कुछ मिनट पहले। मुंबई में यह मेरी सबसे फेवरेट जगह है! समुद्र का यह नमकीन पानी एक अजीब सा सुकून दे जाती है!"

"कैसी हो?"

"जी अच्छी हूँ, आप?"

"ठीक ही हूँ, लेकिन शायद अब ज्यादा अच्छा हो ज़ाऊँ!" अनुराग ने मुसकराकर धीमे से कहा।

"मतलब?"

"कुछ नहीं, ऐसे ही!" वह फिर शरारती अंदाज में मुसकराया।

कल्पना ने मन-ही-मन सोचा 'क्या बात है, आज खड़ूस बड़ा स्माइल कर रहा है!'

"नौकरी क्यों छोड़ दी तुमने? हम लोग तुम्हें मिस कर रहे हैं!"

"रियली? मुझे तो लगा कि आपको मेरा काम पसंद नहीं था!"

"नहीं, तुमने गलत समझा! मैं तो बस यही चाहता था कि तुम और अच्छा काम करो!"

बातों-बातों में कैसे दो घंटे बीत गए, दोनों को पता ही नहीं चला। कल्पना नए ऑफिस और दोस्तों की बातें किए जा रही थी और अनुराग टकटकी लगाए ऐसे सुने जा रहा था, जैसे उससे दिलचस्प उस समय दुनिया में कुछ भी था। कभी उसकी नजरें कल्पना के गुलाबी होंठों पर ठहर जातीं तो कभी उसका ध्यान उसकी उड़ती लटों में बँधकर रह जाता, तो कभी वह कल्पना की मुसकराती आँखों के पीछे छिपी उदासी को टटोलने की कोशिश करता।

कल्पना को यकीन ही नहीं हो रहा था कि यह वही खड़ूस है, जो ऑफिस में किसी भी मेल का देरी से जवाब मिलने पर उसके बॉस को फोन कर उसकी शिकायत करता था। जरूर उसकी बातों में कोई जादू है, जो वह बस सुनता ही जा रहा है।

"आप ऑफिस में हमेशा इतने गंभीर क्यों रहते हैं? आपको कभी हँसते नहीं देखा!"

"पता नहीं क्यों? मुझे इतनी जल्दी हँसी आती ही नहीं!"

"अच्छा! आज तो आप बहुत हँस रहे हो?"

"पता नहीं क्यों, तुम्हारी बातें सुनकर हँसी आ रही है।"

यह सुनकर कल्पना मुसकरा दी।

"तुम कैसे हँसती रहती हो हमेशा? माना जाता है कि जो लोग ज्यादा हँसते हैं, वे अंदर से बड़े ही उदास होते हैं! सच है क्या?"

"क्या? आपकी बातें समझनी मुश्किल हैं! बातों-ही-बातों में कितना टाइम बीत गया। फोन पर आपने कहा था कि कुछ काम है, कहिए, क्या काम है?" कल्पना ने बात को टाल दिया।

"हाँ, काम तो था, पर आज बहुत देर हो गई, तुम्हें घर जाना होगा न! अगर तुम्हारे पास वक्त हो तो कल मिलकर बात कर सकते हैं?"

"कल⋯?"

"क्यों, अब भी डरती हो क्या?"

"डरती नहीं मैं⋯। लेकिन आपको कैसे पता?" कल्पना झेंप गई।

"तुम्हारे चेहरे पर लिखा होता था कि तुम मुझे पसंद नहीं करती थी!" यह सुनकर दोनों मुसकराने लगे।

"तो कल मिलें?"

कल्पना कुछ हैरान-सी थी, "कल सुबह बताती हूँ। आप जैसे और भी खड़ूस क्लाइंट हैं जिनके लिए प्रेजेंटेशन पर काम करना है।"

"क्या कहा तुमने? समझा नहीं!"

"कुछ नहीं, ऐसे ही।" यह कहकर वह खिलखिलाकर हँसने लगी।

दूसरे दिन कल्पना अनुराग से उसी कैफे में मिली। कुछ देर तक दोनों वहीं बात करते रहे, फिर अनुराग ने पृथ्वी थिएटर जाकर प्ले देखने का प्रोग्राम बनाया।

"पृथ्वी चलोगी? चलो, प्ले देखते हैं!"

"प्ले··· ? मैं कभी पृथ्वी नहीं गई हूँ।"

"फिर तो तुम्हें जरूर चलना चाहिए, बड़ा मजा आएगा!"

"लेकिन घर भी जाना है, देर हो गई तो?"

"मुंबई में रहकर पृथ्वी नहीं गए, प्ले नहीं देखा तो कुछ नहीं देखा! चलो, मैं तुम्हें घर छोड़ दूँगा!"

कल्पना ने पिक्चरें तो देखी थीं, पर प्ले अपने जीवन में उसने उस दिन पहली बार देखा था। प्ले के बाद दोनों पास ही के एक रेस्तराँ में खाना खाने गए। कल्पना को अनुराग का अंदाज निराला लगा। उसमें वह आसानी से न मिलने वाली एक तहजीब थी। खाना खाने के बाद अनुराग ने कल्पना को छोड़ने की बात कही।

"मैं चली जाऊँगी, तुम बस मुझे रेलवे स्टेशन तक छोड़ दो।"

"नहीं, चलो घर तक छोड़ देता हूँ।"

"इसकी कोई जरूरत नहीं, मैं चली जाऊँगी!"

"पक्का?"

"पक्का, मैं चली जाऊँगी!"

"ठीक है।"

दोनों एक ऑटो लेकर स्टेशन की तरफ जाने लगे।

"एक बात कहूँ?"

"कहिए।"

"मुझे तुमसे कोई ऐसा जरूरी काम नहीं था, बस तुमसे मिलना चाहता था।"

"यह तो मैं कल समझ गई थी।" कल्पना के चेहरे पर एक मुसकान थी।

इसके बाद स्टेशन आने तक दोनों कुछ नहीं बोले, ऑटो के शोर में दबी उनकी खामोशियाँ रास्ते भर बातें करती रहीं। स्टेशन आते ही दोनों एक-दूसरे को कुछ सेकेंड तक ऐसे देखते रहें, जैसे कहने को कुछ बचा ही न हो।

"मैं कल सवेरे वापस दिल्ली जा रहा हूँ।" अनुराग की आवाज में उदासी सी थी।

"अच्छा!" कल्पना को समझ नहीं आया कि और क्या कहे!

"थैंक्स फॉर कमिंग, आई हैड ग्रेट टाइम!" इतना कहकर अनुराग पहले तो ठिठका और फिर कल्पना के गले लग गया।

कल्पना अब भी कुछ नहीं बोली, बस एक टक अनुराग को देखती रही। उसके होठों पर स्निग्ध, मगर छोटी सी मुसकान तैर गई।

अनुराग देर तक उसे स्टेशन के बाहर अपनी आँखों के सामने स्टेशन पर लोगों की भीड़ में ओझल होने तक देखता रहा।

ट्रेन में रास्ते भर अनुराग की बातें, उसकी हँसी कल्पना के मन में शहद की तरह घुल रही थी।

कितने अरसे बाद उसे किसी से मिलकर एक सुकून मिला था। लोकल ट्रेन की भीड़ में भी राहत की ठंडी बयार ने उसके चेहरे की मुसकान को बरकरार रखा था। वह मुसकान, जो सिर्फ और सिर्फ उससे बाबस्ता थी।...

□

लाइफ का मेकअप कर लिया, ब्रेकअप कर लिया

साल भर की खींचातानी के बाद आखिरकार अंकित के घरवाले भी तलाक के लिए मान गए। मुंबई फैमिली कोर्ट में तलाक केस फाइल करने के बाद कल्पना और रामनाथ जब पहली सुनवाई के लिए कोर्ट पहुँचे तो वहाँ अंकित, कुलभूषणचंद और मनसुखचंद पहले से ही मौजूद थे। उन्हें वहाँ दूर से देखकर बिना उनसे नजरें मिलाए कल्पना चुपचाप कोने में एक बेंच पर बैठकर अपने नंबर के आने का इंतजार करने लगी।

दूसरे कोने में कुलभूषणचंद बेंच पर बैठे-बैठे ही तीक्ष्ण नजरों से कल्पना को घूरे जा रहे थे। उनकी गुस्से से लाल बड़ी-बड़ी आँखें देखकर ऐसा लग रहा था, जैसे वह आजादी के जमाने के अंग्रेजी अफसर हों और कल्पना हिंदुस्तानी विद्रोही! यदि उनका वश चलता तो वे वहीं बिना किसी कोर्ट की सुनवाई के कल्पना को बगावत करने की सजा में सजाए मौत दे देते! इतने सालों से कल्पना हमेशा उनके सामने सिर झुकाए, सीने तक घूँघट लिये उनके आदेशों का पालन करती रही।

आज दिन और था।…वह पहली बार बिना घूँघट के वेस्टर्न फॉर्मल शर्ट और ट्रॉउजर पहने, गरदन उठाए उनके सामने बैठी थी। उस वक्त न जाने क्यों उसे एक अजीब सी आजादी का एहसास हो रहा था। शायद ऐसी ही आजादी भारतवासियों ने भी महसूस की होगी अंग्रेजी कपड़े त्यागने पर।

बहरहाल, अगर उसकी ऑफिस में मीटिंग न होती तो वह सलवार-कमीज ही पहनकर कोर्ट आती।

कल्पना की वकील शिखा के दो और क्लाइंट कोर्ट रूम में अपने नंबर का

इंतजार कर रहे थे। वह बार-बार एक-के-बाद एक क्लाइंट के साथ बैठकर उन्हें कोर्ट की काररवाई के बारे में समझाती जा रही थी।

अंकित के वकील मिश्राजी भी अंकित से कुछ बातचीत कर रहे थे। मिश्राजी उनका उपनाम है। उनका नाम तो किसी को भी ठीक से पता न था। एक के बाद एक वे बिना किसी रुकावट के पान चबाते जा रहे थे और हर दस मिनट में वे पान थूकने के लिए कोर्ट रूम से बाहर जाते। यदि दस मिनट में वे एक बार भी बाहर न गए तो समझ लीजिए कि इस बार वे थूक को भीतर निगल गए।

एक-डेढ़ घंटे बाद जज के चैंबर के बाहर खड़े दरबान ने—"नंबर ग्यारह, नंबर ग्यारह अंदर जाएँ" ऐसा चिल्लाकर जज के सामने हाजिर होने का ऐलान किया।

कल्पना की वकील शिखा हाथ में फाइलें लिये उसके सामने खड़ी थी। बिना कुछ कहे दोनों एक साथ भीतर चली गईं।

इतने सालों से फिल्मों में देखने के बाद कल्पना के मन में कोर्ट को लेकर जो छवि बनी थी, असल जिंदगी में कोर्ट को देखकर वह बिल्कुल ही बदल गई।

जज साहिबा के चैंबर का माहौल किसी पुरानी किराने की दुकान से कम नहीं था। उनके कुरसी के आगे एक आदम जमाने की बड़ी सी मेज पड़ी थी। मेज की दोनों तरफ पुरानी फाइलों की छोटी इमारतें बनी थीं और बीच में एक पानी का जग रखा हुआ था।

कमरे की दाहिने और बाईं दोनों तरफ की दीवारों पर लकड़ी के बड़े-बड़े खाने बने थे, जिनपर न जाने कितने सालों से पड़ी पुरानी फाइलें धूल चाट रही थीं।

जज साहिबा के कुरसी के सामने एक कतार में पुरानी बैंचे लगी थीं, जो केस की सुनवाई के लिए आए लोगों के बैठने के काम आ रही थीं। छत पर लगा पंखा भी सालों से थककर चर-चर की आवाज करके अपनी धीमी गति में चल रहा था।

कल्पना और अंकित दोनों को गीता पर हाथ रखकर सच बोलने की कसमें दिलाई गईं।

भीतर आते ही शिखा और मिश्राजी ने हाथों में पकड़ी फाइलें जज साहिबा के बगल में बैठी कोर्ट रिपोर्टर के हाथों में दे दीं।

अपने चश्मे के भीतर से अंकित और कल्पना को ध्यान से देखते हुए जज साहिबा ने कहा, "क्या केस है आप लोगों का?"

"जी मैडम, मेरी क्लाइंट तलाक चाहती हैं।" शिखा ने जवाब दिया।

"हम्म···। अच्छा! शादी कब हुई?" जज साहिबा ने केस की फाइलों को पलटते हुए कहा।

"जी करीब तेरह साल पहले···।" शिखा ने फिर जवाब दिया।

"तेरह साल हो गए!" जज साहिबा ने हैरानी से कल्पना की तरफ देखा।

"क्या उम्र है आपकी?"

"छब्बीस साल।"

"इसका मतलब तुम तेरह साल की थीं, जब शादी हुई!"

"यह चाइल्ड मैरिज का केस है!" जज ने अपने भौंहें सिकोड़कर शिखा की तरफ देखा।

"तेरह साल हो गए शादी को, अब क्या हो गया? क्यों चाहिए तलाक?"

"मैडम इनकी आपस में बनती नहीं है।" शिखा फिर बोली।

"मैरीज सर्टिफिकेट कहाँ है?"

"ऐसा है मैडमजी, शादी गाँव में हुई थी, तो सर्टिफिकेट नहीं बनवाया।" मिश्राजी ने जवाब दिया।

"मिश्राजी, कितनी बार कहा है, चैंबर के भीतर आने से पहले पान थूककर आया करो! अगली बार चेतावनी नहीं दूँगी!"

"सॉरी मैडम, सॉरी!"

"इतने सालों से शादी हुई है और मैरीज सर्टिफिकेट नहीं बनवाया? प्रूफ क्या है शादी का?"

"मैडमजी, दोनों काफी सालों तक साथ रह चुके हैं।" मिश्राजी ने फिर जवाब दिया।

"अच्छा, तो राशन कार्ड पर नाम तो होगा?"

"दरअसल मैडमजी वह तो अभी नहीं है!" मिश्राजी घबराई आवाज में बोले। उन्हें अंदाजा लग गया कि अब उन्हें जज से फटकार मिलनेवाली है।

"तो क्या है फाइल में? आप लोग इतने साल से प्रैक्टिस कर रहे हैं और बिना प्रॉपर कागज के तलाक की अपील करने आ गए हैं!" जज अब पूरी तरह खीझ गई थीं।

"बच्चे हैं आप दोनों के?"

"जी मैडम, नहीं हैं।" शिखा ने जवाब दिया!

"तलाक क्यों लेना चाहती हैं आप?" इस बार जज साहिबा ने कल्पना की तरफ देखकर पूछा।

"जी मैम, हमारी आपस में नहीं बनती!"

"और आप?" उनकी नजर अंकित की तरफ थी।

"आपस में नहीं बनती।"

"मुझे इनके शादीशुदा होने का सुबूत चाहिए। सुबूत है तो ही यह केस आगे बढ़ेगा, वरना जैसे शादी की है, वैसे ही तलाक भी ले लो।" जज साहिब ने झिड़क दिया।

कोर्ट रूम से बाहर निकलते ही कल्पना मन-ही-मन खुश हुई, लगा कि एक ही दिन में पूरा मामला खत्म हो गया। सालों से बंधन में बँधी उसकी जिंदगी कुछ ही मिनटों में आजाद हो गई।

शादी के इतने सालों के बाद भी उसने बाकी लड़कियों की तरह अपना उपनाम नहीं बदला था। जैसे उसे पहले से ही पता था कि एक दिन यह भी आएगा, और वह उसकी तैयारी कर रही हो!

अपने जिंदगी के इस पहलू को तेरह वर्षों से उसने राज की तरह लोगों से छिपाए रखा था। कुछ करीबी दोस्तों और आस-पड़ोस के लोगों, रिश्तेदारों के अलावा कोई नहीं जानता था कि वह शादीशुदा है। कोई भी ऐसा प्रूफ नहीं था, जो साबित कर सकता था कि उनकी शादी सालों पहले हो चुकी थी।

कोर्ट से निकलकर कल्पना जैसे ही घर की तरफ जाने लगी, शिखा ने उसे पीछे से आवाज दी।

"दो महीने बाद की तारीख मिली है, हम फिर से डॉक्यूमेंट के साथ अपील करेंगे।"

"क्या··· कौन से डॉक्यूमेंट? मेरे पास कोई डॉक्यूमेंट नहीं है।"

"तुमने सुना तो जज ने क्या कहा!"

"हाँ, लेकिन वे लोग आउट ऑफ कोर्ट सेटलमेंट के लिए तैयार नहीं हैं!"

"अच्छा, पिछले एक साल से तो वही तलाक लेने से इनकार कर रहे थे, अब जब आसानी से सबकुछ खत्म हो सकता है तो उन्हें कोर्ट के चक्कर लगाने हैं!"

"उन्हें कानूनी तरीके से तलाक चाहिए।"

"वाह यह खूब है! शादी ही कानूनी नहीं तो तलाक कानूनी क्यों चाहिए?"

"आप उसकी टेंशन मत लीजिए, मिश्राजी कह रहे हैं कि दो महीनों में कोई-न-कोई डॉक्यूमेंट बनवा लेंगे।"

"बनवा लेंगे, कैसे बनवा लेंगे?"

"वे अपने तरीके से कुछ करेंगे!"

"मतलब, फर्जी डॉक्यूमेंट?"

"इसकी टेंशन आप क्यों कर रही हैं, आपको तलाक चाहिए न? डॉक्यूमेंट फर्जी होंगे, शादी तो फर्जी नहीं है!"

"लेकिन कोर्ट में झूठ बोलकर नहीं!" यह कहकर वह गुस्से में तेजी से चलते हुए अंकित के पास गई।

"क्या करना चाहते हो तुम? तुम्हारे झूठ में मैं नहीं शामिल हो सकती!"

"शामिल होना पड़ेगा, आखिर तुम ही अलग होना चाहती हो मुझसे! तो बाकायदा कानूनी तरीके से क्यों नहीं? सबकुछ तुम्हारे मन का ही होगा!" अंकित भी आगबबूला हो गया।

"ठीक है, करो जो करना है, मुझे मत घसीटो इसमें।"

यह कहकर कल्पना गुस्से में तेज कदमों से घर की तरफ चल पड़ी।

दरअसल वह खुद भी तलाक का मामला कोर्ट के बाहर सुलझाना चाहती थी। कुछ लोगों को छोड़ बाकी लोगों के नजरों में तो वह शादीशुदा भी नहीं थी, तो आखिर अपने पहचान के साथ तलाक की मुहर कैसे लगा दे!

उसे लगा था कि एक ही दिन में उसे अपनी इस दोहरी जिंदगी से छुटकारा मिल जाएगा। लेकिन अंकित और उसके परिवारवाले कानूनी तौर पर तलाक लेना चाहते थे। शादी भले ही कानून की नजरों में अवैध थी, पर तलाक वे कागजी पन्नों पर लेने के लिए अटल थे।

कोर्ट की आगे की तारीख में उन लोगों ने जज को शादी के फोटो दिखाए, मध्यम रोशनी और घूँघट में दुलहन के खींचे हुए फोटो पर संदेह जताते हुए जज साहिबा ने फोटो को खारिज कर दिया।

"यह क्या है, मिश्राजी?"

"जी, शादी की फोटो है!"

"अच्छा, इसमें तो लड़की ने घूँघट लिया है, यह तो कोई भी लड़की हो सकती है।"

"जी, वो यही है मैडम!"

"मजाक चल रहा है! टाइम पास करना है आपको कोर्ट रूम के बाहर करो, मेरा समय बरबाद मत करो।" जज ने आज फिर मिश्राजी को घुड़क दिया।

"तेरह साल से शादीशुदा हैं, साथ रहने का कोई सुबूत तो होगा! जाओ, इनके साथ रहने का कोई ठोस सुबूत लेकर आओ, फोटो-वोटो नहीं चलेगी!" क्यों प्रैक्टिस करते हो आप लोग? ये सब भी मुझे ही बताना है!"

जज साहिबा के सलीके से ऐसा मालूम हो रहा था कि वे अपने तरीके से बालविवाह के लिए सबक सीखना चाहती हों। एकाध बार तो उन्होंने तलाक लेने की इस कोशिश की खिल्ली भी उड़ाई।

इस तरह कोर्ट का चक्कर लगाते-लगाते एक डेढ़ वर्ष बीत गए, कागजात जमा कराने और उनकी पुष्टि करवाने में। दो बार तो खीझकर कल्पना खुद ही कोर्ट की सुनवाई पर नहीं गई। उसने कई बार अंकित को कोर्ट के बाहर मामला सुलझाने का सुझाव भी दिया, पर वह नहीं माना। उसे समझ नहीं आ रहा था कि आखिर अंकित और उसके परिवारवाले कचहरी से तलाक की मोहर लगवाने के लिए इतने विकल क्यों हैं? फिर किसी दूर के रिश्तेदार से पता चला कि छह महीने पहले अंकित की शादी तय हो गई थी, जिसकी राह में इकलौता रोड़ा तलाकनामा था।

आस-पड़ोस के लोगों में, जिन्हें भी कल्पना के तलाक लेने की खबर पता चलती, वे कई किस्म की बातें बनाते। कुछ लोग उसकी निर्भयता और इस फैसले की दाद देते तो कुछ लोग उसे स्वार्थी, चरित्रहीन की पदवी देते। कुछ लोग अफसोस जताते हुए यह भी कहते, 'न जाने बेचारी का तलाक के बाद क्या होगा? कहीं पूरी जिंदगी अकेली न काटनी पड़ जाए!'

इधर कुछ दिनों से रामनाथ के करीबी रिश्तेदार द्विवेदीजी का आना-जाना घर पर कुछ ज्यादा ही हो गया था। सफेद कुरता-पायजामा पहने, दाहिनी तरफ छोटी सी काले रंग की बैग दबाए और सिर पर करीब पाव भर नूरानी तेल लगाए हर इतवार रामनाथ के घर अपना डेरा डाल देते थे। अपनी मंडली के मुकाबले में द्विवेदीजी खुले विचारोंवाले मॉडर्न व्यक्ति माने जाते थे। घर के भीतर कदम रखते ही उनके सिर पर लगे नूरानी तेल की खुशबू से ही पता चल जाता कि आज द्विवेदीजी फिर घर पर मुफ्त का भोजन करने पहुँच गए हैं।

हर बार वे कल्पना के लिए एक-से-एक अच्छे तलाकशुदा और विधुर पुरुषों से शादी की बात चलाते। संकोचवश रामनाथ उनसे कुछ न कहते। सावित्री के मना करने और आपत्ति जताने पर कहते, "अब तलाकशुदा लड़की के लिए कुँवारें लड़कों के रिश्ते थोड़े ही आएँगे! अभी समय रहते अगर शादी कर ले तो ठीक ही होगा। वरना अकेले जिंदगी काटना मुश्किल हो जाएगा।"

बात माँ-बाप की सही लगती, वे अपनी बेटी को अकेले जिंदगी काटने के लिए कैसे छोड़ दें!

मन-ही-मन कल्पना उनसे खूब झुँझलाती, पर उम्र का लिहाज रखते हुए कुछ नहीं कहती।

"माँ, तुम इन्हें मना क्यों नहीं कर देती? क्या हर हफ्ते फोटो लेकर चले आते हैं!"

"चिढ़ती क्यों हो? उनको चिंता है तुम्हारी!"

"प्लीज माँ, अब मैं अपनी चिंता खुद कर लूँगी!"

"बेटा, हमारे समाज में तलाकशुदा लड़कियों के लिए लड़के मिलने मुश्किल हो जाते हैं!"

"माँ, तुम भी न··· जमाना बदल रहा है, तुम भी बदल जाओ! मैं सिर्फ तलाकशुदा ही नहीं, कामकाजी भी हूँ!"

"एक बात बता तू, शादी तो करेगी न?"

"अभी से कैसे बता दूँ आपको, मेरे हिसाब का लड़का भी तो मिलना चाहिए!" कल्पना के चेहरे पर एक मुसकान आई।

"अच्छा बाबा···! हमारी तो बस एक ही इच्छा है कि तू अपनी जिंदगी खुशी से जिए, कितना कुछ सहा है तूने!"

"ठीक है मेरी माँ! लेकिन पहले हर संडे की इस फोटो परेड को बंद करवा दो।"

"ठीक है, देख, अब मैं क्या करती हूँ।" यह कहकर शरारती ढंग से सावित्री मुसकरा दी।

न जाने उस दिन सावित्री ने क्या किया, लेकिन उसके बाद द्विवेदीजी ने कल्पना के घर पर इतवार को डेरा जमाना बंद कर दिया।

पूरे दो साल तक कोर्ट के कई चक्कर लगाने और फर्जी कागजात, राशन कार्ड के डॉक्यूमेंट जमा करने के बाद जज ने तलाक के लिए की गई मेहनत पर तरस खाकर दोनों के तलाक पर कोर्ट के मंजूरी की मुहर लगा दी।

वह तलाक, जो कल्पना ने अंकित से कई साल पहले मन-ही-मन ले लिया था, शादी के तकरीबन पंद्रह वर्षों बाद कानूनी कागज पर भी मुकम्मल हो गया।

उस दिन कोर्ट से बाहर निकलकर कल्पना ने लंबी साँस ली। उसे देखकर ऐसा मालूम होता था, जैसे कोई कैदी लंबी सजा काटकर आजाद हो गया हो।

शाम को घर लौटते समय वह उसी बगीचे में पहुँची, जिसकी कोने की बेंच पर बैठकर न जाने कितनी बार अपनी बेबसी पर आँसू बहाए थे उसने। यही तो एक अकेला उसका साथी था, जिसके सामने वह जी भर के रोती थी। लेकिन आज वह खुश थी। मुसकरा रही थी। एक सुकून था मन में, जैसे कोई बड़ा सा बोझ उसके सीने से उतर गया हो! देर तक वहाँ वह पार्क में खेलते बच्चों और शाम की वॉक कर रहे बूढ़ों को देखती रही।

□

ओ रे पिया...

"यों तो सोलह सावन आए-गए गौर नहीं किया हमने।
भीगा मन का आँगन इस मरतबा, क्या जाने क्या किया तुमने?"
दिल में जागी इश्कवाली मनमर्जियाँ, जिद की मारी भोली-भाली मनमर्जियाँ।

'लुटेरा' फिल्म के इस गाने को दिन में कई बार लूप में कल्पना सुनती रहती। उसके जीवन में एक और चैप्टर शुरू हो गया था।

इन्हीं दो वर्षों में कोर्ट-कचहरी और नौकरी की जद्दोजहद के दौरान वह कई बार अनुराग से मिली थी। जीवन की कड़कती धूप में वह सुकूँ का पैगाम लेकर आया था।

दोनों के बीच प्यार का अनकहा रिश्ता बन गया था। अनुराग दिल्ली में रहता था और कल्पना मुंबई में। शहर भले ही अलग थे, लेकिन दिलों के बीच एक इंच की भी दूरी नहीं थी। फोन पर उनकी रोज बात होती थी। कभी अनुराग काम से मुंबई तो कभी कल्पना काम से दिल्ली चली जाती। और कभी-कभी वे यों ही किसी-न-किसी बहाने से मिल लेते।

जब वे मिलते तो कभी मूवी देखते या फिर कभी 'पृथ्वी' जाकर प्ले देखते। कल्पना को भी प्ले देखना अच्छा लगने लगा था। कभी अनुराग कल्पना को म्यूजिक कॉन्सर्ट में ले जाता तो कभी देर रात को वो लॉन्ग ड्राइव के लिए निकल जाते। कभी उनकी कैंडल लाइट डिनर होती, तो कभी दिल्ली या मुंबई की सड़कों पर स्ट्रीट फूड का मजा लेते। कभी बहुत सारी बातें होतीं, जैसे कि एक खत्म हो तो दूसरी शुरू हो, तो कभी नीरव खामोशी ही बाँटते दोनों। अनुराग का साथ पाकर कल्पना एक अलग दुनिया में चली जाती, जहाँ फिक्र की कोई परछाईं तक उसे छू नहीं पाती थी। उसके साथ वह खिलकर हँसती, भूली-बिसरी शैतानियाँ करती। वैसे तो दोनों का व्यक्तित्व एक-दूसरे से नदी के किनारे की तरह बिल्कुल जुदा था,

लेकिन जब भी वह मिलते तो उन्हीं किनारों सा एक साथ बहते। अनुराग के खड़ूस, अड़ियल और सतर्क स्वभाव के मुखौटे के पीछे छिपे भावुक, चंचल और मनचले अनुराग को कल्पना समझने लगी थी।

अनुराग भी कल्पना के हँसमुख, चुलबुले चेहरे के पीछे छिपी उसके मन की गहराइयों को नापने की कोशिश करता।

दो वर्षों में उनके बीच मुलाकातें तो बहुत हुईं, लेकिन कल्पना ने अनुराग से अपने जिंदगी की गुत्थियों का कोई जिक्र नहीं किया, न ही कभी उसे अपनी शादी या चल रहे कोर्ट केस के बारे में बताया। केस खत्म होने के बाद कई बार मन किया कि उसे सबकुछ बता दे, लेकिन वह चुप ही रही। दोहरी जिंदगी जीने की आदत सी हो गई थी कल्पना को! उसे डर था कि कहीं यह सुहावना सफर खत्म न हो जाए!

अनुराग से वह एक बेहद ही सुलझी और बेफिक्र लड़की सी मिलती।

कई बार अनुराग ने जब उससे अपने प्यार का इजहार खुलकर करने की कोशिश की तो वह उसे ऐसे ही हँसकर टाल देती, "हम कितने अच्छे दोस्त हैं, प्यार-व्यार के चक्कर में क्यों सब खराब करना है तुम्हें? छोड़ो भी अब, आशिकों वाली बातें तुम पर नहीं जँचती।"

"अच्छा, तो हम सिर्फ अच्छे दोस्त हैं, तुम्हें सब मजाक लगता है!"

"अरे, मजाक कर रही थी! तुम इतने सीरियस क्यों हो जाते हो?"

अनुराग कल्पना पर जोर नहीं डालता, उसे उसका साथ अच्छा लगता था। रिश्ते को नाम देने की कोशिश में वह कल्पना को खोना नहीं चाहता था।

सबकुछ ठीक चल रहा था। कल्पना का कॅरियर भी सही दिशा में चल पड़ा था। हाल ही में प्रमोशन के बाद वह मैनेजर बन गई थी और उसका सलेक्शन इंटरनेशनल प्रोजेक्ट के लिए हुआ था। प्रोजेक्ट के लिए उसे एक साल के लिए न्यूयॉर्क जाना था। जब यह खबर उसने रामनाथ और सावित्री को दी तो उनकी खुशी का भी कोई ठिकाना न रहा। पूरे परिवार का सबसे पहला सदस्य और वह भी एक लड़की का विदेश जाना उनके लिए बहुत ही गर्व की बात थी।

कुछ ही दिनों बाद कल्पना दिल्ली भी जानेवाली थी। उसने सोचा कि यह खुश खबरी अनुराग को मिलकर ही देगी। बहुत बेकरार थी वह इतनी बड़ी खबर उससे बाँटने के लिए।

दोनों हमेशा की तरह कनॉट प्लेस के एक कैफे में मिले। अक्तूबर का महीना था। कल्पना ने गुलाबी रंग के स्वेटर के साथ नीली जींस को टीम-अप किया था।

अनुराग जब आया तो उसके गले मिला और धीरे से उसके कानों में बोला, "बहुत अच्छी लग रही हो, कोई खास बात है?"

कल्पना जवाब में बस मुसकराई। कुछ देर तक दोनों इधर-उधर की बातें करते रहे, फिर कल्पना ने अपनी कॉफी की सिप लेते हुए अनुराग की तरफ देखा और बोली, "तुमसे एक बात कहनी थी।"

"कहो, तुम्हें कौन रोक सकता है?" अनुराग ने छेड़ते हुए कहा।

"मजाक मत करो!"

"प्रपोज तो नहीं करोगी न!"

"अरे यार, तुम भी⋯"

"सॉरी कोई नहीं, बोलो।"

"मैं तीन हफ्ते के बाद अपनी कंपनी की तरफ से इंटरनेशनल प्रोजेक्ट के लिए न्यूयॉर्क जा रही हूँ!"

"अमेजिंग यार, इट्स गुड न्यूज, वी शुड सेलिब्रेट! कब से मिले हैं और तुम मुझे अब बता रही हो! कितने दिनों के लिए जा रही हो?"

"एक साल, ज्यादा भी लग सकते हैं!"

"एक साल⋯! गजब। ओह⋯!" अनुराग ने एक लंबी साँस ली! "इसका मतलब शहर के साथ-साथ अब हमारे दिन-रात भी अलग हो जाएँगे!" अनुराग के चेहरे की खुशी हलकी हो गई थी।

"हम वीडियो कॉलिंग करेंगे न! और अब तो वो नया एप व्हाट्सप भी है, उसपर चैट कर सकते हैं!"

"मैं तुम्हारे लिए बहुत खुश हूँ कल्पना, लेकिन इतनी दूरियाँ!" कुछ कहते-कहते रुक गया वो।

"नाराज हो क्या?"

"नाराज क्यों? हम तो सिर्फ अच्छे दोस्त हैं, आखिर दोस्त तो जिंदगी में आते-जाते रहते हैं!"

"ऐसे क्यों कह रहे हो?"

"तो क्या कहूँ?" अनुराग की आँखें आँसुओं से डबडबा गई थीं।

"इतना आसान नहीं है, अनुराग!" आँसुओं की एक धार कल्पना के आँखों के कोने से गिरकर उसके गालों से चलती हुई उसकी स्वेटर को भिगो गई।

"ऐसी भी क्या मुश्किल है कि हम उसे सुलझा नहीं सकते? तुम जानती हो मैं

तुम्हें चाहता हूँ और मुझे भी पता है कि तुम मुझे पसंद करती हो, तो फिर कब तक इन फीलिंग्स को ऐसे नजरअंदाज करती रहोगी?"

"कैसे बताऊँ तुम्हें? तुम जो देख सकते हो या जानते हो, वह पूरा सच नहीं है! सच को शायद तुम सह नहीं पाओगे!"

"क्या तुम मुझे इतना कमजोर समझती हो? भरोसा नहीं तुम्हें मुझपर? आज बता ही दो मुझे!"

"कमजोर तुम नहीं, मैं हूँ, कमियाँ मुझमें हैं!"

"मुझे अपनी कमियाँ भी दे दो! नहीं होता मुझसे बरदाश्त यह सब!"

"इस बात को यहीं खत्म कर दो अनुराग, कुछ हासिल नहीं होगा!"

"ठीक है, चुप हो जाता हूँ हर बार की तरह! मेरी कमी है कि तुम मुझे इतना कमजोर समझती हो!" आँसू पोंछता हुआ अनुराग अपने टेबल से उठकर जाने लगा। "ऑल द बेस्ट फॉर न्यूयॉर्क!" इतना कहकर वह कैफे से बाहर निकल गया।

"अनुराग रुको, रुक जाओ! मैं भी तुमसे प्यार करती हूँ!" कल्पना दबी आवाज में सिसकर बोली, लेकिन तब तक अनुराग उसकी नजरों की पहुँच से दूर जा चुका था।

बोझिल दिल और नम आँखें लेकर कल्पना मुंबई आ गई। इस बार उसके पास अनुराग से फिर मिलने की न तो कोई आस थी और न ही उससे अलग होने का यकीन आ रहा था।

वह अनुराग से सबकुछ बता देना चाहती थी, लेकिन यही सोचकर रुक जाती कि शायद वह कल्पना को उसके पास्ट के साथ प्यार नहीं कर पाएगा। उन दोनों के बीच जो एक अनकहा सा रिश्ता था, उसी में कल्पना अपनी जिंदगी जीने लगी थी, लेकिन अनुराग उस अनकहे रिश्ते से ज्यादा चाहता था।

उस दिन के बाद से अनुराग का कोई फोन या मैसेज नहीं आया। जब भी फोन की घंटी बजती या मैसेज आता तो उसके दिल की धड़कनें बढ़ जातीं इस उम्मीद में कि शायद अनुराग का फोन हो, लेकिन अनुराग का मैसेज या फोन न देखकर उदास हो जाती। उसने कई बार उसे फोन करने की कोशिश की, लेकिन अनुराग फोन ही नहीं उठाता, कई मैसेज भेजे, लेकिन कोई जवाब नहीं देता। कल्पना को लगा था कि हर बार की तरह दो-तीन दिन बाद अनुराग उसे फोन जरूर करेगा, लेकिन ऐसा नहीं हुआ। वह बहुत बेचैन हो गई थी, मन में एक

खालीपन महसूस होता। वह बार-बार यही सोचती, 'क्या पलभर में दो वर्षों का रिश्ता खत्म हो गया?'

न्यूयॉर्क जाने में सिर्फ दस दिन बचे थे, अनुराग की कोई खबर नहीं। वह भी अनमने मन से अपने न्यूयॉर्क जाने की तैयारी में जूट गई। उसे अपने दोस्तों और आस-पास के लोगों से शुभकामनाएँ आ रही थीं। एक दिन उसे मिलने उसकी कॉलेज की दोस्त काव्या आई।

"सुनने में आया है कि मैडम अमेरिका जा रही हैं!" काव्या ठिठोली लेकर बोली।

"मैंने भी कुछ ऐसा ही सुना है।" कल्पना भी मुसकराई।

कुछ देर तक दोनों बातें करतीं रहीं, फिर काव्या बारीकी से कल्पना की तरफ देखते हुए बोली, "कुछ हुआ है क्या?

"नहीं तो, क्यों?"

"तो क्या बात है, जो तेरे चेहरे का रंग उड़ा हुआ है?"

"कोई बात नहीं, बस ऐसे ही।"

"इसका मतलब जरूर कोई बात है! न्यूयॉर्क जा रही है तू, जानती है कितने लोग तो सिर्फ सपने में ही जा पाते हैं। हमेशा कहती थी कि दुनिया घूमना है, दुनिया घूमना है! अब जब मौका आया है तो तेरे चेहरे पर बारह बजे हैं! एक्साइटमेंट कहाँ गई तेरी?"

"पता नहीं यार…!"

"इतना कुछ हो गया तेरी जिंदगी में, प्रेरणा बननेवाली है लड़कियों के लिए! जो भी वजह हो, उसे अपने दिमाग से निकालकर फेंक दे! यह तेरा मोमेंट है, इसे एन्जॉय कर कल्पना!"

"कभी-कभी ठीक-ठाक बात कर लेती है तू भी!" यह कहकर कल्पना हँसने लगी।

"इसी बात पर चल शॉपिंग करने चलते हैं। तेरी ट्रीट होगी, मेरा बड़ा मन कर रहा है अपने विदेशी दोस्त से कुछ खरीदवाने का!"

"रियली, चल चलते हैं अब!"

कल्पना को जाने में चार दिन बचे थे। चाहकर भी वह अनुराग का खयाल अपने दिमाग से निकाल नहीं पा रही थी। वह अपराध-बोध महसूस कर रही थी। उसने सोचा कि अगर उसने अनुराग को पूरी बात नहीं बताई तो शायद पूरी जिंदगी

अनजाने वह उससे नाराज रहे। इसलिए हिम्मत जुटाकर उसने पिछली जिंदगी के बारे में बताने के लिए अनुराग को एक मेल लिखा—

डियर अनुराग,

बड़ी हिम्मत के बाद मैं तुम्हें यह मेल लिख पाई हूँ। मुझमें साहस नहीं कि तुम्हारे सामने तुमसे ये बातें कह सकूँ। इसलिए कायर की तरह कंप्यूटर के सामने बैठकर इस मेल का सहारा लेना पड़ा। समझ नहीं आता कि कहाँ से शुरू करूँ? कितनी सारी बातें हैं, शायद यह मेल उनके लिए काफी नहीं, फिर भी कोशिश करती हूँ।

कल मैंने तुम्हारी दी हुई खलील जिब्रान की किताब में जब प्रेम पर लिखी कविता पढ़ी तो लगा कि कितना समय लग गया मुझे वह समझने में, जो तुम कह नहीं पाए। कई बार पढ़ा उस कविता को मैंने। उसके शब्द जैसे मुझे कह रहे हों कि, भले ही तुमसे अपनी जिंदगी के राज कहना मेरे लिए सबसे कठिन काम है, लेकिन मुझे अपने आप को इस प्यार के हवाले कर देना चाहिए। कविता की यह कुछ पंक्तियाँ मेरे जेहन में गूँजती रहीं—

‘प्रेम का संकेत मिलते ही अनुगामी बन जाओ उसका
हालाँकि उसके रास्ते कठिन और दुर्गम हैं
और जब उसकी बाँहें घेरें तुम्हें
समर्पण कर दो,
हालाँकि उसके पंखों में छिपे तलवार
तुम्हें लहूलुहान कर सकते हैं, फिर भी
और जब वह शब्दों में प्रकट हो
उसमें विश्वास रखो,
हालाँकि उसके शब्द तुम्हारे सपनों को
तार-तार कर सकते हैं
जैसे उत्तरी बर्फीली हवा उपवन को
बरबाद कर देती है।
क्योंकि प्रेम यदि तुम्हें सम्राट् बना सकता है
तो तुम्हारा बलिदान भी ले सकता है।’

तुम मुझे जिंदगी के सफर में ऐसे मुकाम पर मिले, जब मेरे दिल में प्यार की कोई आस नहीं बची थी। भूल गई थी कि ईश्वर ने प्यार जैसी कोई अनमोल

खूबसूरत चीज भी बनाई है। भूल गई थी कि अकेले लड़ाई तो जीती जा सकती है, लेकिन जीत का जश्न मनाने के लिए एक साथी की आवश्यकता भी होती है। तुम वही साथी बनकर आए मेरे जिंदगी में। तपती रेत में मेरे लिए सुकून की ठंडी छाँव लेकर आए! न जाने कितने सालों से बस यों ही जलती आ रही थी। तुम्हारी छाँव में फिर से जिंदा सी हो गई मैं। मेरे मन और तन की कालिमा तुम्हारे स्नेह की बारिश में धुलकर फिर से श्वेत हो गई। बंजर पड़ी मन की इस जमीन पर एक बार फिर से एहसासों के फूल खिले हैं, वैसे ही, जैसे चिलचिलाती रेत में रहनेवाले नुकीले कैक्टस के पेड़ों पर भी सुनहरे फूल खिल जाते हैं। अब सिर्फ मेरे होंठ नहीं, बल्कि मेरे दिल ने भी मुसकराना सीख लिया है। तुम्हारी सोहबत में जिंदगी से मेरी शिकायतें कम सी होने लगी है। मेरे दिल को भी यह यकीन होने लगा है कि वक्त के साथ मेरे घाव भी भर जाएँगे। तुम्हारी आँखों की गरमी मेरे बर्फीले मन को पिघला जाती है। तुम्हें छूकर मैं खुद को जिंदा महसूस करती हूँ। सोचा भी नहीं था कि जिंदगी में कभी प्यार के एहसास महसूस कर पाऊँगी! हाँ, मैं भी तुम्हें प्यार करती हूँ। पहले कभी शब्दों की भाषा में नहीं कहा था तुमसे, लेकिन मेरी आँखों और खामोशी ने हमेशा-हर पल तुमसे अपने प्यार का इजहार किया है।

मेरा भी मन है कि जिंदगी के सारे पल तुम्हारे साथ बिता दूँ। लेकिन फिर मेरे कदम रुक जाते हैं उस बात को सोचकर, जो मैंने तुमसे बताई नहीं इन दो सालों में। तुम्हारी गुनाहगार हूँ मैं। बहुत हिम्मत करके मैं तुम्हारे सामने वह सच लाना चाहती हूँ, जिसे मैं अब तक दुनिया से छिपाती आई हूँ। वह जख्म दिखाना चाहती हूँ, जिसे मैं सालों से सँजोती आई हूँ। न जाने कब से यह जख्म मेरे भीतर कैंसर की तरह बस फैलता जा रहा है। मैं यह भी जानती हूँ कि शायद आज के बाद तुम मुझसे न मिलो या मुझे अपनी यादों से मिटा दो और तुम्हें मुझसे हमेशा के लिए नफरत हो जाए; लेकिन इस सच के बिना मेरा प्यार भी एक झूठ बनकर रह जाएगा।

आज से करीब 15 साल पहले बचपन में मेरी शादी हो गई थी। शादी तो हुई, पर प्यार नहीं हुआ, क्योंकि प्यार किसी रस्मों-रिवाज का मोहताज नहीं होता, न ही किसी दबाव में होता है। सालों से मैं इस शादी की गिरफ्त में रही, अभी कुछ महीने पहले मेरा नाता मेरे भूतकाल से छूट चुका है। मन तो बहुत किया उस दिन कि तुम्हें बताऊँ, पर मेरी कायरता ने मुझे रोक लिया। आई ऍम तलाकी वुमैन! मुझे इस बात की कोई ग्लानि नहीं, लेकिन डर था कि कहीं तुम्हें मेरे जीवन का सच

झकझोर न दे। यह मासूम सा रिश्ता इसकी आँच में भस्म न हो जाए, बस इसीलिए तुमसे छिपाती रही। तुम्हारे साथ के लालच में तुमसे झूठ बोले। हो सके तो मुझे माफ कर देना··· !'

मेल लिखते हुए और उसके बाद, न जाने कितनी देर तक वह अपने आँसू बहाती रही। वह नहीं जानती थी कि इसके बाद क्या होगा, लेकिन सुकून था कि मन से एक बोझ उठ गया।

□

उड़ी...

चार घंटे में कल्पना की फ्लाइट थी। कैब उसके घर के बाहर उसका इंतजार कर रही थी। उसके भाई राघव ने जल्दी-जल्दी सामान टैक्सी में रखा। रामनाथ और सावित्री के चेहरे पर खुशी में लिपटी बेचैनी साफ नजर आ रही थी।

"रुक जा बेटा, दही-शक्कर तो खा ले, सफर के लिए शुभ होता है।" सावित्री बोली।

"और हाँ, रामायण की चौपाई भी पढ़ लो, सब कुशल-मंगल होगा!" रामनाथ पीछे से बोले।

"ठीक है पापा! प्लीज, अब आप लोग थोड़ा रिलैक्स हो जाओ!" यह कहते-कहते वह अपने जूते पहनने लगी।

कल्पना को एयरपोर्ट छोड़ने उसका पूरा परिवार आया था। एयरपोर्ट पहुँचकर वह सबके गले मिलकर विदा होने लगी। रामनाथ और सावित्री के आँखों में आँसुओं की झड़ी लग गई थी।

"अपना खयाल रखना, समझी! खाना टाइम पर खाना!" सावित्री आँखों से आँसू पोंछते हुए बोली।

"अब बस भी करो माँ, आँखें लाल हो गई हैं आपकी! इतना तो आप मेरे विदाई पर भी नहीं रोई थीं!" यह कहकर वह सावित्री के सीने से चिपट गई।

"चुप कर, हमेशा मजाक!" सावित्री हलका सा मुसकराई।

"मुझे माफ कर दो, बेटा!" रामनाथ उससे लिपटकर बोले।

"क्या कह रहे हो, पापा!" उसने उनके आँसू पोंछे।

"गलत किया था मैंने तुम्हारे साथ, फिर भी अपनी मेहनत से तुमने अपनी किस्मत बदल दी!"

"आज मैं जो कुछ भी हूँ, आपकी वजह से हूँ, पापा! आपने अगर मेरा साथ

नहीं दिया होता तो शायद यहाँ तक मैं नहीं पहुँचती!" कल्पना का गला भर आया यह कहते-कहते।

"आज के बाद ऐसी गलती मुझसे नहीं होगी!" रामनाथ ने गरिमा और मीरा की तरफ देखकर कहा।

"खूब आगे बढ़ो बेटा, मेरा सर फख्र से ऊँचा हो गया है आज!"

"लव यू पापा, अपना खयाल रखना!" दोनों गले मिलकर रोने लगे।

जैसे बारिश का पानी छप्पर पर जमी गंदगी को अपने साथ बहा ले जाता है, वैसे ही उनके आँसुओं की बूँदें मन के कोने में बची-खुची उनकी शिकायतें बहा ले गईं।

"अब बस भी करो पापा, हम भी आपके ही के बच्चे···!" कल्पना की छोटी बहन गरिमा हँसकर बोली।

"हाँ, बहुत हो गया भरत मिलाप!" राघव ने मसखरी ली।

"तुम लोग बचपन से ही जलते आए हो!" कल्पना इठलाकर बोली! यह सुनकर सभी लोग हँसने लगे।

सभी से विदा लेकर कल्पना चेकइन गेट की तरफ जाने लगी। सभी के आँखों में नमकीन पानी और होंठों पर मुसकान झलक रही थी। कभी-कभी दूरियाँ आपको अपनो के और करीब ले आती हैं।

कल्पना ने एयरलाइंस के काउंटर पर जाकर अपना बोर्डिंग पास लिया और बोर्डिंग गेट की तरफ बढ़ी। जाते-जाते उसके मन में बस ही कसक रह गई कि अगर अनुराग भी यहाँ होता तो इस शहर से उसकी विदाई पूरी हो जाती।

उस इ-मेल के बाद अनुराग का कोई जवाब नहीं आया। कल्पना ने भी अपने मन को बहाने बनाकर मना लिया था। इतने बड़े झूठ के बाद कोई कैसे किसी से प्यार कर सकता है? आई डिजर्व दिस!

बोर्डिंग के बाद अपनी विंडो सीट पर जाकर वह बैठ गई। फ्लाइट को टेक-ऑफ होने में अभी समय था, इसलिए वह अपने पर्स से निकालकर अपनी किताब पढ़ने लगी। यह किताब उसे अनुराग ने ही दी थी। ऐन रेंड की किताब 'एटलस श्रग्ड' उसकी फेवरेट किताब थी। वह आँखें गड़ाए किताब के पन्ने पलटे जा रही थी।

"लगता है बड़ी दिलचस्प किताब है यह!"

कल्पना ने पलटकर देखा तो अवाक् रह गई, उसकी आँखें आँसुओं से डबडबा गईं।

"हाँ, दिलचस्प है!" उसके शब्द थरथरा रहे थे। गला भर आया था।

"तुम्हें क्या लगा, नहीं आऊँगा!"

"तुमने मेरा मेल पढ़ा?"

"हाँ, पढ़ा! और उसे अपने दिमाग से डिलीट भी कर दिया, तुम भी डिलीट कर दो! हाँ, लेकिन जो अच्छी बातें तुमने मेरे बारे में लिखी थीं, उन्हें डिलीट मत करना!" यह कहते हुए उसने कल्पना का हाथ अपने हाथों में ले लिया।

"न्यूयॉर्क तो पहले भी देखा है, लेकिन सोचा, तुम्हारे साथ देखने के बाद शायद मुझे भी दुनिया के सबसे बड़े शहर से प्यार हो जाए! चलोगी मेरे साथ ब्रॉडवे प्ले देखने?" अनुराग ने कल्पना के माथे को चूमकर पूछा।

"हाँ, चलूँगी!" रुँआसी आवाज में बोली।

आँखों से बहते आँसुओं और होंठों की हँसी ने एक साथ उसके चेहरे को लाल रंग में रँग दिया। उसे देखकर ऐसा लग रहा था, न जाने कितने सालों के ग्रहण के बाद सूरज निकला हो!

उसका हाथ अनुराग के हाथों में था। प्लेन टेक-ऑफ कर चुकी थी। अपनी विंडो सीट से उसने जब बाहर देखा तो उसे वही रंग-बिरंगी, सुनहरी लाल-पीली तितलियाँ नजर आ रही थीं। डिबिया में नहीं, आजाद उड़ती हुईं···!

□□□

* 9 7 8 9 3 5 3 2 2 4 7 1 4 *
FCW - #0075 - 061026 - C0 - 216/140/11 - PB - 9789353224714 - Matt Lamination